徳間文庫

エル・シオン

香月日輪

徳間書店

目次

エル・シオン❶

魔王の封印

序

支配者《エルアルコン》よ
我《われ》の支配者よ　答えをきかせよ
汝《なれ》はなにをのぞみ　なにを欲すや
かなえてみせよう　汝の思うまま
我こそは破壊にして創造の力
汝の野望《ゆめ》の具現者

ドン!!　――そのひと太刀《たち》でロエヴ王の首がはねとばされた。教会の床が王の血に染まる。

「おおお――っ、陛下あぁ!!」

部屋のすみにあつめられた僧たちが悲鳴《ひめい》をあげた。主教はくちびるをかみしめ、その殺人者をにらみつけた。

「見よ！　ここにオルムランデはほろびた!!　命が惜しくば、このあたらしき王の足もとにひれふすがいい!!」

血に染まった剣をかざし高々とほえるこの男こそ、燎原《りょうげん》の炎のごとくオルムランデを攻めほろぼした、ヴォワザンの王ドオブレ。そのねらいはただひとつ。オルムランデ王国が四百年にもわたって守りつづけてきた魔王の封印《ふういん》。

いま、この教会の地下の「封印の間」で、魔王の呪縛《じゅばく》を解《と》く呪文を知る、ただひとりの人物セディール大主教ののどもとに血染めの刃をつきつけ、ドオブレはいった。

「かつて地上を恐怖におとしいれた魔王の力。この地に封じられその力を御《ぎょ》す法を、我はついに手にいれた。あとは封印を解くのみ！　我はその魔王をしたがえ、世界の王となってくれようぞ！　さあ、主教よ！　魔王を我がもとへ召喚《しょうかん》せよ!!」

だが主教は、残忍王《ざんにんおう》のまえで高らかにわらった。

「笑止！　我の呪文なぞなくとも、魔王はみずから主《あるじ》と決めた者のまえにあらわれるという。封印が解かれぬのは、おのれが魔王の主となりえぬ証《あかし》よ!!」

ドオブレの顔色が赤く燃えあがった。

「ぬうう――っ……!!」

「世界の王などとは片腹いたい！　略奪だけが目的の、盗人《ぬすっと》ふぜいが!!」

「じじい――っ!!」

ドオブレが力まかせに剣をふりおろす。主教のからだが、まっぷたつに斬りたおされた。

「主教さま――っ!!」

地下室に悲鳴がこだました。主教は血の海にしずみながらも、ドオブレにいった。

「我が……祖らが、秘術をつくしてきずきし、この封印。この、何十……もの結界をこえてなお……魔王とつうじあえる者なぞいるものか！　解封の呪文を知るのは、我ひとり……これで……これでもう……魔王は……」

ニヤリとわらう大主教の首を、ドオブレははねとばした。

「おのれ、じじいめぇぇ――っ!!」

封印の間にとどろく、おそろしい雄叫《おたけ》び。

「坊主どもをみな殺しにせよ!!　首をのこらずはね、教会のまえにさらせ!!」

ドオブレの命令がくだるや、獣人兵士《ソルダ・ベート》が僧たちにおそいかかった。封印の間は、首のない死体でうめつくされた。

夜の闇《やみ》を赤々とこがし、王国が燃える。

命からがらにげのびた僧院つきの庭師が、まだおさない孫の手をひいて、小高い丘からほろびゆく王国を見ていた。

「おそろしや……。これでオルムランデもヴォワザンにのまれた。いよいよドオブレの恐怖政治がはじまる。だが、奴の手にあれが落ちなかっただけ、さいわいというもの。もし、ドオブレがあれを手にいれようものなら……この地はおろか、世界が闇にしずむ……」

風が、肉の焼けるにおいをはこんできた。

夜空にひくくかかる満月も、血の色をしていた。

ひょうひょうと、ひょうひょうと、風がなく。

戦《いくさ》にふみにじられ、罪なきひとびとの血でけがされた大地にも、雨はふり、花は咲き、季節はかまわずうつってゆく。

星よ　星よ

我らの希望はどこに

太陽は　はるか黒い霧のむこうがわ
我らの祈りはとどくや
星よ　星よ
月のない夜
せめて照らしておくれ　我らのゆく道
いつかのあの
光の国へとつづく道

第一章　その盗人は鳥とよばれた

1

月のない夜。

コトリ、というかすかな物音に、ボダン少佐はベッドからとびおきた。

「盗賊!!」

剣を片手に書斎にとびこんだときには、金庫はやぶられ、なかはからっぽ。ハッと気づくと、あけはなした窓のゆれるカーテンの裏に、ひとの気配がする。

「こんばんは」

あっけらかんと、そいつはいった。意外なほどわかい声。

ヴォワザン帝国占領下のオルムランデ。このところ、その夜の闇《やみ》に跳梁《ちょうりょう》し、貴族や軍人の家をねらいうちにあらしまわっている盗賊がいた。見張りの裏をたくみにかき、どんな金庫もあざやかにやぶっては、お宝を確実に、しかもごっそりといただく。猫のようにしなやかにして鳥のようにすみやかなその盗賊を、ひとびとは「神聖鳥《しんせいちょう》」とよんだ。金持ちたちは毎夜毎夜、今夜はうちの番かと戦々恐々とし、ヴォワザン総《そう》督府《とくふ》は国賊の逮捕にやっきになっていた。

「きさまが、神聖鳥とやらか」

「アイ。巷《ちまた》じゃ、そうよんでるようでござんすね」

カーテンのむこうからきこえる声は、しゃくにさわるほど落ちつきはらっている。にげるそぶりもない。腕に覚えのあるボダン少佐は、この大胆不敵な盗賊とあいまみえるのをまっていた。

「おのれのようなふとどき者は、ヴォワザン帝国軍の名においてひっとらえ、広場でさらし者にしてくれる！」

と、いうがはやいか少佐の剣が、ビョオとうなった。カーテンはまっぷたつに。しかし、そこに盗賊のすがたはなかった。

「ムッ⁉」

その瞬間、少佐はうしろから腕をとられ、のど笛《ぶえ》に短剣がつきつけられた。

「きっ、きさま！」

「居合《いあい》か。いい腕だね」

「いつのまにっ……!?」

「早業は、だんなだけじゃねえってことさ」

　ザクッ！　と、少佐の右腕を短剣がえぐった。

「ぐわあっ!!」

　剣を落とし、その場にうずくまる少佐を盗賊は冷ややかに見おろした。

「わりいが、その腕はもうつかえねえよ。あとはしずかに暮らすこった。それだけのたくわえはあるんだろ、高級将校さんよ」

　そういうと、神聖鳥は猫のように音もなく夜の闇に消えていった。

「この……凶鳥《きょうちょう》めが!!」

　少佐のさけびは、闇夜にすいこまれていった。

2

　かつてのオルムランデ王国。うつくしかった城下町は、国がほろんで以来の圧政のもとで、いっかな復興《ふっこう》せず、あれ果てる一方で、夜ともなれば人買いどもが徘徊《はいかい》し女子どもをさらい、荒野からは幽鬼《ゆうき》やら魔獣やらがはいりこんでは、ひとをおびやかしたりした。オルムランデのひとびとは、ゴミためのような街でちぢこまるように暮らしていた。

「でたよ！　神聖鳥《シモルグ・アンカ》が、またやったよ‼」

下町のせまくきたない路地を、子どもたちが、うれしそうにさけんでまわる。神聖鳥のニュースは、いつもいちはやく町中をかけめぐり、ひとびとの表情をあかるくさせた。

「あの剣の達人のボダン少佐をやっつけたなんてまぁ、たいした奴だ」

「夜はシモルグ・アンカに金庫をねらわれ、昼はマグダレの狼《おおかみ》に輸送品をねらわれ、これじゃ帝国の奴らぁ、気の休まる間がねえぜ。いい気味だ！」

安酒場にたむろする男たちのあいだでも、酒の肴《さかな》はもっぱらこの盗賊神聖鳥と、帝国軍の輸送団をおそうという、マグダレのゲリラ、狼王の話題であった。

オルムランデ王国がほろんで六十余年、ヴォワザンはいまやイオドラテ大陸中央部を制する一大帝国《エル・インペリオ》として、大陸を二分する大国、東のメソド、西のエレアザールにつぐ勢力となっている。初代皇帝とみずから名のったドオブレがしいた恐怖政治は、いくぶんゆるまったとはいえ、侵略され吸収された国々のひとびとは、圧政と差別と貧困にあえいでいた。オルムランデのひとびとも、自分たちの血税で肥え太った貴族と軍人のもとで、くるしい生活を強《し》いられている。そのなかで、帝国に果敢にたてつく盗賊神聖鳥やマグダレのゲリラたちの存在は痛快であり、救いであった。彼らは未来への希望だったから。いま、現実の生活がどんなにみじめでも、神聖鳥や狼王のような者がいるかぎり、未来はきっとかわる。彼らがかえてくれると信じられるから。とくに子どもたちにとっては、彼らは英雄だった。「いつか、自分も彼らのような、たたかう者になるんだ」と、子どもたちは思う。それこそが、ひとびとの「未来への希望」なのだ。

「シモルグ・アンカは、まだわかいハンサムな男だそうじゃないか。貴族の家もいいけど、あたしの家の窓にもしのんできてくれないかねえ」

青空の下、洗濯場に女たちのはなやかな笑い声があふれる。

「だけど、彼はこわいひとだよ。殺しこそしないけど、相手を傷つけることなぞ平気だもの」

「ヴォワザンのド腐れどもにゃ、いいクスリさ」

女たちがワイワイと洗濯しているところへ、うつくしく透明で、張りのある声がひびいてきた。

「薬はいらんかね～」

女たちが、いっせいに洗濯の手を止めた。

「バルキス!!」

籐《とう》のかごを首からさげた、薬売りのバルキスがやってきた。

「やあ、ねえさんがた。にぎやかだね」

「バルキス、おふくろさんの具合はどうだい」

「まあまあだ。ありがとよ」

「ちょうどよかった。腹痛の薬をおくれな。下の子が腹くだしちまってよう」

「あたらしい紅の色はないのかい。赤い色がほしいんだけど」

「アイアイ、いろいろあるよ。見てってくんな」

まだ少年の顔をした、この年わかい薬売りは、いつものように女たち相手に商売をしはじめた。

バルキスは十八歳。あれた城下町の片すみで、年老いた母とふたりで暮らしている。

母のアリエトは、腕のいい薬師《イュンクス》であり、貧しいひとびとにとってこの親子がつくる薬や化粧品は、安くてよくきくと評判だった。薬師とは、さまざまな薬草、香草を調合し、魔術でもってその効能を高める魔道士のことである。

「やあ、あねさん。その紅の色が肌によく映えるよ。帝国の男どももメロメロだあ。ガッポリかせげるぜ」

「あ～ん、商売上手なんだから♡　バルキス」

「それにあんたときたら、あいかわらず、なんていい声なの。歌い手になりゃ、成功するだろうに」

バルキスはヒヒッとわらった。

「おれぁ、あねさんたちに、こうやってかこまれてるほうがいいやね」

「うぅん、カワイイ子♡　バルキス！」

女たちはバルキスをだきしめ、つぎつぎとキスをした。

「あんたは、あたいたちの吟遊詩人《バード》。さあ、その魔力のある声で、もっとしびれさせておくれよ」

青灰色の目をキラッと光らせると、バルキスは洗濯場の中央に立った。

「シッ！　バルキスが歌うよ」

家のなかにいた者たちも、窓辺にきて耳をかたむける。

恋よ　恋よ
闇夜にバラの咲く香り
ぬれた花びらにくちびるをよせて
かなわぬ思いを語る　残酷なおまえ
恋よ　恋よ
月のない夜　おまえはおどる
わたしの投げた花をふんで

ムチのようにしなやかで力強く、月下に咲くマリンカの花の香りのように、なまめかしい歌声。女たちは、うっとりとききいった。

3

「なんだな。白粉《おしろい》のにおいをぷんぷんさせやがって」

サヴェリは、ひとつしかない目をギロリとさせた。

「表の仕事をちゃんとした証拠さね。きょうも薬と化粧品がよく売れたぜ、ついでに一曲歌やあ、おひねりもとんでくるってね」

バルキスがわらった。

「けっ！　つくづくいろんな芸を持ってる奴だぜ、おめえはよ」

店さきにぶらさげた「なんでも修理屋」の札を裏がえして「休憩中」にすると、サヴェリはバルキスと店のおくへはいっていった。

なべやら、くつやら、かばんやらが、山とつまれた小さなきたない部屋のランプをともし、サヴェリがバルキスにいった。

「さあ、きょうのエモノを見せてもらおうかい。シモルグ・アンカさんよ」

バルキスはにやりとわらって、籐かごの底をパカリとあけた。二重底のなかには、金貨と宝石がぎっしりとつまっていた。

「おお──っ！」

サヴェリは大きくため息すると、さっそく宝石ひとつひとつを品定めしはじめた。毛深くごつごつしたその手に繊細《せんさい》な宝石は、いかにも似あわないが、そのむかしは盗賊だった鑑定眼はたしかなものだ。バルキスはガラクタの上にすわり、シバの小枝をかみながらサヴェリの仕事をながめた。シバのぴりぴりとした刺激が口のなかにひろがる。

「あいかわらずみごとな腕だな、バルキス」

サヴェリは、大つぶの紅玉をランプにかざした。

「なあに。これも盗品をさばけるあんたがいてこそさ」

「おめえのエモノにゃあ、魔的なものがまじってねえから安心できるのさ。魔的なお宝は足がつきやすいからな」

「神石《ベテル》や霊石《ガマエ》には、こいつがすぐに反応してくれる」

バルキスは、くつにしこんでいた短剣をとりだした。柄に魔文字と五芒星《ペンタグラム》をきざんだ霊剣《アグラー》は、母からおくられたもの。祖父の形見らしい。いくら魔術《マギア》が生活の一部になっているとはいえ、ふつうの人間には、ただの宝石と、霊気をふくんだ神石や霊石の見わけはつきにくい。なかには、持ち主と密接につながりあっていて、主《あるじ》に自分の居所を知らせようとするものさえあるのだから、盗賊にとってはやっかいなことだ。バルキスの霊剣は、霊気の高いものに対すると、さまざまな反応を伝えてくる。ときにはビリビリとした雷撃であったり、ときには吐き気をもよおす臭気《しゅうき》であったり。それにより、バルキスは盗む、盗まないの判断をするのだった。

「こんどは、ボダン少佐の居合の腕も、ついでにいただいたそうだな」

バルキスは鼻を鳴らした。

「きき腕の腱《けん》を切ってやったんだが……肩からスッパリ落としてやったほうがよかったかな」

ニヤリとわらうその顔は、十八歳の子どもではなく、辣腕《らつわん》にして冷酷な盗賊の顔だった。

そう。この薬売りのバルキスこそ、帝国ヴォワザンに仇《あだ》なすおたずね者、盗賊神《シモ》聖鳥《ルグ・アンカ》だった。夜ともなれば、バルキスは昼間の薬売りの身を黒装束につつみ、帝国のお宝をかっさらっては、おなじく表は「町の修理屋」と、裏は「裏の仕事人《ネゴシオン》」の顔を持つサヴェリのもとに盗品を持ちこむ。裏の仕事人は、盗品の売買や、盗み、殺しなど、さまざまな裏の仕事をとりあつかう仲買人である。バルキスとサヴェリは、おたがい、なくてはならない最高のコンビだった。

4

夕日も落ち、広場の上を舞うコウモリをねらって人面鳥《ハルピュア》がとびかう。夜空にうかぶ女の顔が不気味だ。街をかこむ、くずれた城壁のむこうからは、あやしい影がチラチラと町中をうかがっていた。金持ちたちは、門や窓をよろい戸でかためて聖水をまいて、盗賊やあやかしたちの侵入にそなえた。

うす暗い路地裏で、小鬼《ゴブリン》が残飯をあさっていた。

「シッ！」

バルキスがちょうちんの灯を近づけると、小鬼どもは暗闇へサッとにげこんだ。ふと見ると、その暗闇のむこうにあるはずのバルキスの家に、灯がともっていない。

「おふくろ!?」

家のなかへとびこむと、母アリエトが床にたおれていた。バルキスはとびつくと背中をたたいてよびかけた。

「おふくろ！　だいじょうぶか、おい!?」

「う……うーん」

なんとか意識はあるようだ。ベッドへ寝かせ、いつもの薬をのませる。アリエトは、もうずいぶん長いことわずらい、寝たりおきたりの状態だった。それでなくてもけっこうな年らしいし（いま、何歳なのか母はけっして教えてくれないが）。それでも気持ちはピンシャンした、強い女だった。だが今夜、あかりの下で見るアリエトの寝顔は、ひどくよわよわしかった。

「いよいよかなあ……」

母の顔をのぞきこんで、バルキスはつぶやいた。

「なにが、いよいよだいっ」

頭からすっぽりとかぶったベールから目だけだして、アリエトがキッとバルキスをにらんだ。

「あら、おきてたかい」

「ふ――っ……」

アリエトは大きなため息をついた。

せまい部屋をうめつくすように薬草と香料の箱がならぶ。生まれたばかりのバルキスをだいて、ここで薬師《イユンクス》の商売をはじめて十八年。長いようでみじかかった年月。

「そう……。いよいよなら、おまえにいっとかなきゃならないこともあるね」

バルキスは青灰色の目をクリッとさせた。

「なんだい。遺産でもあるのかい」

「ハ！　この薬以外なんにもないさ。でも、けっこうな値打ちもんだよ」

「おふくろが死んだら、その薬をだれがつくるんだぇ？」

「おまえがいるだろ、バルキス」

「………」

「おまえを産んでよかった」

栗色《くりいろ》の瞳が、愛《いと》しそうにバルキスを見つめた。

「妊娠したときゃ、びっくりしたけど」

「ほんと……いい年こいて」

「まさか妊娠するなんて思わなかったさ」

「くどくほうも、くどくほうだよな」

「いい男だった……」

「この際、おやじがどこのだれかも教えてくれよ」

「それはほんとに知らないんだよ」

「名前もか?」

「たしか……フォンとかいったと思うんだけど……放浪魔道士《トルヴァドーレ》だったし」

「風《フォン》か。偽名くせー名前。いつかあったって、おたがいわかんねーだろうな」

「男どうしだから、まちがいもおこるまいよ」

「なんの話だ?」

放浪魔道士は、その名のとおり各地を放浪して歩いている。ひとところに長くとどまることはまずない。ゆきずりの恋で子どもができたことを父は知ることもなく、いまごろはどこの空の下か。

「でも、そっくりさ。おまえのその、青灰色の目……」

アリエトは、バルキスの目を見つめた。そこに、一夜の恋の思い出がある。あの恋は、ただのぐうぜんだったのだろうか。アリエトはバルキスの瞳のおくに、遠いむかしからの運命の道筋を見た。

「あたしがオルムランデをでたのは、ヴォワザンが攻めこんだ日。あの日、じいさんはあたしをつれてオルムランデをにげだした……」

母がはじめて語る物語だった。

「おふくろは腕のいい薬師《イユンクス》だ。街道の宿場町じゃあ、けっこういい稼《かせ》ぎをしてたはずだろ。なんでわざわざオルムランデに帰ってきたんだい。ヴォワザンのしめつけがきつい町中は暮らしにくいだろ」

アリエトは、ふふっとわらった。

「おまえにやった霊剣《アグラー》だがね。あれをじいさんからもらったとき、わかったのさ。あたしは、じいさんのほんとうの孫じゃないんだってね」

「え？」

「じいさんは植木職人だった。そのじいさんが、あんなすごい霊剣を持ってるはずがないじゃないさ。あれは、ほんとうの親の持ちものだったのさ」

意外な事実だが、バルキスにとってはピンとこない話だ。これは母の問題のように思えた。

「じゃ、オルムランデにはほんとうの親さがしにきたのかぇ？」

アリエトは首をふった。

「帰ってくるつもりはなかったさ。ほんとうの親がだれでも興味はないよ。じいさんはいい親で、あたしは幸せだった。ただ、おまえができた。思いもかけず、ほんとうに……思いもかけず……」

老いてなお妖艶《ようえん》にうつくしいアリエトに、そのむかしはどれほどの男たちが求愛したことだろう。それでも、魔道士としてかたくなに孤高《ここう》をとおした身に、思いもかけず宿《やど》った命。アリエトはおどろきと同時に、運命を感じた。だからもどってきた。生まれ故郷のこのオルムランデへ。かつてのうつくしい花の都《みやこ》にして、魔王封印《ふういん》の地。

「なぜだか、おまえをオルムランデでそだてたいと思ったのさ。ヴォワザンとの戦《いくさ》でずいぶんひとが死んで、あたしたちの親族なんてのもいないだろうけど、だけどやっぱりここは故郷《ふるさと》だから。おまえにとっても、故郷だから……」

小さなあかりの下で、アリエトの表情がすがすがしく、うつくしく輝いた。バルキスは眉《まゆ》をひそめた。その輝きは、燃えつきるまえのろうそくの灯だと、すぐにわかったから。

「伝説じゃ、オルムランデは魔王を封じたとくべつな場所だそうだよ。だからヴォワザンに攻められたんだってさ。いつかヴォワザンがたおれて、もとの平和なオルムランデにもどればいいね。おまえはそこで……幸せに……」

ねむるような最期《さいご》だった。死に顔というにはあまりにもうつくしく、おだやかなアリエトの顔を、バルキスはしばらくながめていた。小さな小さな家。薬草と香料にうもれるようにして、母と子はさいごの夜をすごした。

5

くつの修理にとりくんでいたサヴェリが顔をあげた。

「おう。おふくろさんは気の毒だったな、バルキス」

「なぁに。いい死にざまだったさ」

バルキスはいつもとかわらず、かるくかえした。サヴェリはポケットからシバの小枝をとりだし、バルキスに投げた。

「ありがとよ《マハーロ》」

つまれたガラクタの上に腰をおろして、バルキスは小枝をかんだ。せまい路地から見あげる空を鳥たちがわたってゆく。きょうも。そしてあしたも。

「けっきょく、おふくろさんは、おめえが神聖鳥だとは知らずに、いっちまったわけか」

「さてね。知ってたかも」

バルキスは肩をすくめた。

「いい女だったなあ」

くつの修理をしながら、サヴェリはへへへとわらった。バルキスはしばらく小枝をかんでいたが、やがていった。

「サヴェリ、あんたはずっとここにいたんだろ。オルムランデの伝説を知ってるか?」

「なんの伝説よ?」

「おふくろがみょうなことをいってたのさ。オルムランデには、魔王が封じられているとな」

「……ハアハア、そういや、きいたことがあるよーな……」

「それでヴォワザンに攻められたんだってさ」

「はいはい、六十何年もまえの話だなあ。初代皇帝のドオブレは、オルムランデを攻めたとき、国中の坊さんをみな殺しにしたんだ。てぇのも、その魔王が教会に封じられたからだってな」

「教会って、どこの？」

「国教会さ。なんてったかな、あー……メルヴェイユ寺院だ。街のはずれにあるだろ」

「……あそこか？　ただのがれきの山じゃねえか」

「そうだな。いまじゃ寺院跡《あと》だ」

皇帝ドオブレはあのあとも、なんとか魔王の封印を解くべくあらゆる方法をこころみた。名のある魔道士をよんでは解封にとりくませたが、ことごとく失敗。そのたびに魔道士は殺されたので、封印の間《ま》には白骨が山とつまれたという。しかし、封印はついに解かれなかった。

「魔王なんて、ほんとにいたのかよ」

バルキスは、ヘッと鼻を鳴らした。サヴェリも肩をすくめた。

「さあて。どこにでもあるおとぎ話のような気もするがね。それにしても、もう何百年もむかしの話さ。いくら魔王でもわすれられちまうよ」

時はすぎてゆく。確実に、無情に、ただすぎ去っては、すべてを過去へ過去へとおしながしてしまう。たとえ何者であっても、それにあらがうことなどできないのだ。

皇帝ドオブレにとっても、それはおなじことだった。かつての残忍王《ざんにんおう》も、いまや齢百十をこえた老人。老いと病《やまい》で床《とこ》にふして早三十年にもなる。そして、ドオブレは跡継ぎにめぐまれなかった。息子サンニは、脆弱《ぜいじゃく》にして無能。それまでのヴォワザンの勢力は、ここでピタリと止まってしまう。ドオブレは「魔王の力さえあればいまごろは」と、くる日もくる日もなげいたという。もちろん、サンニは「魔王」には露《つゆ》ほどの興味も持たず、ドオブレが病にふしてからは、帝国では魔王のことは話題にのぼらなくなった。サンニの息子ドランフルは父よりはましな武将にそだったが、やはり魔術にはあまり関心がなく「オルムランデの魔王」の存在は信じていなかった。

メルヴェイユ寺院のことは、すっかりわすれられ、敷地に野ざらしがゴロゴロしていたのでは、近づく者もなく、たちまちあれ果てていった。いまや人面鳥《ハルピュア》たちの巣というありさまである。

第二章　ねむる魔王

1

バルキスは、メルヴェイユ寺院へいってみた。

街のはずれへとむかう一本道。立ち枯《が》れの林をぬけると、雑草がぼうぼうとしげるなかに、廃墟《はいきょ》と化した建物がむざんなすがたをさらしていた。かろうじて外壁はのこっているものの、くずれたレンガのむこうに青空が見える。そして、教会のうちにそとに散らばる骨の数たるや、白骨のじゅうたんの上を歩くようだった。まだドオブレが魔王召喚《しょうかん》にご執心だったころは、ここで毎日のように祈禱《きとう》や殺人がおこなわれ、とび散る血潮《ちしお》、うずまく陰《いん》の気にひかれた魑魅魍魎《ちみもうりょう》、魔獣《まじゅう》どもがあたりをうろつき、さながら魔都《クーロン》のようだったと、当時を知る年寄りが話してくれた。

いまはもう、そんなこともない。がれきのあいだには、かわいた空気があるだけだ。建物の暗がりには人面鳥《ハルピュア》たちがかたまってねむっているが、こいつらは、たいした魔物でもない。

「ふー……っ」

バルキスは、ため息をついた。がれきと白骨の上に、日がななめにさしこんでいる。

「夢の残骸《ざんがい》だね」

時代に置き去りにされた過去の遺物。伝説に狂奔《きょうほん》した人間の欲望も、無慈悲《むじひ》にながれ去る時間にさらされ、朽《く》ち果《は》てようとしている。

「あるかないかわからねえ、お宝のために、これだけの人間が死に、オルムランデはほろぼされたってわけか」

骨をふみしめると、パキリとかるい音がした。

「くだらねえ。お宝なんてものは、この手にしっかりとにぎれるもののことさ。金貨に銀貨に宝石。真珠細工の宝剣。月光石《げっこうせき》の女神像《アスタルテ》……」

バルキスは地下への階段をおりていった。穴のあいた天井からさしこむ光が照らす地下には、さらに多くの骨が散乱し、しゃれこうべがうず高くつまれていた。

「やれやれ」

どっこいしょと、石のテーブルの上に腰をおろし、バルキスはシバの小枝をかんだ。骨の山のかげに身をよせあって、人面鳥たちがバルキスを見ていた。しばらくぼんやりとシバをかんでいたバルキスだが、ふと気づいてハッと立ちあがった。

「おっと、こりゃ失礼！　柩《ひつぎ》だったのか」

石のテーブルだと思っていたものは、石棺《せっかん》だった。地下室のほぼ中央にポツンと置かれているのは奇妙だが。

「きっとあれだな。教会の創設者かなんか、エライひとなんだろうな」

と、思う心にムクムクと盗人根性が頭をもたげる。

「……ひょっとして、副葬品かなにかのこってたりして」

柩のふたに手をかけ、力をこめる。それは、そうとうに重かった。だが……。

「おっ……うごく！」

石のふたが、ゴトリと音を立てたそのとき。

「ギャ――ッ!!」

地下にいた人面鳥たちが、きたない悲鳴《ひめい》をあげていっせいに乱舞《らんぶ》した。

「なっ、なんだ!?」

「ギャ――ッ、ギャ――ッ!!」

ッ!!


「うるせぇぞ、てめーら!!」

くるったようにとびかう人面鳥《ハルピュア》が、バルキスの背中に思いきりぶつかった。ドカ
「ごっっ……!!」

息がつまり思わずひざをつく。その上に、しゃれこうべの山がドッとくずれてきた。

「わ――っ、イテテテテ!!」

カビとほこりと、腐肉《ふにく》のにおいが立ちこめる。人面鳥たちは、大さわぎしながら地上へにげていった。

「ゴホッ……ゲホッ……」

背中の痛みをこらえて、やっと立ちあがる。地下室はシンとしずまりかえり、しゃれこうべと羽が一面に散らばっていた。

「なんなんだよ」

と、いいつつふりかえると、石棺のふたが半分ほどひらいていた。そこに――。

「…………」

一瞬、脳みそが凍《こお》った。あまりに意外なものを見て。

「こ……子どもっ!?」

石棺のなかにしきつめられた青い布。その上で、まだおさない、どう見ても五、六歳の男の子が……ねむっている!?

「生きてるのか?」

バルキスは、そっと顔を近づけてみた。元気そうな顔色をしたその子は、スヤスヤと寝息を立てていた。

「……フッ」

と、バルキスは鼻を鳴らした。いまの状況にあまりにもそぐわないものを見て、一瞬気が動転してしまったが、現実的に考えれば、どうということはない。

「捨て子か」

こんな世の中だ。親をなくした気の毒な子どももいれば、子どもをそだてられなくなった親もいる。人買いに売りわたすか置き去りにするか、究極の選択だろう。事情によっては殺さねばならない場合もある。この子は、殺す目的でここに閉じこめられたのだろう。

バルキスはべつに、そういう親たちについて、どうのこうの思わない。他人の家の愛や道徳など、知ったことか。バルキスは石棺のふたをよいしょともとにもどし、帰ろうとした。

「見なかったことにしよう」

そのとき、

「すんなよ」

あどけない声が背中にとんできた。

バッ!!　と、ふりかえる。石棺のふたを持ちあげて、あの男の子がバルキスを見ていた。

「……!!」

男の子は、ニコッとわらった。持ちあげた石のふたを床に落とす。ゴオンと、いかにも重い音が壁をふるわせた。男の子は柩から立ちあがり、うーんと伸びをした。

「ウ――ッ、ヤア！　シャバの空気だあ!!」

バルキスは目をパチクリさせた。なにか異様なものを見ている気がするのだが、どこが異様なのかよくわからなかった。男の子はピョンととんで、バルキスのそばへやってきた。

黒髪に、黒い大きな瞳。白いシャツと紺のパンツにサンダルばき。黒いがま口バッグをたすきがけにして、それはどことなく異国風ではあるが、どこにでもいるような子どものすがただった。

「いまは何年だ？」

子どもは、大きな目をクリクリさせた。バルキスの背中に冷や汗がしむ。

「何年って……メソド暦《れき》でいうと、六百二十一年だ」

「オ――ッ、ラ、ラァ！　五百年ぐらいたってるぅ！」

バルキスは、子どものそばからスッとからだをしりぞけた。

「おまえ……何者だ？」

子どもは胸を張ってこたえた。

「おいら、フップ！　神霊《ジンニー》のフップさ!!」

「神霊だと⁇」

ここでまた一瞬白くなりそうになった頭を、バルキスはスッと切りかえた。

「そうか、わかった。じゃ……」

なにもなかったことにして立ち去ろうとするバルキスに、フップはとびついた。

「まってくれよ、ご主人《マスター》さま！」

「マスター⁉　だれがマスターだ！」

「あんたがマスターだ。おいらをよんだからさ！」

「よんだ……？」

フップは、バルキスのまえで両手をひろげた。

「さあ！　望みはなんだい、マスター？　あんたの思うまま、なんでもかなえてみせるぜ。おいらは破壊と創造の力。あんたの野望《ゆめ》の具現者《ぐげん》さ」

「………………」

バルキスは、しばらくその小さなあどけないすがたを見ていたが、やがて深々とため息をついた。

「まったくもって気の毒な話だが、親をうらんじゃいけねぇぜ。その口八丁《くちはっちょう》は、いい稼ぎになる。しっかりやりな」

そういってバルキスは、フップの頭をやさしくなでた。フップは、プーッとほっぺをふくらませた。

「信じてくれよぉ。おいら、ホントになんでもできるんだからあ」

足もとにベタベタとまとわりつくフップに、バルキスはうんざりした。

「あ――っ、そお！　じゃ、いまこの目のまえに、ごちそうでもだしてもらおーかなあ、神霊さんよ！」

青筋を立てつつバルキスがそういうと、フップはうれしそうにこたえた。

「アイアーイ！　ごちそうね。まっかせといて!!」

そして、肩からさげたがま口バッグをパチンとあけ、なかからどう見てもそのバッグより大きな布の巻物《まきもの》をとりだした。

「空とぶじゅうたん――っ!!」

フップは元気よくさけぶと、巻物をパンッとひろげた。すると玄関マットほどのその布は、ふわりとういたのだ。

「えっっっ……!?」

我が目をうたがうバルキスのまえで、フップはそれにひょいとのるや、バビュンッという旋風《せんぷう》とともに消えた。

「…………」

小鳥の声がきこえた。ほこりの舞う地下室で、バルキスはしばらくぼうぜんとしていたが、

「さ……帰ろうか」

と、またなにもなかったことにして階段をのぼっていった。ところが、建物からそとへでたとたん、目のまえにドドドドッと、食べものがふってきたのだ。

「わああっ!?」

「おまたせ――っ！　ごちそうだよ――っっ!!」

食べものにつづいて天からふってきたフップが、バルキスにとびついてきた。

「……え……!?」

バルキスは絶句した。目のまえにつまれたリンゴ、ブドウ、メロン、パンにソーセージ、肉の塊《かたまり》、お菓子《かし》、それに見たこともないような、くだものらしきものの山！

「……マジ？」

現実《マジ》だ。夢でも幻覚でもない。

にこにこするフップのかわいらしい顔を見ると、バルキスはゾッとした。自分にだきついているその手を思わずふりはらう。

「食べないの？」

フップはキョトンとした。

「……や、その……」

オルムランデの魔王。五百年まえ、地上を恐怖におとしいれ、高僧たちがよってたかってやっとの思いで封印し、残忍王ドオブレが一国をほろぼしてまで手にいれようとした強大、邪悪な力。……この子が？　この子が、そうなのか!?

「子どものすがたをした……神霊《ジンニー》！」

バルキスは、のどがひきつった。

「どうしたの？」

「イヤ、ちょっとのどがかわいて……あ」

いってからハッとした。

「アイアーイ！　まっかせといて!!」

フップが、またバッグをパチンとあける。

「竜脈《りゅうみゃく》の杖《つえ》――っ!!」

「イヤ、ちょっと……！」

バルキスが止める間もなく、フップはとりだした杖を地面につきさした。

「えいっ!!」

ドオオン!!　地響きにつづいて、杖をさした地面がバックリとわれた。

ドドオオオ――ッッ!!　大地のさけ目から、ごうごうたる竜巻《たつまき》のような水が吹きだした。水柱《みずばしら》が上空はるかに立ち、どしゃぶりとなってあたり一面にふりそそいだ。

「マスター！　水、水!!」

フップはうれしそうにぴょんぴょんはねた。

「あ、あ、あ、あ……！」

さすがの神聖鳥《シモルグ・アンカ》も、これには顔面蒼白《がんめんそうはく》。

「下町がしずむ……！」

バルキスたちの住む下町は、夏の夕立がふっただけでも足首までつかる水はけのわるさなのだ。

「ととっ、止めろ、フップ！　水を止めるんだ!!」

「のまないの？」

「もう十分のんだ！　もういい!!」

「アーーイ」

フップは水柱のそばに立つと、がま口バッグからぶ厚い本をとりだした。

「**魔法大百科事典んんんーーっ!!**」

いちいちさけばないといけないのだろうか？　フップは本をパラパラめくった。

「え〜と、土鬼《ドルク》をつかう法は……と。あ、これだ。え〜……**ヴァクヴァイラ・イェヴ・カデシュトゥ・ヴァ・ダード・オロ・アシム・サンダルフォン**……」

フップが呪文を唱《とな》えると、大地の亀裂《きれつ》は、まるで何者かがうめるようにザクザクと閉じていった。

静けさがもどる。かたむいた日の光をあびて、水びたしの景色がキラキラ輝いた。

いきなりふってきた局地的な大雨に、下町のひとびとはさぞやおどろいたことだろう。バルキスは力がぬけて、その場にガックリとひざをついた。心臓がおどる。

「どうしたの？」

フップのあどけない顔がのぞきこんできた。黒い大きな瞳をクリクリさせて。ほんとうに、なんてかわいらしいのだろう。ほんとうに……。

「子ども……」

バルキスはつぶやいた。

「おまえはほんとうに、ここに封印されていた、魔王とよばれた者なのか!?」

「うん」

「五百年まえのおまえのマスターは、どんな奴だったんだ？」

「ナリーっていう女の子」

「女……の子？　年はいくつだ？」

「たしか……三つだったかな!?」

アッケラカンとフップがこたえた。バルキスは腰がぬけるような気がした。

「この調子で……三つのガキのいうことをきいていたのか……」

「うん。すっげおもしろかった！　ナリーちゃん大好き!!」

「そーだろうよ」

齢《よわい》何百歳という年はへていても、この神霊《ジンニー》はまだほんの子どもなのだ。この子どもが好きほうだい力をふるえば、どんな惨状《さんじょう》を巻きおこすか……。目にうかぶようである。

「封印されるわけだ」

バルキスはため息をついた。

伝説はほんとうだった。皇帝ドオブレは正しかった。一国をほろぼしてまで欲した力。だがもし、ドオブレがこの力を手にいれていたら、世界は地獄にしずんでいたことだろう。

「なぜドオブレに解けなかった封印が、おれに解けたんだ？」

バルキスの問いに、フップは胸を張ってこたえた。

「あんたが、おいらの支配者《エルアルコン》だからさ！　おいらはかなえる力。支配者の望みをかなえるのがおいらの仕事！」

バルキスは、ヘッと鼻を鳴らした。

「三つのガキでも『支配者』なわけだ」

「望みをいってくれよ、マスター」

「マスターなんてよぶな！」

バルキスは声をあらげた。フップがビクッと身をちぢめる。その瞳が、はじめておびえたようにうるんだ。ほんとうの人間の幼子《おさなご》のように。

「……おれの名前はバルキス。バルキスだ」

「バルキス……」

バルキスは立ちあがった。上から下までびしょぬれだ。はやく帰って、着がえよう。

「おれにくっついていてもむだだぞ、フップ。もっと支配者にふさわしい奴がいくらでもいる。マグダレの狼王なんかどうだ？　いま、もっとも危険な反ヴォワザン分子だ。夢や野望も山ほど持ってるだろうぜ」

そういいながら帰ってゆくバルキスのうしろすがたに、フップがぽつりといった。

「あんたに夢はないのかい、バルキス？」

夢？

夢……。

なにか、夢を見たろうか。

気がつくと、うす暗い、せまい、きたない路地にいた。冷酷な貴族とおうへいな軍人たちに追い立てられ、みじめに暮らす街のひとびとを見てきた。暗がりには、いつもあやかしどもがうごめいていた。それでも、もっといい暮らしがしたいと夢見たことはない。やさしい母がいた。たくましく、したたかに生きる女たちがいた。どん底にはいつくばっても、生まれ故郷をすてない男たちがいた。この街が好きだ。不満などなかった。

夢。

未来を夢見たことがあっただろうか。ただのいちども、なかった気がする。未来のことなど考えられない。いまを生きることで十分だ。いまがたのしい。それでいい。神の力などほしくはない。自分は自分の力だけで生きてゆくのだ。

2

バルキスが下町の洗濯場へもどってくると、案の定そこら中が水びたしだった。女たちが水をはきだしたり、ぬれたものをほしたり、いそがしく立ちはたらいている。

「やあ、ねえさんがた。すごい雨だったねえ」

バルキスは、つとめていつもの調子で声をかけた。

「ああ、バルキス！　ホントびっくりしたよぅ。とつぜん、ふってくるんだもの」

「夕立にしちゃ、へんだったよねえ。季節もちがうし……」

女たちは、みな首をかしげた。バルキスは内心冷や汗をかいた。そのとき、女たちのひとりがバルキスの足もとを指さした。

「おや？　その子はだれだい、バルキス？」

「……えっ……？」

おそるおそるうつむくと、バルキスの足にしっかりとしがみついたフップと目があった。

「……!!」

サ――ッと、血の気がひく。

「おやまあ、なんてかわいい子なんだろう！」

女たちがワイワイあつまるのを見はからったように、フップが大きな目をうるうるさせていった。

「おいら……おいら、父ちゃんと母ちゃんにすてられちゃったんだ。教会のとこに置いていかれて……こわかったよう」

女たちがざわめいた。

「あんなとこに子どもを置き去りにするなんて、なんて親だ！」

「人面鳥《ハルピュア》や魔犬どもがうろつく場所だよ。食われちまえってことかい!?」

「いくら暮らしがきついからって、こんなかわいい子を!!」

我がことのように怒る女たちのまえで、絶句したままのバルキスを尻目に、フップの演技は最高潮に達《たっ》する。

「おいらこわくって、おなかすいて泣いてたら、バルキスのお兄ちゃんがきて……。お兄ちゃんが、めんどうみてやるから、いっしょに家で暮らそうっていってくれたんだ。おいら、うれしくて……とってもうれしくて!」

真珠《しんじゅ》のような涙をポロポロこぼして、うれしそうにフップがわらうと、女たちからいっせいにため息がもれた。

「おお……!」

「バルキス! あんたってば、なんていい子なの!?」

「えらい! えらいよ! めったにできることじゃないよ!!」

「よかったね、ボーヤ!」

女たちは大感激。バルキスとフップをかわるがわるだきしめては、キスの雨をふらせた。

「て・ん・め〜〜ぇぇぇ……!」

女たちにもみくちゃにされながら、バルキスはフップをにらみすえた。愛らしい顔が、ぺろっと舌をだした。

3

ひとりきりになるはずだった家に、バルキスはまたふたり暮らしをすることになった。しかも同居人は、とてつもなくでっかい爆弾のような奴なのだ。

「なんてこった……」

頭をかかえこむバルキスのよこで、フップは香料の箱をとっかえひっかえ、頭をつっこんでいる。

「ウ――ッ、ヤア！　いいにお――い！」

「おふくろの形見《かたみ》だ。粗末《そまつ》にすんな」

「おふくろさん、どこへいったの？」

「だから死んだんだよ」

「ふ――ん」

フップは、べつに気の毒そうなそぶりは見せなかった。

（やっぱ感覚がちがうんだな、精怪《せいかい》ってやつはよ）

舌打ちをしつつ、バルキスは夕食の用意をはじめた。

「食べものなら、おいらが用意するのに、マス……バルキス」

フップは不満そうだ。豆缶《まめかん》を煮ながらバルキスはこたえた。

「おれぁな、ごちそうなんかにゃ興味ねーんだよ。おれらにゃ、おれらの食いものがあるのさ。これでそだってきたし、これからもこれを食ってゆくさ」

と、いいつつも、教会のまえにほうりだしてきたあの山のような食べもののことは、ちょっぴり惜《お》しかったなと思うバルキスだった。

小さなテーブルの上に用意されたのは、肉のほんの切れっぱしのはいった豆煮と、かたいパン、青リンゴが一個だった。母とふたりでかこんだこのメニューも、自分ひとりで食べるんだなと、ふと思った。フップが、めずらしそうに豆煮をのぞきこんでいる。

「おまえも……腹がへるのか？　ひょっとして……」

「腹はへるけど、食わなくても死なねーよ。人間の食いものじゃ、食ったって身になんねーし」

バルキスは、フップにスプーンをわたした。

「食いな」

「えっ、いいの!?　ワ――イ♡」

「目のまえにだまってすわられちゃ、まずい飯《めし》がよけいまずくなる」

バルキスは、豆煮をもうひと缶あけた。

「まずくないよ。うまいよ、これ」

フップは、皿をかかえるようにして豆を食った。母といるときよりもにぎやかな夕食となった。

「はあ？　あの食いものは、おまえが魔法でつくったんじゃないのか!?」

夕食後、シバの小枝をかみながら、バルキスはフップの話をきいていた。

「あれは、おいらがあっちこっちから持ってきたんだよ。ウ――ッ、ヤァ。からぁい、これ……」

フップは小枝をプイッとはきだした。

「だっておまえは神霊《ジンニー》だろ？　神霊なら魔法でなんだってできるんじゃないのか!?」

フップは、ひとさし指をチッチッチと左右にふった。

「無《む》から有《ゆう》はつくれないの。どんな神さまでも」

「はあ」

「あるものをとりよせるか、べつのものからつくるか、なんだ。べつのものからっていっても、たとえば水のエレメントを編んで水をつくるのはかんたんだけど、それ以上の物質変換は、すんごいエネルギーがいるんだぜ」

バルキスには、いまいちよくわからない。こんな、むずかしげなことを知っているのに、こいつはなんであんなにバカなんだろうと、ふしぎに思っていた。

「そいつは?」

バルキスはフップのがま口バッグを指さした。フップは、バッグをポーンとたたいた。

「四次元バッグさ!　おいらの宝物がいっぱいはいってるんだ。たとえば……」

フップは、バッグからひとふりの剣をとりだした。

「ガイア・ソード——ッ!!」

「いちいちさけばなくていい」

うつくしい彫刻がきざまれた柄《え》にはめこまれた赤い石。フップが両手首にはめた腕輪にも、おなじ石があしらわれている。守護神石か霊石《ガマエ》なのだろう。

「いろんなアイテムのはいった魔法のふくろ《キビシス》か。ガキのころ読んだ絵本によく似た話があったような……」

「永久《えいきゅう》ランプ――ッ!!」

「うるせーって」

バルキスは、シバの小枝を指でキュッとまげると、フップめがけてとばした。小枝は、フップのおでこにペチリとあたった。

「アイヤッ」

フップは、バルキスに小枝をとばしかえしたが、うまくとばなかった。

「水のエレメントを編む……とは？」

「水のエレメントは、空気のなかにいっぱいあるんだ。だからそれをあつめると……」

フップは、空中でなにかをあつめるしぐさをした。すると、かさねた両手に透きとおった水がたまった。

「おお……」

「ね、これは、いちばんかんたんにできるんだ」

にっこりとわらった顔は、純真《じゅんしん》そのものだった。バルキスは、小さくため息をついた。

「こんどから、水がほしいといったら、こうしてくれ、フップ。おれがほしいのは、あんな竜巻みたいな水じゃない。これさ」

　小さな小さなフップの両手を自分の手でそっとつつむと、バルキスはそこにたまった水をのんだ。

「ふ―――ん」

　フップは、大きな目をクリクリさせた。

（教育だ……。こいつには教育が必要なんだ）

　バルキスは思った。フップは、なにも知らずに力をふるっているだけなのだ。教育を受けていない子どものように。

（うっとーしい話だが、こいつをこのままほっぽっとくわけにゃいかねーよな……）

　スヤスヤとねむるフップの寝顔を見ながら、バルキスは考えていた。

「運命《リトン》か……」

　母アリエトは、なぜ故郷に帰ってきたのだろう。なぜ、バルキスをオルムランデでそだてたいと思ったのだろう。母自身にもわからぬその真意はなんだろう。バルキスがオルムランデの魔王をよみがえらせてしまったのは、ただのぐうぜんなのだろうか。

　その夜は、おそくまでねむれなかった。五百年近くもねむっておいて、まだグースカ寝こけるフップを見ていると、ちょっと腹が立った。

4

あくる日。バルキスはフップを街へつれだした。

せまくきたない路地に、かたむきかけた家が、ちまちまとならぶ。病人や浮浪者《ふろうしゃ》や
ヨタレ者が多く、その陰気《いんき》で暗くかげって見える街角。店さきに売り声もない。

「なんか、貧相な街だね」

フップの率直な意見に、バルキスは苦笑いした。

「敵国の占領下《せんりょうか》にあるんだ。こんなもんさ。バカ高い税金をはらうだけで、みんな
せいいっぱいなんだ。暮らしによゆうなんざねえよ」

「バルキスも税金をはらってんのかい？」

「アーイ、もちろんさ。善良な市民だからな」

「ふ――――ん」

そのとき、肉屋の店さきにぶらさがったソーセージを、フップがチョイと失敬した。

「フップ！」

バルキスは、フップのまえにひざを折った。

「そいつあ、盗みといってな。人間の社会じゃ、やっちゃいけねえことなんだ。店で売ってるものがほしかったら、ちゃんと金だして買うんだよ。エイ、おやっさん。ソーセージ一本もらったぜ」

バルキスは肉屋に銅貨を投げた。

「わかったか？」

「うん、わかった。でも、おいら金持ってないぞ」

「……まぁな。ふつう、ガキは持ってねえわな。まあ、そんときゃおれにいいな。買ってやっからよ」

「ホント!?　ワ――イ♡」

フップは、うれしそうにピョンピョンはねていった。そして菓子屋のまえで止まると、うずまきキャンディを指さしていった。

「これがほしい、バルキス！」

自分の顔ほどもあるキャンディをなめながら、ごきげんのフップを見て、バルキスはふと思った。

「おれ、なにやってんだろうな。全能《ぜんのう》の神霊《ジンニー》を相手に……」

バルキスは、それから毎日フップをつれて街にでては、ひとびとがふつうに生活するさまを見せて歩いた。

「どこで、いつ仕込んだタネだあ？　ヒヒヒ！」

と、サヴェリにはさんざんからかわれた。

バルキスが街を歩いていると、ひとびとがよく声をかけてきた。

「よう、バルキス。おふくろさんは気の毒だったな。惜《お》しいひとを亡《な》くしたもんだよ」

「その子がフップかい、バルキス。なんてまぁ、かわいい子だろう。子育てにゃチョイとはやいけど、あんたならだいじょうぶだ。がんばりな」

「バルキス！　あとで薬を買いにいくよ」

「また釣りにいこうぜ、バルキス。こんだぁ負けねーからなあ！」

「拾い子したんだって？　ほら、できたてのチーズだよ。ふたりでお食べ」

医者のいないこの街で、薬師《イユンクス》であるアリエトとバルキスに、ひとびとが深い信頼をよせていたことがよくわかる。そして、暗い街角でくるしい生活に耐えながらも、なおひとびとは、たくましく、あかるく生きようとしていることが、みんなの会話から伝わってきた。

「そりゃまんぞくなんざしてねえさ。みんな、もっといい暮らしをしたいと思ってる。いや、もとのオルムランデにもどりたいと思ってるんだ」

バルキスは、フップと下町からでた。

「オ――ッ、ラ、ラァ！　りっぱな家だあ」

目のまえには、下町とはくらべものにならない豪邸がたちならんでいた。

「もとの高級住宅街だ。いまはヴォワザンの貴族や軍人連中が住んでる。むこうに見える城は、ヴォワザンの総督府。オルムランデの王城《アルカサル》だったとこだ」

帝国の植民地《しょくみんち》となって六十余年。むかしのオルムランデを知る者はすくない。それでもひとびとは願う。「もとのオルムランデにもどりたい」と。

「だれか、強い英雄《エル・シド》があらわれて帝国をつぶしてくれりゃいいと、それがみんなの夢さ。だが、ひとひとりの力なんてなぁ、たかが知れてる。大きすぎる夢は人生をくるわせちまう。いや、人生どころか社会や、世界まで……。おまえが、五百年まえ地上をブッこわしたようにな」

「でも、バルキス」

と、フップはいった。

「奇跡をおこすのは、ひとの力なんだぜ。神でもぐうぜんでもないいんだ」

「………」

「おいらがマスターを選ぶんじゃない。マスターがおいらをよぶんだ。夢をかなえるために。奇跡をおこすために。ナリーちゃんの究極の夢は、世界を一回ぶっつぶして、ぜんぶお菓子の家にすることだった。あれはすばらしい夢だと思う、うん」

「あー、そーだろうよ」

そのまえに、フップが封印されてほんとうによかった。でないと世界は……と思うと、ないはずの虫歯がうずく思いだ。

「おまえ……そのまえはどうしてたんだ？」

「寝てた。おいら、マスターの夢をかなえると冬眠《とうみん》するんだ。エネルギーをためるためさ」

「じゃ、だれかの夢をかなえて……」

「おいらがどうくつで寝てたら、マスターによばれた。マスターは砂漠《さばく》で死にかけてた。マスターの夢は、家族のもとへ帰って、人生をやりなおすことだったんだ」

フップは、その男の魂《たましい》を過去へともどし、幸せな人生を歩みなおさせた。両親に愛されてそだち、愛《いと》しい女と出会い、子をもうけ、ゆたかに老い……。男はまんぞくして死んでいった。天使に祝福されたような死に顔だった。

（そもそも、こいつはなぜ人間の夢をかなえるんだろう）

バルキスはそう思ったが、首をふった。

（ハ！　あやかしにその存在意味を問うてもなあ。人面鳥《ハルピュア》どもに、どうしておまえらは肉食いなんだっていってるようなもんだ。奴らは肉を食うことが生きることなんだ。ひとの望みをかなえることが、フップが、『生きている』ことなんだろうな……）

だが、自分は？

自分に望みなどないではないか。

盗賊神聖鳥《シモルグ・アンカ》としてお宝をかっさらうのは、金持ちになりたいからか？　いや、ちがう。あのスリルがたのしいからだ。帝国の奴らにひと泡ふかせるのが痛快《つうかい》だからだ。

それ以外の、それ以上の目的などない。

（フップがマスターを選ぶのではなく、マスターがフップをよぶのなら、おれの夢は……なんだ？）

オルムランデの王城《アルカサル》に、ヴォワザンの帝国旗がたなびく。

あのころとかわらぬ風に。

かつての花の都をかけぬけていた、海《バハル》からやってくる南の風に。

第三章　鳥は夢を見た

1

　夜。猫のつめのような月が、夜空を銀色に裂《さ》いていた。

　屋敷町のいらかの波の上。黒装束に身をつつんだ盗賊神聖鳥が、おなじく黒覆面《ふくめん》をつけた小さなお供をつれてあらわれた。

「だまってついてこいよ。フップ。おれがなにかいうまで、なにもするな」

「盗みは、やっちゃいけねえことだったんじゃねーの？」

　キョトンとするフップに、バルキスは大いばりでこたえた。

「正義も道徳も通用しねえ連中はいるもんだ。それに、やつらはお宝を売ってくれねえもんでね。買うことはできねえんだよ」

「宝物なら、おいら、いっぱいあるとこを知ってるのに」

「かんたんに手にはいるものにゃ興味はねえ。こいつはゲームさ！　さきが見えねえから、おもしれえんだ」

そういうと、神聖鳥《シモルグ・アンカ》はヒラリと夜の闇《やみ》に舞った。


見まわりの目をかすめ、ガッチリとかためられたよろい戸を小刀と針金でいともたやすくはずし、バルキスは屋敷内へしのびこんだ。下見は十分にしてある。どこになにがあるか、目を閉じていてもわかるくらいだ。だが、部屋のなかが異様な気配に満ちていた。

「……!?」

バルキスのからだが、そくざに臨戦態勢《りんせんたいせい》にはいる。

「まちかねたぞ、シモルグ・アンカ」

暗がりからあらわれたのは、この家の主《あるじ》リンデン大佐だった。

「ボダンの敵《かたき》を討《う》つチャンスを、いまかいまかと、まっておったわ！」

バルキスは、懐《ふところ》のなかで霊剣《アグラー》をしっかとにぎった。

「そいつぁどーも。おまたせしてすいやせんね」

「その軽口も今宵《こよい》かぎり！　生きながら業火《ごうか》にくべ、シモルグ・アンカの丸焼きとして、サンニ陛下に献上してくれる!!」

「わらえねえシャレで」

「殺すな!!　とらえよ!!」

大佐が命令をくだすと、大佐のうしろの暗がりから黒い帯《おび》が二本、ゴッととんできた。バルキスは反射的に剣をふるった。グシャッ!!　という感触が腕に伝わり、黒蛇《へび》の頭がふたつ、床にころがった。

「これは！　ひょっとして……」

「蛇蠱《だこ》だ!!」

窓のそとからフップがさけんだ。

「黒魔術《マギア・ニグレード》!?」

「ほう……。それは、霊剣か」

暗がりから、その暗がりよりも黒い男があらわれた。顔にきざまれた魔文字。首からは五芒星《ペンタグラム》をさかさにつるしている。

「黒魔道士《ニグレード》……!!」

バルキスはヒヤリとした。

このオルムランデは、魔道士にとって禁忌《きんき》の土地だった。ドオブレが、周辺諸国をうろつく魔道士をかたっぱしからつれてきては処刑したので、ひところは、そのすがたをまったく見かけなかったものだ。だが時代がうつり、貴族たちのなかには魔道士をかかえて、政敵や商売敵から身を守る護衛《ごえい》とする者もでてきた。結界《けっかい》を張り、使い魔をあやつり、はなれた場所から呪《のろ》いをかける魔道士は、盗賊にとっても大敵だ。もっとも、魔道士といえどもピンからキリ。大魔道士《メイガス》の称号にふさわしい者などめったにいない。とくにこのオルムランデでは、腕のいい魔道士の話など、トンときかなかったのに。いま、バルキスの目のまえにいる黒魔道士は、かなりの使い手らしい。

「やっかいな奴を……」

「なにをしておる。とらえよ！　腕や足ぐらいは斬りおとしてもかまわん!!」

大佐からふたたび命令がくだった。魔道士は、呪札《じゅふだ》をとりだすとさけんだ。

「ナギニー!!」

たちまちその呪札は、一匹のばけものに化身した。下半身は蛇、上半身は女。四本の腕を持ち、それぞれに剣をたずさえて、女怪《にょかい》はバルキスに斬りかかってきた。

「うわあっ……!!」

ガシ――ン!!　と、女怪の剣をはねかえしたのは、ガイア・ソードを持ってバルキスのまえへおどりでたフップだった。

「おいらのマスターをいじめると、ゆるさないぞ!!」

「フップ!?」

「な、なんだ、この子どもは!?」

リンデン大佐も魔道士も仰天《ぎょうてん》した。さもあらん。たった五、六歳の子どもが、目にもとまらぬ剣さばきで、女怪の四本の腕をあっという間に斬り落としたのだ。フップは、さいごに剣の柄のおしりでマッチを一本すった。すると、そこからゴオッと炎がとびでて女怪におそいかかり、女怪は一瞬にして、もとの呪札となって燃えた。

バルキスも、大佐も、魔道士も、アングリと口をあけたまま、つっ立ってしまった。そのまえで剣を高々とあげ、覆面すがたのフップがさけんだ。

「強盗だ！　金をだせ!!」

思わずズッコケそうになったバルキスだが、おとなふたりもまた虚《きょ》をつかれたらしい。その一瞬のあいだに、バルキスは床に睡眠香《すいみんこう》の玉をたたきつけた。ボンッと、煙が吹きだす。

「ム……!!」

魔道士がピクリと身をひいたスキに、バルキスはフップをひっつかんで窓のそとへとびだした。部屋は煙でむせかえり、一寸《いっすん》さきも見えない。

「クハ……こっ、これは!?」

「睡眠香《バンジ》か……不覚!!」

「あぁあぁぁ……ねむいぃぃ！」

ひざからガクンと力がぬける。さすがの黒魔道士も、ひと吸いで睡魔におそわれた。

「なんと……強力な……」

その後、部屋のそとに待機していた大佐の部下たちも、部屋にはいるや、つぎつぎとたおれ、大佐と魔道士の上に、どんどんかさなっていった。

2

フップの空とぶじゅうたんもかくやのスピードで、街のはずれまで一目散《いちもくさん》ににげとび、バルキスは森のなかで、大の字にたおれこんだ。とたんに、冷や汗がドッと吹きだす。フップが、目玉をクリクリさせながら、のぞきこんできた。

「なにもとらずに帰ってきていいの？」

バルキスはとびおきた。

「おまえなあ！　なにが『金をだせ』だ!!　シモルグ・アンカは、強盗じゃねえんだぞ……いや……いやいや」

バルキスは、大きく首をふった。

「おまえのおかげでたすかった。いくらおれの霊剣《アグラー》でも、上級の魔道士にゃかなわねえ」

「おいら、役に立った!?　ワ――イ!!」

フップはバルキスの胸にとびこんできた。子犬のように。

なんて、天使のように純真なのだろう。そして、なんてこまった天使なのだろう。

バルキスはため息をついた。その小さなからだをだく腕に、しぜんと力がこもるのを止められなかった。

3

うわさは、またたく間に、ひろがった。

――黒魔道士《ニグレード》とシモルグ・アンカが魔術で対決!!

シモルグ・アンカの式鬼神《しきがみ》が黒魔道士の式鬼神を打ちやぶる!!

「シモルグ・アンカは魔術《マギア》もつかえたんだ！　すげえや、カッコイイ!!」

「式鬼神ってゆーのは、魔女の使い魔のようなものなんだろ。高等魔術だそうじゃないか」

「この調子でさあ、ヴォワザンのくそったれどもをみんなやっつけてくれないかねえ」

町中がこの話で持ちきりだった。

「おい、どういうこった!?　おめえが魔術をつかえるなんざ、きいたことがねえぜ！」

バルキスはサヴェリによびだされ、せまい部屋のなかで、つめよられてしまった。

「そりゃ、おめえには霊剣《アグラー》って霊具《れいぐ》があるが、魔術をつかえるってわけじゃねえだろ」

サヴェリは、一個しかない目玉をギョロギョロさせた。この業界は「信用第一」。いくらなじみのあいだがらでも、不審な言動にはきびしく目を光らさねばならない。

「いや……じつは、おれもおどろいてるんだよ、サヴェリ」

バルキスも瞳をキラリとさせた。

「あの黒魔道士ヤローに式鬼を打たれたときゃ、もうダメだと思ったさ。だがそのとき」

バルキスは、サヴェリの鼻さきに霊剣をつきつけた。

「なんと、この霊剣から一匹の精霊がとびだして、黒魔道士ヤローの式鬼を一撃でブッたおしちまったのさ！」

「なんと……!!」

サヴェリは、思わずあとずさった。

「そうだったのか！　霊剣《れいけん》に霊や鬼が封《ふう》じられている話はよくきくぜ。……そうか！その霊剣もそうだったのか!!　だから『霊剣《アグラー》』なんだ!!」

バルキスは、うなずきながら霊剣をしまった。

「おれも知らなかった。たぶん、おふくろも知らなかったんだろう。いままで魔物とたたかうことなんてなかったからな。精霊は、そういうすごくあぶないときにだけ、あらわれるんだ」

と、バルキスは、もっともらしいことをいった。

「なるほど！　なるほど!!　いやあ、バルキス！　おめえはホント、運のいい奴だぜ。めったとねえ、すぐれたもの持ってよう！」

興奮して握手を求めてくるサヴェリに、バルキスは、わらってこたえながらも、

（チョロイなあ、サヴェリ。裏の仕事人《ネゴシオン》がそんなこっちゃいけねぇぜ）

と、思っていた。

「だが、ついにこのオルムランデにも魔道士がはいりこんできたんだなあ。仕事がやりにくくなるぜ」

と、サヴェリは顔をしかめた。いままでは、薬師《イユンクス》や占師《ロマンサー》はいても、妖術をつかう魔道士はいなかった。それが、貴族や軍人にやとわれだしたとなると、状況はかなりきびしくなる。ふつうの人間では魔道士に対抗できないからだ。

「裏の仕事だけじゃねえ。おもての暮らしだって……」

そのとき、店のおもてから、きたない悲鳴《ひめい》がきこえてきた。

「ぎぇ――っ!!」

「なんだ？　人面鳥《ハルピュア》か？」

「こんな昼間っから、とぶはずねえが……」

フップが、おもてからふたりのもとへとびこんできた。

「バルキス！　見て見て!!」

バルキスとサヴェリが、おもてへでてゆくと、店のまえをバタバタと、大きな人面鳥がとんでいった。しかし、夜をとぶ人面鳥とちがい、その鳥はみにくく凶悪《きょうあく》で、耳まで裂けた口からおぞましいさけび声をあげた。

「凶鳥《ケライノ》!?」

陰《いん》の気の濃《こ》い場所に住む凶鳥は、黒魔道士の使い魔として、よく使役《しえき》される魔鳥である。

見あげると、街の上空を何羽もの凶鳥が旋回《せんかい》していた。魔都《クーロン》ならともかく、こんなふつうの街に凶鳥がでることはまずないことだ。街のひとびとも、不安そうに空を見あげている。凶鳥たちは、ときおり下へおりてきては、家々のあいだをとびまわり、屋根の上にとまったりした。

「なんだ、きゅうに……？」

耳ざわりな鳴き声に、サヴェリは顔をゆがめた。

「フップ！　おくへはいってろ!!」

バルキスは、フップを店のおくへほうりこんだ。

バルキスにはわかった。この凶鳥の群れは、あの黒魔道士があやつっているのだと。

「おれたちをさがしてるんだ……!!」

背中がつめたくなった。

「気配を消せないか、フップ？　あの凶鳥《ケライノ》どもは、おれたちを張ってるんだ。やつらのまえへでたくない」

フップは、キョトンとした。

「なんで？　あのときは、なんにも盗まなかったぞ」

「あんだけ派手なことしといて、なんでってこたないだろがっ！　このままじゃ、ここにいるのもヤバイくらいだ」

フップはみじかい腕をくんだ。

「ン～～……。よし！」

がま口バッグをごそごそする。

「どこでも取っ手――っ!!」

それは、ドアの取っ手だった。フップはその取っ手を壁《かべ》へくっつけた。そして取っ手を手前へひくと、壁がガチャリとひらいた。壁に「ドア」ができたのだ。

「お……！」

バルキスは絶句した。ドアのむこうは、白い霧《きり》の世界だった。

「さ、どーぞ」

フップにうながされ、バルキスはその霧のなかへはいっていった。

サヴェリがおくの部屋へもどってくると、そこにはだれもいなかった。

「あれ？」

4

霧のなかにぽっかりとうかぶドアをあけると、そこはバルキスの家のなかだった。

「おお……すげえ!!」

バルキスは思わず感動した。あの取っ手は、空間から空間へ、魔法の通路をとおす霊具《チュリンガ》だったのだ。フップは、エッヘンと胸を張った。

窓からそとを見ると、洗濯場の井戸の上に凶鳥がとまっていた。ドキリとした。

「当分、シモルグ・アンカは休業だな」

どんよりとくもった空もようの下で、凶鳥のすがたがいっそう禍々《まがまが》しく見えた。町中が魔物のはなつ陰の気におおわれているような、重苦しい空気に満ちていた。

夜。やせた月の照《て》らす下町を、まだ凶鳥がとびまわっていた。ひとびとは窓や戸をかたくしめ、不安におびえていた。バルキスも、いつもよりはやく灯を落とし、家のなかでじっとしていた。月あかりだけで見る、そとの景色のなかを、ときおり、黒い影が横切る。

こうして息をひそめていれば、むこうはあきらめてくれるだろうか。地道に薬を売っても暮らしてゆける。母にないしょだったたくわえも十分ある。生活にはこまらない。盗みなどしなくても……。それで、すむだろうか。胸のなかに不安がひろがった。イヤな予感がした。バルキスは、母と祖父の形見の霊剣《アグラー》を、ぎゅっとにぎりしめた。

すうすうと、安らかな寝息がきこえる。バルキスのからだに、ぴったりとよりそって、フップがまるくなっている。猫の子のような寝顔。

「そうだよ……。全能の神霊《ジンニー》に、やっつけさしゃいいんだよ……」

バルキスは苦笑いした。黒魔道士だろうが、帝国の獣人兵士《ソルダ・ベート》だろうが、ぜーんぶフップに退治してもらえばいいのだ。

だが、深いため息がでた。胸のなかの黒い霧は晴れない。バルキスは、明日という未来のことをはじめて考えた。それは、なんとも心もとない不安なものだった。街をおおう闇《やみ》は、夜がふけるごとに深さをましていった。

5

夜が明けた。はやおきの牛乳屋が顔をあらおうと、いつもの井戸で水をくんだ。

「ひゃああ——っっ!!」

牛乳屋の悲鳴が路地にこだました。屋根にとまった凶鳥たちがいっせいにとび立った。

「血……血だああぁ!!」

井戸の水が、毒々《どくどく》しい血の色に染まっていた。そればかりか、血の水を浴びた草花はことごとく枯《か》れ果てたのだ。水が、毒にかわってしまった。町中の井戸がそうだった。

洗濯場にあつまった女たちも青ざめていた。

「どうしよう……水がなかったら、あたいら死んじまうよ」

「どこの井戸もおなじだそうじゃないか。いったいどうしちまったんだ?」

バルキスは、だまって、くちびるをかんでいた。

「どうしよう、バルキス?　なにか、いい考えはあるかい?」

「ヤズ川までくみにいくんだ」

「あ、あんな遠くまで？」

「遠かろうがなんだろうが、くみにいくんだ！」

バルキスは、きびしい口調でいった。そのとき、一羽の凶鳥が上空をとびまわりながら、きたない声を張りあげた。

「盗賊シモルグ・アンカニ告《つ》グ！　盗賊シモルグ・アンカニ告グ！」

みんながギョッとして、空を見あげた。

「コノ街ハ、腐敗《ふはい》ノ呪《しゅ》ニシバラレタ！　呪ヲ解《と》キタクバ新月ノ夜、王城《アルカサル》ノ広場ニ、コイ！」

凶鳥は、おなじことをくりかえしながら、町中をとびまわった。ざわめく女たちのなかで、バルキスは声もなかった。

「腐敗の呪だって？　な、なんてことだい！」

「どうなっちまうんだ？　この街はどうなっちまうんだい？」

おとなたちは、とまどい、おびえた。しかし、

「こんなのへっちゃらだい！　シモルグ・アンカが呪いを解いてくれるもん!!」

そうさけんだのは、子どもたちだった。

「シモルグ・アンカがきてくれるよ！　黒魔道士《ニグレード》なんか、やっつけてくれる!!」

「シモルグ・アンカは魔術だってつかえるんだ。負けるもんか!!」

子どもたちは、ゆるぎない自信に満ちていた。子どもたちにとって、神聖鳥《シモルグ・アンカ》はただの盗賊ではなく、英雄《エル・シド》なのだ。自分たちに危機がせまっているいま、神聖鳥は盗賊の仮面をぬぎすて、英雄となって自分たちを救ってくれる！　そう信じてうたがわないのだ。

子どもたちの思いに、おとなたちは、うなずくしかなかった。おとなたちも、そう信じたかった。たしかに、自分たちを救えるのは、神聖鳥しかいない。彼が、この呪いをうちやぶらないかぎり、街のひとびとは救われないのだから。

「どうか……！」

女たちは胸のまえで両手をくみ、その場にひざまずいた。この思いが神聖鳥にとどくように、みなが祈った。

バルキスは、そっとその場をはなれた。足がふるえる。冷や汗が背中をながれてゆく。

「ちがう……」

バルキスは首をふった。

「シモルグ・アンカは、英雄《エル・シド》なんかじゃない！」

家にもどると、バルキスはベッドへたおれこんだ。どうしていいかわからずに、ただ目を閉じ、耳をふさいで、じっとしていたかった。フップが、大きな目でそのようすを見ていた。新月まで、あと三日。

6

オルムランデのヴォワザン総督府。ジェガード総督のもとに、部下があわててとびこんできた。

「そ、総督！　ジェガード総督っっ!!」

「なんだ、そうぞうしい」

「でっ、殿下がっ……ドランフル殿下がお着きです……!!」

「んなぁにぃぃ!?」

ジェガードは、いすごとうしろへひっくりかえりそうになった。ヴォワザン帝国現皇帝サンニの第一子にして、第三代皇帝となるドランフルが、いきなりこのオルムランデにやってきたのだ。大あわてで正装に着がえ、ジェガードは汗をふきふきドランフルを出迎えた。

「殿下！　おひさしぶりでございます。ごきげんよろしゅう」

「おお、ジェガード。あわてさせたようだな。使者を送るまでもなかったのだ。長居はせぬ。マグダレの狼どもを討伐《とうばつ》にゆくとちゅうなのだ」

真紅《しんく》のローブ。からだ中そこかしこにちりばめた金細工。なにより、その頭を飾る宝冠《ほうかん》の豪奢《ごうしゃ》が、このわかい武将の存在を、よりひきたたせていた。戦《いくさ》じたくにしては、いささか派手だが。

「街のそとに三個大隊をまたせてある」

「それはそれは。殿下はあいかわらず、戦がお好きなようですな。たのもしいかぎりです」

祖父から頑健《がんけん》なからだを受け継いだドランフルは、脆弱《ぜいじゃく》で無気力な父とちがい、勇猛果敢《ゆうもうかかん》。戦いを好み、各地の反ヴォワザン分子の討伐《とうばつ》を、なによりのたのしみとしていた。ただ、この王子も政治にはあまりあかるくなかった。

「こんどは、いままでで、いちばん大きな戦いとなろう。かならずや狼王の首を討ちとってくれる！」

ドランフルは鼻息をあらくした。

「しかし、殿下。オルムランデへは何用で?」

「ああ……」

ドランフルは、首を大きくふった。

「マグダレへゆくといったら、じじいが、ぜひオルムランデへよってくれというのでな」

「おお、ドオブレさまのお具合はいかがで?」

「年はとりたくないものだな。あのしわくちゃの肉の塊《かたまり》が、かつての残忍王《ざんにんおう》だとだれが信じよう。だが、えらいものでな。あんなふうになっても、わかきころの情熱はまだのこっているとみえる」

「このオルムランデは、ドオブレさまにとっては思い出の地ですからなあ」

「いもしない魔王の話を、何千回きかされたか!」

ドランフルは舌打ちした。

「シドンにひきこもってからも、未練たらしく魔術の研究をしておったわ。だが、なんの成果があったか!? いまは、自分ひとりでは食事すらできぬ、ただのごくつぶしだ、ハ!!」

ジェガードは返事に窮《きゅう》した。

「いや……殿下。わたくし、さっきからその宝冠《ステマ》に見惚《みと》れておりまして。なんとすばらしい飾りでございましょうや！」

「おお、これか。じじいからのおくりものだ」

「ドオブレさまから。それはようございました」

「うむ。じつはおれも、これは気にいっている。じじいにしてはいい趣味だ」

冠の中央には、瞳形をした巨大な緑玉《りょくぎょく》がすえられ、紅玉やら瑠璃《るり》やら黄玉《おうぎょく》やらがあしらわれたあいだに、びっしりと細かい彫刻がほどこされている。豪華絢爛《ごうかけんらん》にして気品あふれる、まさにそれは、ドランフルがもっとも好むものだった。

「そうそう。殿下、いいときにいらっしゃいました。じつは、このオルムランデにも不届きな反帝国分子がおりましてな」

「ほう」

「なぁに。つまらぬ盗人ふぜいですが、シモルグ・アンカなどと気どっておりまして、なかなか小憎らしい輩《やから》なのです。それがあすの夜、この王城《アルカサル》の広場で魔道士と対決することになっておるのです。ぜひご覧になっておいでませ」

「ふむ……。魔術に興味はないが、ま、それも一興か」

広場には黒魔術の祭壇《オールター》がしつらわれ、魔道士がなにやら祈りをささげていた。それを見おろすドランフルの冠《かんむり》に、日の光が射《さ》す。瞳形の緑玉がキラリと光った。

7

新月のまえの日。サヴェリがバルキスをたずねてきた。バルキスは、うす暗い部屋のすみでうずくまっていた。

この三日間、街のひとびとが遠いヤズの川までの水くみに、水瓶《みずがめ》を用意するやら荷車を仕立てるやら、汗水たらしているのを、バルキスは窓に張りついてじっと見ていた。食事はリンゴをかじっただけだった。水は、フップがいつもコップ一杯分を用意してくれた。バルキスは、ずっとだまっていた。フップもだまって、バルキスによりそっていた。

ドアからはいってきたサヴェリを、バルキスはゆっくりと見た。荒野《こうや》をさまよう幽《ゆう》鬼《き》のような顔。サヴェリは、ふっとかるくわらった。

「にげちまってると思ったぜ」

バルキスの顔が、いっそう暗くかげった。そのよこに、サヴェリはドッカとすわった。

「いくら霊剣《アグラー》の精霊《せいれい》がいるからってぇ、敵の張ってる罠《わな》んなかへわざわざとびこんでいくなんざバカだもんな」

バルキスはうつむいた。

にげたい、と。にげよう、と。なんど思ったことだろう。そう思う自分がイヤだったし、そうできない自分が情けなかった。どうしようもなくて、どうかなってしまいそうで、つめたい霧《きり》につつまれたみたいに、息もできないくらいだった。だがサヴェリは、そんなバルキスをその大きな手でがっしりとだきしめた。

「兄弟《コンパーレ》よ」

バルキスは、ハッとした。そのひろいひろい胸のなかが、あまりにも、あたたかかったから。

「にげていいんだぜ、兄弟」

思いもかけぬことばに、バルキスははじめ、その意味がわからなかった。

「おめえはわすれてるかもしれねえが、おめえはまだ十八のガキなんだぜ。どんなに腕が立ったって、才能があったって、まだほんのガキなんだよ。ぜんぶしょいこむ必要なんざねえんだ。投げだしたっていいんだよ」

冷えたからだがきゅうにあつくなって、バルキスはからだ中がしびれるようだった。

いろんな思いがこみあげてきた。

「だれもなにもいいやしねぇよ、バルキス。おめえがにげだしたって、そりゃだれにも責められねえ。シモルグ・アンカの名前もけがれることはねえ。だいじょうぶだ」

バルキスがようやく口をひらいた。

「街はどうなっちまうんだよ……。このまま腐敗《ふはい》の呪《のろ》いがひろがれば、この街には住めなくなっちまうじゃないか」

ふるえる声でうったえるバルキスに、サヴェリは、きっぱりといった。

「そんときゃ、街をすてればいい。どこだって暮らしていけらあ！」

大きな手が、バルキスの肩をバンバンとたたいた。

「いいか、バルキス。ほかの連中のことなんぞいいから、おめえは自分のことを考えろ！　きょう中に街をでな。アバヨ！」

さいごは、まくし立てるようにそういうと、サヴェリは帰っていった。

バルキスは、しばらくじっと、サヴェリのでていったドアを見つめていた。耳のおくに、サヴェリのことばが、いつまでものこった。たたかれた両肩がいたい。その痛みが胸にしむ。

「うそつきだな、兄弟《コンパーレ》。故郷《ふるさと》をすてられるはずねえくせによ……」

バルキスはわらった。

十六のとき、はじめて裏の仕事人《ネゴシオン》どうしとしてサヴェリにあった。サヴェリはひとつ目でギョロリとにらんできたが、バルキスが子どもだからといって、バカにしたりしなかった。バルキスが神聖鳥《シモルグ・アンカ》とよばれるようになってからは、サヴェリ自身が神聖鳥のいちばんのファンだった。年は親子ほどもちがうけれど、いつでもゆかいに語りあい、苦労をわかちあい、信頼しあって生きてきた。この、ゴミためのような街の片すみで。

兄弟《コンパーレ》よ
いつか　光さすあの岬《みさき》で　聖歌《サエタ》を歌おう
海《バハル》の風に吹かれながら　子どものころに歌った歌
おまえが高い音を
わたしがひくい音を
ふたりで声をつむごう
我らの愛した　故郷《ふるさと》の歌
遠いむかしの　光の国の歌

守らなければ。

守りたい。

サヴェリを。女たちを。母の愛した故郷。街のひとびとが夢見たオルムランデ。

いまはもう幻の都《エル・シオン》となってしまった、光あふれるあの花の都《みやこ》にもどる夢。あの夢を。

「……夢」

バルキスはフップを見た。フップは、じっとバルキスを見つめていた。なにもいわず。

バルキスは、フップのまえに立った。

「おれの夢がわかった。いっしょにたたかってくれ……!」

フップは、にっこりとわらった。

「アイ。マスター……!!」

第四章　恐怖の復活

1

新月の夜。

下町のひとびとはいくつものあかりをともした。窓辺《まどべ》に、街角に。オルムランデの町中が、星空のようにきらめいた。

闇《やみ》のなかに、ときおり凶鳥《きょうちょう》の羽ばたきがきこえる。しんしんと夜はふけて、だれいうともなく、井戸のまわりにひとびとがあつまりはじめた。ゆらめくろうそくのあかりを胸に。

ひとびとは祈った。ただ、しずかに。そのむこうに、黒々と王城《アルカサル》がそびえる。

星よ　星よ　我らの希望はどこに
太陽は　はるか黒い霧《きり》のむこうがわ
我らの祈りはとどくや
星よ　星よ
月のない夜
せめて　照らしておくれ　我らのゆく道
いつかのあの
光の国へとつづく道

サヴェリはひとり、おくの部屋へひきこもり、もくもくと、くつの修理にとりくんでいた。

2

王城の広場では巨大な火がたかれ、祭壇《さいだん》にささげられた生けにえの動物たちを赤々と照らしていた。血でかかれたいくつもの魔法円のなかでは、あやしい影がうごめい黒魔道士は祭壇のまえで、神聖鳥（シモルグ・アンカ）があらわれるのを、いまかいまかとまっていた。

　ドランフルとジェガードは、リンデン大佐やそのほかの軍人、貴族らとともに、二階からそのようすをながめていた。

「戦《いくさ》も政治も生活も、魔術なしでは立ちゆかぬとはいえ、おれはどうも好きになれん。魔道士というやつも信用できん」

「さよう。我々には理解できぬ人種です」

　広場の警備に獣人兵士《ソルダ・ベート》たちのすがたを見たドランフルは、眉《まゆ》をひそめた。

「まだあのような獣《けもの》くさい連中を飼っておるのか、ジェガード」

「おお、お気にさわりましたか。もうしわけございません。奴らは夜目《よめ》がききますのでな、夜の警備には適任なのです」

　獅子人間《ヴィネアス》の両目が暗がりでギラギラ光るのを見ると、ドランフルはぞっとした。

「いまの帝国には、獣人兵士などはほとんどおらんぞ。おれの軍隊には一匹もな。じじいは親衛隊に獣人《じゅうじん》どもを好んで置いていたようだが、ぜんぶ追っぱらってやった」

　ドランフルは、フンと鼻を鳴らした。まだおさないころ、夕暮れの庭で居合わせた蛇人間《ウパナンダ》のおぞましい顔を見て悲鳴をあげ、泣きさけんだことを思いだし、苦々しい気分になる。

「それにしても、またせるな。神聖鳥《しんせいちょう》とやらは」

「にげだしたのでございましょうよ。魔道士が手ぐすねひいてまちかまえるなかへ、わざわざとびこんでくるなどとは、わたくしも思っておりませぬ。ご心配なく、殿下。かわりの余興は用意してございますゆえ……」

そのとき、広場にピュ――ッと、つむじ風が吹いた。

「ムッ……!?」

魔道士が身がまえる。すると、つむじ風は広場を一周、警備兵たちを、つぎつぎとはねとばした。

「おおっ、なにごと!?」

ドランフルとジェガードは身をのりだした。

「またせたな、魔道士さんよ!!」

闇夜をひきさいて、凛《りん》とした声が広場にこだました。

城壁にあらわれたのは、盗賊神聖鳥《シモルグ・アンカ》。うしろからおそいかかった警備兵を、たずさえた霊剣《アグラー》で一刀のもとに斬りすて、壁から壁へ音もなくとぶその跳躍《ちょうやく》、その身のこなし。まさしく神聖鳥。

「よくぞきた、シモルグ・アンカ!!」

魔道士は両手に印《いん》をむすび、魔法円のひとつに呪文を放射した。円のなかの影が、むくむくと成長する。そこへ、つむじ風がとびこんできた。

「オ――ラ!!」

フップが、ガイア・ソードで影を一刀両断。あたりに血と肉と骨がとび散《ち》った。

「おまえは……!!」

「魔物の召喚《しょうかん》なんてさせないぞ!!」

ガイア・ソードをかまえ、フップがさけぶ。

「ぬうぅ!!」

魔道士が呪札《じゅふだ》の束《たば》を投げつけた。呪札は凶鳥の群《む》れとなって散り、フップにおそいかかった。

「ヤ――ッッ!!」

フップは、竜巻のような剣さばきで、つぎつぎと凶鳥をたたき落とすと、小さなビンをとりだした。

「アータル！　ロンバルドのお酒。アルコール度数、八十度！」

「……酒？」

首をかしげる魔道士のまえでフップはその酒をひと口ふくむと、ボワァァッと火を吹いた。

「おお!!」

炎のうずは、たちまちすべての凶鳥を焼き落とした。

「あの子どもは、なんだ!?」

ドランフルは、二階から大きく身をのりだした。

「さ、さて。話ではシモルグ・アンカの式鬼《しき》……とか」

「シキとはなんだ?」

リンデン大佐がこたえた。

「魔道士に使役される精霊のことです、殿下」

ドランフルは、なぜかからだ中がビリビリとしびれていた。なぜなのかわからなかった。頭がしめつけられるような気がする。胸がくるしくて、落ちつかなくて、いてもたってもいられない。

「もっと近くで見る!!」

ドランフルは部屋をとびだしていった。ジェガードたちは仰天《ぎょうてん》した。

「で、殿下、おまちを! 危険です、殿下!!」

広場への門がひらき、新手の兵士たちが、わらわらとびでてきた。その足もとへ、バルキスは特製睡眠香《バンジ》を投げつけた。ドワッと煙が立つ。あっという間に、兵士たちがバタバタとたおれた。

「ちょっとだけ、**プレ・ロ――マ――ッ!!**」

フップは、魔道士の鼻さきにキラキラと光る小さな玉をつきつけた。

「プレ・ローマだと!?」

フップはニヤッとわらい、その玉を地面へたたきつけた。

カ――ッ!!　すさまじい光がほとばしった。

「うおおっ!?」

それは、下町からもはっきり見えた。夜空が一瞬、まるで昼間のように、あかるくなった。

「おお……!!」

「なんだ、あれは!?」

ひとびとがざわめくそのなかに、サヴェリもいた。

「まさか……」

一瞬の光の洪水《こうずい》がおさまると、召喚《しょうかん》魔法円《まほうえん》が、祭壇に置いてあった呪札が、すべてまっ黒こげに焼かれていた。魔道士はがくぜんとした。

「プレ・ローマ……プレ・ローマの光……！　いまの玉には、プレ・ローマの光が封《ふう》じられていたのか!?」

原初《げんしょ》の光が生まれた世界。いまも純粋な光が生まれつづけている世界。ほんとうに祝福された魂《たましい》だけがゆける、聖なる光の都プレ・ローマ。その光は、神や天使のオーラにも等しく、邪悪なものを焼きつくす力があるという。

「おまえは……おまえは何者だ!?」

魔道士はふるえた。ただの式鬼神や使い魔が、こんな力をふるえるはずがない。上級の魔道士だからこそ、フップの力の強大さがわかり、魔道士は、おそれおののいた。

そののどもとに、警備兵たちをのこらずたおしたバルキスの霊剣《アグラー》が、ぐっとつきつけられた。

「知りたかったら街にかけた呪いを解きな、オッサン！」

「オッサン！」

フップも、ガイア・ソードを魔道士の腹につきつけた。魔道士はふるえながら、ふところからペンダントをいくつもとりだした。

「そ……それぞれのペンダントに、井戸の水を封じてある。これに呪いをかけることにより、井戸の水に呪いが伝わるのだ。あ、朝日のなかでペンダントを割り、なかの水を解放すれば……呪いは解ける」

バルキスはペンダントを受けとると、魔道士の目のまえに霊剣をかざしていった。

「あんたも魔道士の端《はし》くれなら、オルムランデの魔王の話をきいたことがあるだろ。そのために、魔道士たちがどんな目にあったのかもな」

「オルムランデの……魔王」

「かつてのお仲間のようになりたくなければ、ここには二度と近づくな！」

魔道士は、チラリとフップを見て、つぎの瞬間、ダッシュでその場からにげだした。

しんと、しずまった広場に、祭壇のまえの炎だけが赤々と踊っている。

バルキスは、フップに手をさしだした。フップはにっこりわらって、そのあどけない手をかさねてきた。かたくつなぎあう手と手。バルキスの胸のなかは、なにかたしかなものでいっぱいに満ちていた。それは、盗みが成功したときの充実感とか、いやな奴をブッとばしたときの爽快感とかと似ているようでちがう……もっとたしかなもの。もっとなにか……。

「おまちください、殿下!!」

広場にジェガードの声がひびいた。バルキスとフップのまえに、ドランフルが息せき切ってあらわれた。目は血走り、髪をふり乱し、顔面は蒼白。それはまるで病人のようだった。

「殿下……?」

バルキスとフップは顔を見あわせた。

「おぉおお……ぉ!」

ドランフルは、ふたりのまえでブルブルとふるえた。いまにも卒倒しそうなくらい、からだは大きくゆれ、汗がしたたる。その異様なようすに、追いかけてきたジェガード以下、側近たちは思わず立ちつくしてしまった。

「おお——っ!　おおお——っっ!!」

ドランフルは頭をおさえこみ、おそろしいさけび声をあげた。口からは泡を吹き、目がうらがえっている。フップは、バルキスに、ひしとだきついた。バルキスも、ドランフルはこのまま死ぬんじゃないかと思った。

「ごおぉおおおぉ……!!」

ひときわおぞましい絶叫《ぜっきょう》のあと、そのドランフルの口から、ちがう声がきこえた。

「このときを、まち望んだぞ……!!」

「え……??」

あきらかな別人の声に、全員がおどろいた。

「い、いたい！　頭が……冠が食いこむようだ！　たすけてくれ!!」

ふたたびくるしみだしたドランフルに、ジェガードがかけよった。

「殿下！　お気をたしかに!!」

「バルキス！　あれを見て!!」

フップがさけんだ。ドランフルの金の冠。その中央には瞳形の緑玉がはめこまれている。その宝石の瞳が、いま、ほんものの瞳のように、ひらこうとしているのだ。

フップが、つぶやくようにいった。

「なにかくる……！」

ドランフルを支えるジェガードの目のまえで、冠の瞳がカッとひらいた。

「うひゃあああっ！」

それと目があったジェガードは、うしろへとびのいた。

「ど、どうした……どうしたのだ！」

くるしむドランフルの頭上《ずじょう》で、緑の目玉がギョロギョロとうごいた。

「おお……歓天喜地《かんてんきち》!!　まっていたぞ。この日をまっていた！　一刻千秋《いっこくせんしゅう》の思いであった!!」

　また別人の声がした。ドランフルは自分の口をおさえた。

「なんだっ……い、いまのは……おれがいったのか!?」

　混乱するドランフルと、あっけにとられるバルキスたちのまえで「声」が正体をあらわした。

「きけい！　我が積年の探究の果《は》てに、ついに体得せし秘術中の秘術を、いまこそ実践してみせようぞ!!　我が孫ドランフルよ！　その身に奇跡がおこることを喜びとせよ!!」

　ジェガードは、がくぜんとした。

「ドオブレさま……!?」

「ドオブレ？　あの、初代皇帝の!?」

　バルキスは、思わずフップの手をかたくにぎった。フップを手にいれんがため、オルムランデをほろぼした残忍王が、いま、なにをしようとしているのか!?　からだ中がパキパキと音を立てて緊張する。フップもまた、大きな目を見ひらいてなりゆきに固唾《かたず》をのんでいた。

　ドランフルはさらにとり乱し、わめき散らした。

「じ、じじい!?　じじいか！　き、きさまっ……どこにいる！　おれになにをした!!」

「ずっと機会をうかがっておったのよ。おまえの頭の上でな。このわかいからだ、我がもらいうけるぞ!!」

「な、なにっ……ぐおおっ!!」

ドランフルが頭をおさえこんだ。冠が、ギシギシと頭をしめつけていることがわかる。と、とつぜん、その冠から、まるでクモの足のような、虫の触角のようなものがとびだした。触手は、ドランフルの顔や首の上をうねうねとうねると、そこから、からだのなかへつきささっていった。

「ぐわあああ――っ!!」

触手をはやした冠は、寄生生物のようにドランフルのからだへ食いこみ、いま、一体となろうとしていた。

「この冠は我が魂の器。これよりは、このからだの真の主である！　おのれはすみのほうへのいておれ、ドランフルよ!!」

「じ……じじいいぃ――!!」

断末魔のさけびをあげるドランフルは、怨《うら》みの形相《ぎょうそう》すさまじく宙をにらんだ。

「ひ、ひいいいい――っ!!」

ジェガードらがバタバタとその場をにげだした。

王城《アルカサル》の広場を陰の気がうずまく。轟々《ごうごう》とながれこんでくる魔力が空間をきしませ、風をおこし、放電が走る。

ド――ン!! と、すさまじいラップが大気をゆるがせた。

たおれたかがり火が、チロチロと燃えるなか、しずまった広場にドランフルの、いやドオブレの高笑いがこだました。

「ワハハハハ!!」

冠に光る緑の目もおぞましく、その形相どころか、そのからだつきも、魔力を得て獣人のごとく化身してしまっている。筋肉がもりあがり、つめや牙《きば》がのび、ふたまわりほども大きくなったようだ。

「おお……力がみなぎる！ やはりわかいからだはよいものだな!! ワハハハハ!!」

バルキスは、唖然《あぜん》とした。

「孫のからだを……のっとりやがった」

陰の気をオーラのようにはなちながら、ドオブレはバルキスに近づいてきた。こらえきれない笑いを、のどのおくからもらしながら。

「魔王復活がかなわなければ、このからだにうつるのは、もうすこしさきでもよかったのだが」

ドオブレは、ここでまたわらった。喜色満面《きしょくまんめん》の顔。

「礼をいうぞ、小僧！　よくぞ魔王の封印《ふういん》を解《と》いてくれた!!　六十余年にわたり、いだきつづけた我の望み、これで果たせるというもの!!」

「ペラペラのべくってんじゃねーぜ、オッサン!!」

バルキスがさけんだ。

「おれがフップの封印を解いた!!　フップのマスターは、このおれだ!!」

「バルキス……」

フップの口もとがほころぶ。

「そうだな。だから……」

ドオブレは、スラリと剣をぬいた。

「きさまが死ねばよいだけの話!!」

バルキスにむかって、ビョオ!!　と、白刃《はくじん》がうなった。

「う……!!」

一瞬、神経がヒヤリと凍《こお》る。神聖鳥《シモルグ・アンカ》だからこそ、紙一重でかわせた剣さばき。

「よくぞかわした！　やはりただ者ではないな、小僧!!」

フップがふたりのあいだにとびこんだ。

「おいらのマスターに手をだすな!!」

ドオブレの三つの目玉が、ギョロリとフップを見た。

「汝《なれ》の主《あるじ》はこの皇帝ドオブレただひとり！　この証《あかし》を見よ!!」

ドオブレは、左手を高々とさしあげた。魔力がうずをまく。パリパリと青い電気をはなちながら、なにもない空間にあらわれたのは、うつくしくきらめく赤い玉だった。

フップがさけんだ。

「おいらの心臓!!」

「な、なにぃっっ!?」

バルキスはとびあがった。ドオブレが大声でわらった。

「そおーよ！　およそ五百年前、汝がこの地に封印される際、魔道士が汝よりぬきとった心臓だ！　これを手にする者に、汝はさからえぬはず。さあ！　おとなしく、真の主のまえにひざまずくがいい!!」

フップは、ぼうぜんと紅玉を見ていた。ドオブレのいうとおり、心臓がその手にあるかぎり、フップはドオブレに指一本ふれられない。たとえ全能の神霊であろうが、心臓をこわされれば死んでしまうのだから。

命令をきくしかないのだろうか？　フップは自分自身に問うてみた。

「フップ……」

バルキスの声にふりむいたフップは、大きな黒い瞳に涙をいっぱいためていた。そしていった。

「やだもん……。おいらのマスターは、バルキスだもん」

「フップ……！」

ドン!!　と、バルキスのからだがなにかにはじきとばされた。大きな凶鳥だった。

バルキスは地面にたたきつけられてしまった。

「バルキス！」

「命令がきけぬなら、きけるようにしてやろう!!」

ドオブレは剣をふりあげ、バルキスに近づいた。

「やめてぇ!!」

「のいておれ!!」

バルキスをかばうフップをはねとばし、ドオブレはバルキスめがけ、剣をふりおろした。

ガシ――ン!!　バルキスの霊剣《アグラー》が、ドオブレの刃を止めた。

「ム……!?」

霊剣の下から、青灰色の目がドオブレをねめつける。

「おのれの相手は、このわしじゃ!!」

その声に、ドオブレが、一瞬身をひいた。

「きさまは……」

その瞬間、バルキスの霊剣がドオブレの右肩に食いこんだ。ドン！　ドオブレの右腕が地面に落ちた。鮮血がほとばしる。ドオブレは、よろめきながらもとびのいた。

「きさまは……セディール！　セディールだな!!　あのときの坊主か!!」

間髪いれず、バルキスがドオブレにとびかかる。

「おのれに国を焼かれたうえに、孫にまで手をかけさせるものか！　ドオブレ!!」

霊剣がひらめき、ドオブレの胸がよこ一文字に切りさかれた。血しぶきがとぶ。

「ぐおっ……！」

「とどめ!!」

心臓めがけ、ひと突きしようとした、その瞬間、ドオブレのからだは黒い霧となって、ザアッと散った。

「ぬ……!!」

霧は城壁の上までとんでゆき、そこでふたたび、ドオブレのすがたとなった。

「ドオブレ――ッ!!」

「死してなお、その執念！　ほめてとらすぞ、セディール大主教!!　我の右腕を落としたその力に免じ、この場は汝に勝ちをゆずろうぞ!!」

「にげるか、ドオブレ!!」

高みからバルキスとフップを見おろし、ドオブレはいった。

「にげはせぬ。我はまっているぞ、魔王よ！　汝の心臓は我が手もとにある。汝は我がもとにくるしかないのだ。それともこの心臓、みごととりかえしてみせるか!?　いずれにせよ、またまみえるのをたのしみにしているぞ!!」

高らかな笑い声をのこし、ドオブレは闇に消えた。それと同時に、広場にうずまいていた陰の気も消え去った。バルキスは、いやセディールは闇をにらみつけ、キリリとくちびるをかんだ。

3

バルキスがハッと気づくと、目のまえにはフップと青白く光る人影があった。

「おじいちゃんだよ、バルキス」

「……はあ⁉」

メルヴェイユ寺院の大主教セディール。六十余年まえ、封印の間でドオブレに首をはねられた高僧《グノースティコイ》であった。バルキスの霊剣《アグラー》は、このセディールからの、おくりものであったのだ。

『おまえにあえるとは……これほどうれしいことはないぞ、バルキス』

青白い影は、やさしくわらった。光のなかにうかぶ笑顔に、どことなく母の面影がある。アリエトがいった、ほんとうの親。たしかに大寺院の高僧ならば、霊剣のことも、うなずけるが。

「高僧って……結婚できたっけ？」

と、バルキスがつっこむと、青い影はおおらかにわらった。

『いやあ……はっはっはっ』

「いやあ、じゃねーだろっ」

なるほど、アリエトを養女《ようじょ》にださねばならなかったわけだ。しかもその当時、大主教であったこの高僧は、けっこうなお年だったはず……。

「『老いらくの恋』は、遺伝か!?」

バルキスは、大きく頭をふった。

『なんとも愛らしい魔王もいたものだ……』

セディールは、フップの頭をなでた。

『おまえが封印を解くとは……。これも神のさだめた運命なのか』

「心臓のことを、どうしてだまっていたんだ、フップ」

バルキスのきびしい表情に、フップはシュンとした。

「わすれてたんだもん」

「わすれた？　心臓ぬかれたことをわすれるか、ふつう!?」

「だって五百年もたってんだもん!!」

「千年たったって、心臓がねえことぐらいわかんだろ!!」

『これこれ、しずかにしなさい』

セディールがふたりをなだめた。

『魔王封印の際に心臓をぬいたという話は、教会にも伝わっている。万が一、魔王が復活したときの対抗手段だったとな。魔王は心臓がなくとも魔力はふるえるが、心臓を持った者には、手だしができぬ。心臓をこわされれば消滅してしまうときいた。しかし、その心臓は五百年のあいだに行方不明《ゆくえふめい》となってしまった……』

「それが、よりにもよって、ドオブレの手にわたっちまったってわけか」

三人が、同時にため息をついた。

「……いくっきゃねーな」

白々としはじめた東の空を見つめ、バルキスはいった。

「あんなヤローの好きにさせておいたら、このオルムランデもどうなっちまうか。せっかく呪《のろ》いを解いたのによ……。あいつをたおさなけりゃ、ほんとうの平和はこないんだ」

海《バハル》から、風がくる。

むかしとかわらぬ南の風。

この風に吹かれながら、みんなと声をつむぎ、歌を歌える日。その日を夢見る。

『むぼうなことと、わかっておるだろうな』

セディールの声は、深い憂《うれ》いに満ちていた。ドオブレをたおしたい気持ちは、だれにも負けぬ。だが、かわいい孫が死地におもむくのをなげかずにおられようか。止めずにおられようか。

「だいじょうぶ……」

バルキスはわらった。

「おれには、全能の神霊《ジンニー》がついてるんだ」

そのフップは、大きな瞳を不安そうにくもらせてバルキスを見ていた。

「おまえの心臓は、このおれがかならずとりかえしてやる。おれがだれだか知ってるだろ、フップ。盗賊シモルグ・アンカに、盗みだせないお宝なんざ、この世にゃねーんだよ！」

バルキスはウインクした。フップが、やっとわらった。

「アイ！　マスター!!」

フップはバルキスの胸にとびこみ、やわらかいほっぺを赤ん坊のようにすりつけてきた。バルキスは、その小さな小さなからだをだきしめた。そして、そのふたりを、セディールがやさしくつつみこむ。バルキスのほおにそっと口づけるセディールのキスは、母アリエトを思いださせた。「家族」なのだと、思った。もうこの世にはいないけれど、キスをかえすほおも、だきしめるからだも、もうないけれど、なによりもたしかなものが、そこにはあった。

「霊剣《アグラー》をありがとう。じいちゃん《ノンノ》」

青白い光が、うれしそうに、うなずいた。あかるさをます空の下。そのすがたがうすれてゆく。

『もういかねば……。おまえの旅についてゆけぬことが、ざんねんだ。わしは、これ以上この世にとどまれぬ。あとをこの霊剣に託《たく》すぞ』

霊剣を持つバルキスの手を、セディールはかたく、かたくにぎった。バルキスは、こっくりとうなずいた。

夜があける。東の空から、黄金の朝日が世界を照らす。バルキスの手をにぎった青い光から、すーっと力がぬけていった。バルキスとフップは空を見あげ、セディールの魂《たましい》を見送った。陰の気の去った空に、凶鳥のすがたは、もうなかった。

城壁からオルムランデを見わたす。きたない家々が、ちまちまとならぶ下町。バルキスはあの街でそだってきた。

かつてのうつくしい都《みやこ》は知らない。しかし、未来のオルムランデをつくることはできる。愛するひとびとが平和に暮らせる街。幻の都《エル・シオン》ではなく、ほんものの、あたらしい花の都を。

「つくれる……！　フップがいれば、夢をかなえられる!!」

バルキスは、こぶしをにぎりしめた。そのためにはたたかわなければ。ドオブレをたおさなければ。

バルキスはフップを見た。フップもバルキスを見た。命令をまっている。

「いくぜ、フップ！」

「アイ！　マスター!!」

盗賊神《シモルグ》聖鳥《アンカ》は小さなお供をつれ、ヒラリととんだ。

☆

夜があけたオルムランデの下町。ひとびとが不安そうに、井戸のまわりに、あつまっている。ギシギシとつるべをきしませ、桶《おけ》が水をくんであがってきた。みなが固唾《かたず》をのんで見守る。

「おお……!!」

桶のなかの水は透きとおり、朝日を受けてきらめいた。

「水だよ！　ちゃんとした水だよ!!　透きとおってるよ!!」

女たちが大声をあげた。

「まてまて！」

サヴェリが、その水を鉢植えの花の上にそそいだ。枯《か》れない。ひと口、ふくんでみた。ゴクリとのどを鳴らす。サヴェリは、水桶を高々とあげた。

「呪いは解けたぞおおお――っ!!」

「おおおお――っ!!」

ひとびとは、とびあがり、大歓声が街にとどろいた。どの井戸の水も、もとにもどった。街にかけられた呪いは、すべて解けたのだ。喜びにわくひとびとのなかで、サヴェリは水桶をだきしめてふるえていた。

「バルキス……！」

そのとき、サヴェリの持つ水桶に、カッ！　と、ナイフがつきささった。ナイフは、一枚の紙をつらぬいていた。その紙には「神聖鳥《シモルグ・アンカ》」の文字が！

「シモルグ・アンカ!!」

子どもたちが、まっさきに大声をあげた。その歓声のさき、朝日を背にして、屋根の上に神聖鳥が立っていた。

「シモルグ・アンカ！　シモルグ・アンカだああ――っっ!!」

喜びが爆発した。

「シモルグ・アンカ！」

「英雄《エル・シド》!!」

「我らの英雄!!」

黄金の光のなか、ひとびとの大歓声を受け、堂々とたたずむそのすがたは、ひとびとの心に勇気と希望をあたえた。

神聖鳥は、サヴェリを見ていた。光のなかで表情はわからないが、もしサヴェリにその顔が見えたなら、サヴェリはそこに、まったくちがう顔をした神聖鳥を見ただろう。

「やりやがった……あいつ、やりやがった!!」

サヴェリは、うれし涙があふれた。水桶をだきしめたまま、その場にへたりこんでしまった。神聖鳥は、また音もなく消えたが、ひとびとの喜びと歓声は、いつまでもいつまでもやまなかった。


その日以来、薬売りのバルキスは街から消えた。

家にのこした薬と香料を、みなにわけてやってくれと、サヴェリあての置き手紙があった。女たちは悲しんだが、サヴェリにはわかった。あいつは、なにか大きな目的のため旅立ったのだと。

「兄弟《コンバーレ》よ……」

サヴェリは、バルキスの手紙をだきしめた。

「まってるぜ。おまえが帰ってくるのをよ……。いまから、そのときがたのしみだ」

聖歌《サエタ》を歌おう　兄弟よ
たとえ幾《いく》千万の山をこえ　谷をわたってゆこうとも
故郷の歌はおまえのもとにとどく
海の風《バハル》　緑なす丘
船は帰ってくるだろう　ただひとつのこの港へ
なつかしいこの故郷へ　我らの夢見た　光の国へ

峠《とうげ》に立つと、ドランフルがつれてきた軍隊が帝国へ帰ってゆくのが見えた。指揮官をとつぜん失って、兵士たちも、さぞかしとまどっただろう。ドランフルのからだをのっとったドオブレは、いまごろ本国で今後の計画を練《ね》っているにちがいない。

ヴォワザンの帝都グライエヴォは、オルムランデからシクパナ、ナグロウスカ、ラヘンナをへたさき、広大な森の海ヘルラデを背にしているときく。歩くとなると長旅だが、フップの空とぶじゅうたんがあれば……。

「えっっ？　のれない??」

「おいらの空とぶじゅうたんは、おいらしかのれないの」

バルキスはショックを受けた。

「じ……じゃあ、あれだ！　ほら、えーと『どこでも取っ手』ってやつで、あっという間にドオブレの城のなか……」

「あれは、おいらが知ってる場所にしかつながらないの」

「…………」

せっかく、さっそうと敵国へのりこもうと思っていたのに……。

バルキスは、帝都グライエヴォまで歩いていくことになった。出端《でばな》をくじかれた闘志を懸命にあおる。

「首あらってまってろよ、ドオブレ！　ちょっと時間はかかるけど、かならずてめえをたおしにいくからな!!」

バルキスは、はじめて故郷を背にした。

もう、あとにはひけない。

「いくぜ、フップ!!」

「アイ!　マスター!!」

ふたりの戦いが、はじまった。

あとがき

　物語をつくるうえで欠かせない作業のひとつに「設定」がある。キャラクターの性格やバックボーン、物語が展開する「世界」のようすなど詳細に決めておくことだ。これらをあいまいなままにしておくと、キャラクターも世界もうすっぺらい印象を受けたり、話に矛盾がでてきたりする。時代劇なら歴史をひもといて事実をちゃんと調べておかないといけないし、現代劇でも事実に反することは書けないし、時代に則した設定にしないと話に説得力がなくなってしまう。ある程度の設定はきちんとしておかねば。また、キャラクターの設定をこまかく肉付けしてゆくと、キャラクターに命が宿るというか、自分でうごいて話をつくっていってくれることがある。創作にたずさわるひとにはいちどならずも経験があるはずだ。

　ほんとうに創作が好きなひとは、設定も好きなはず、と思う。これが、異世界を描くファンタジーともなれば、まさにゼロからの設定となるので、設定好きにはたまらない。「世界」そのものをつくるのだから、気分はちょっとした「神さま」である。ただし、設定に夢中になりすぎると本編がまったく進まなくなる、という事態がたまにおこる。設定だけがふくらんで、ふくらんで、そのひろすぎる世界のなかに物語が霧散してしまうのだ。作者は、わかっていても止められないのである。この「設定のドロ沼でおぼれ死んだ経験」を持つひとも多いだろう。

「エル・シオン」も、異世界を舞台にしたファンタジーである。ゼロからの設定は大変だが楽しい。表にでてこない裏設定もたくさんある。これらが世界をよりゆたかなものにしてくれるのだが、うっかり設定のドロ沼にはまりこまぬよう十分注意したいと思う。

さて、バルキスとフップの戦いははじまったばかりだ。つぎに、ふたりをまち受けるのは、あのマグダレの狼たちである。バルキスと狼たちの出会いは、ドオブレとの激戦へとつながる運命的なものになるだろう。

わたしのつくった世界のなかで、まだ生まれたばかりのバルキスたちが、これからどんなふうに成長してゆくのかをどうか見守っていてほしい。ひょっとしたら、ある日とつぜん命を宿し、勝手に物語を進めてしまうかもしれないのだ。ホントはそれは困るけど、ホントはちょっと楽しみだったりする。

エル・シオン❷

戦士の誓い

序

——支配者《エルアルコン》よ
我《われ》の支配者よ　汝《なれ》のゆく道をしめせ
汝はどこへゆき　なにを成すや
ともにゆこうぞ　汝の野望《ゆめ》の地へ
我こそは破壊にして創造の力
汝の野望の先達

嵐がくる。
雨まじりの風に花は散り、生きものたちはじっと息をひそめる。
黒い雲がごんごんと空をかけ、幕をひくように雨がやってきた。
ヴォワザン帝国、帝都グライエヴォ。王城《アルカサル》アバドン宮殿。いまや、イオドラテ大陸第三の国力をほこる、この帝国の王城に、真の主《あるじ》が帰ってきた。

「ご帰還！　ご帰還!!　ドランフルさまのご帰還です!!」

「なにっ、はやすぎないか!?　使者を送ったのは、つい今朝《けさ》のこと……」

側近たちが、あわてふためく。

広間への長いろうか。赤いじゅうたんの上を、真紅のローブをなびかせながら進むドランフルに、サンニ皇帝つきの第一秘書ジャーマイがかけより、深々と頭をさげた。

「お帰りなさいませ、殿下。このたびは、まことにきゅうなことで。大公がお亡《な》くなりになったのはゆうべの……」

そこまでいって顔をあげたジャーマイはギョッとした。ギラギラ光る目、ゆがんだ口もとから見える大きな犬歯《けんし》。自分が知っているドランフルとは、まるで別人の顔がそこにあった。しかも、右腕が肩からスッパリとなくなっている。

「ド、ドランフルさま!?　その腕は……？」

ひたいの宝冠は、たしかにいつもドランフルがつけているもの。しかし、それもいま、奇妙にゆがみ、頭にぺったりとはりついているように見える。その中央にカッと見ひらいた緑の目が、ギョロリとジャーマイを見た。

「ヒッ……!!」

ジャーマイは、思わずとびのいた。ドランフルがニヤリとわらった。冠《ステマ》の目玉とおなじ緑の目。皇太子の目は、たしか鳶色《とびいろ》だったはず。

「あの肉のかたまりには、もう用はない。燃やすなりうめるなり、好きにせよ」

「ドランフルさま⁉」

「ドランフルは、もう死んだ。ここにいるのは、ヴォワザンの真の主。ただひとりの皇《エンペラドル》帝である‼」

その声、そのことばにジャーマイは圧倒された。

「は……はは――っ‼」

「いまから帝国を建てなおすぞ、ジャーマイ！　まずはあの無能な小男を、玉座からほうりだしてくれる‼」

風を切るように歩いてゆくその背中を見ながら、ジャーマイはふるえた。

「ド、ドオブレさま……。あれは……ドオブレさまだ！」

玉座《ぎょくざ》の間《ま》の扉をけやぶるようにあけると、いならぶ大臣、貴族、軍人のなかを、ドオブレは皇帝サンニにむかってつき進んだ。小さくよわよわしい王は、父の死よりも、それにともなうさわぎにつかれているようだった。

「おお、ドランフル。帰ったか……」

というサンニの口もとに、ドオブレは剣をつきつけた。ワッと、玉座の間がざわめく。

「ドランフルさま⁉」

「殿下！　なにを……」

「ドランフル……？」

まっ青になったサンニを、三つの目玉が見おろした。

「いますぐ、その首をはねとばしたいところだが……」

ドカッ‼　と、ドオブレは、サンニを玉座からけり落とした。

「ひいぃぃぃぃ――っ‼」

「この役立たずを、シドンに幽閉せよ‼　二度と王城《アルカサル》に足をふみいれること、ゆるさぬ‼」

玉座の間が、シンとしずまった。帝国をうごかす政治家、軍人たちのそうそうたる顔ぶれのまえで、ドオブレは高々と宣言した。

「我こそは、ヴォワザン帝国、唯一にして真の皇帝、ドオブレである！　帝国《エル・インペリオ》は、真の主のもとに、ふたたびよみがえるであろう‼」

「ドオブレさま？」

「ドオブレさまは、ゆうべ亡くなったはず……」

みなはとまどい、ざわめいた。

「獣人兵士隊《じゅうじんへいしたい》を招集せよ！　このバカどもが解散させた獣人兵士《ソルダ・ベート》をよびもどせ!!

我のまち望んだ魔王が復活した！　きたるべき世界制覇にそなえるのだ!!」

ふきあれる嵐。帝国の空をおおう暗黒の雲は、陰《いん》の気をはらみながら、あつくはげしく渦《うず》をまいた。たたきつける雨にゆがむ景色のはるかむこう、漆黒《しっこく》の雲間に稲妻が走る。

「おじいちゃん《ノンノ》、おじいちゃん《ノンノ》、お空になにか見えるよ」

雨にけむる帝都の下町。小さな家の窓に、孫と顔をならべてながめると、雷光に一瞬、白い獣《けもの》たちが天《あま》がけるすがたが見えた。

「おお……！　あれは死狼《しろう》だよ。戦《いくさ》のおこるまえに走るといわれる霊獣だ」

「戦争がおこるの？」

「そのようだね……。あれは、乱気を食うのだよ」

祖父《ノンノ》は、しわだらけの手で孫のからだをだきしめた。

雷雲のなかを陰の気にのり、死狼たちはうねるようにかけめぐる。

嵐がいよいよあれくるった。

第一章　港町の光のむこう

1

風がふく　北へ　北へ
空をわたる雲をのせて　海《バハル》からの風がふく
鳥がゆく　北へ　北へ
めぐる季節とともに　今年も鳥たちがわたってゆく
おまえもゆくのか　北へ
故郷《ふるさと》をはなれて　恋人をおいて

「いい声だねえ、あんちゃん！　びっくりしちまったよ」

農夫はため息をついた。

いなか道をゴトゴトゆく荷馬車の上、つまれたわらのなかに寝そべって、バルキスは歌をうたった。そのうたいっぷりと美声にききほれて、農夫は手綱をひくのもわすれるほどだった。

「いやあ、峠《とうげ》までタダのせてもらうんだし。このぐらいは……」

と、愛想笑いするバルキスのよこから、フップがニョッと顔をだした。

「兄ちゃんは、シクパナで歌手《カンタオール》になるんだ！」

黒い大きな目をクリクリさせるフップの頭を、農夫はクリクリなでた。

「おお、そいつはいい。なれるとも、なれるとも！　おまいの兄ちゃんは、きっとすごい歌い手になるぞ。そしたら、母ちゃん《マリマリ》だってすぐに見つかるさ。なあ！」

農夫はそういうと、目頭をおさえた。バルキスとフップは顔を見あわせ、ニカッとわらった。

交易都市シクパナへとくだる峠にづいた。農夫はわかれぎわ、籐《とう》かごいっぱいのアヒルの卵をくれた。

「ありがとう《マハーロ》、おっちゃん《ボノ》！」

「がんばれよぉ！　母ちゃん見つけろよぉ！」

ゴトゴトと遠ざかりながら、農夫はいつまでも手をふっていた。

「……死んだ父《パパ》ちゃんの借金をかえすため、シクパナへ出かせぎにいった母《ママ》ちゃんをさがす旅をしてる、だって？　よくいうぜ」

バルキスは、苦笑いしながら頭をふった。

「おかげで荷車にのせてもらえたじゃん。卵までもらったし、ほら！」

「おまえみたいなかわいい子《ボニート》にそんな話されりゃ、だれだって。これじゃ盗賊じゃなくてさぎ師《メンターレ》だぜ」

ふたりはわらいながら歩きだした。

バルキスは十八歳。故郷オルムランデでは、帝国ヴォワザンにたてつく盗賊神聖鳥《シモルグ・アンカ》として、その名も高き英雄だった。鳥のようにすみやかに夜の闇《やみ》をとび、猫のようにしなやかに貴族や軍人の屋敷にしのびこんでは、お宝をごっそりとかっさらう。また、そのふところにしのばせた霊剣《アグラー》でもって、数々の軍人、武人どもをたたきふせてきた武勲《ぶくん》かくかくたる盗賊なのだ。

そのバルキスが、ふしぎな運命にみちびかれ出会ったのが、五百年にわたり封印《ふういん》されつづけていた神霊《ジンニー》のフップだった。かつて「魔王」とよばれ、その強大な力は世界を破滅させるとおそれられ、国中の僧が、よってたかって封印したフップ。その正体は、五、六歳の男の子のすがたかたちそのまま、中身もまるっきり子どもの神霊《ジンニー》だった。

だがこの小さなからだに秘められた、おそるべき力。その力に目をつけたのが、オルムランデや周辺諸国をあっという間に攻めほろぼした残忍王《ざんにんおう》ドオブレだった。もしもドオブレがフップの力を手にいれたら、その瞬間に世界は地獄へしずんでしまう。

バルキスは、故郷オルムランデとそこに暮らす愛すべきひとびとをまもるため、皇帝ドオブレをたおす決意をする。

しかし、旅はまだはじまったばかりだった。帝都グライエヴォは、シクパナ、ナグロウスカ、ラヘンナを経《へ》たさきにある。故郷をでて十日目、のどかないなかの街道を歩いて歩いて、バルキスはようやくシクパナへ到着した。

「オ――ッ、ラ、ラア！　きれいな街だあ!!」

フップが歓声をあげた。峠からシクパナが一望できた。

南からの交易船がゆきかう港町は、エキゾチックでとても華やかな感じがした。帝国にとっても重要なこの街は、破壊されることもなく、帝国の圧政のもとでもオルムランデとはくらべものにならないほど活気に満ちていた。屋根を茶色、壁を白に統一したレンガづくりの町並み。ものとひとであふれかえった市場《メルカート》。港には、じつにさまざまなかたちの船がならび、いろんな肌《はだ》の色の人間や、オルムランデではあまり見かけない妖精族《ようせいぞく》や獣人《じゅうじん》たちも、数多く通りを行き来している。

妖精族《ニンフェウム》とは、自然の「気」にそって暮らしている「森のひと」である。その外見は人族とほとんどかわりないが、自然の四大精霊、火、水、土、風とひきあう力をそなえている。植物をそだてる力に秀《ひい》で、森とともに暮らすパック族、風にのって空をとぶことのできる山の民、鳥人族《ちょうじんぞく》、大地の気をからだにとりいれ、すばらしい身体能力にかえられる山岳民族メッシナ人など、さまざまな力を持った民族がいて、四大精霊とひきあう彼らは、すぐれた精霊使いになる素質もそなえている。

獣人たちも妖精族の一種族である。その多くは魔界や仙界からの流民《るみん》であり、狼面《キュノ》人身種《ケファロス》や蛇面人身種《ウパナンダ》、女身蛇足種《メルギエヌ》など、人形《ひとがた》をしていてもあきらかに獣人種とわかるもののほか、人間との混血で、ふだんは人形をしているが、ときに獣人に変身する半獣人《モルフォーラ》もいる。おもに山や森で暮らす彼らを、人間の街で見かけることはあまりないのだが、ここシクパナでは、食堂で酒を飲む蛇人間や狼人間、野菜を売るパック族などを日常的に見ることができた。バルキスが、生まれてはじめて見る大都会だった。

「おれって、いなかものだったんだ……」

思わず大きなため息がでる。シクパナとはおとなりどうしとはいえ、とくになんの産業も特色もない農業国のオルムランデと、なんというちがいだろうか。交易都市であるということが、経済や文化の交流において、いかに重要なのか、身にしみる思いである。それでもヴォワザンの支配以前は、オルムランデもシクパナと交流があったはず。そのルートをヴォワザンに断ち切られ、オルムランデは孤立してしまったのだ。

フップが、あちらこちらの店に首をつっこみながら、うれしそうにとびまわっている。めずらしいものやひとで華《はな》やかににぎわう街角。オルムランデのあの下町の子どもたちにも、この景色を見せてやりたい。洗濯場にたむろう女たちには、このはやりのドレスがにあうだろう。バルキスは服屋の店さきで、きれいな空色のドレスを見た。そして、目玉がとびでた。

「たっ……高《たけ》えぇっ!!」

たかがドレス一着が、オルムランデでは考えられぬ法外な値段。それは、いなかと都会という、たんなる経済格差ではなかった。

「税金か……」

見わたせば、華やぐ街のすみずみに、帝国軍の憲兵《けんぺい》のすがたがあった。莫大な利益を生む交易都市だから、そこからすいあげるあまい汁もさぞ多いことだろう。だからこそ、ヴォワザンはシクパナを傷つけず生かしているのだ。うまみもなにもないオルムランデより、じつはシクパナのほうが、帝国のしめつけはきついのだろう。市場のにぎわいのむこうがわに、深い闇《やみ》を見たような気がした。

「バルキス、バルキス！　これを買っていい？」

フップが菓子屋のまえで、ピョンピョンはねている。バルキスはフッとわらった。

「全能の神霊《ジンニー》が、金だして買いものしてるすがたなんざ、ほほえましいやね」

ふくろいっぱいの、色とりどりのココ・ボールが売られていた。あまくて香《こう》ばしいお菓子《かし》だ。

「へえ、色つきのココだ。きれいだなあ」

オルムランデには茶色のココしかない。しかもボール形なんてのもめったにない。板状のココばかりだ。

「色あめでくるんであるんだ。なかにはクルミの実がはいってるよ。でも、この一カヴェッドいりぶくろは高いよ」

と、店主がいった。

「だいじょうぶ。おいらたち、お金持ちさ！」

フップはニコニコ顔で、がま口バッグから金貨を両手いっぱいとりだした。

「えっ!?」

「バッ……!!」

店主とバルキスが同時に目をむいた。バルキスは菓子ぶくろとフップをひっつかむと、金貨を一枚なげてダッシュでその場をにげだした。

「おまえなあ！　金を見せびらかすんじゃねえよ!!」

酒だるのつまれた路地裏で、バルキスはフップの頭にゲンコを食らわせた。

「アイヤッ!!」

「ガキンチョが金貨じゃらじゃら持ってたら、不自然だろーが!!」

「店で売ってるものには金をはらえっていったくせに!!」

「いったさ！　だけど、時と場合を考えろよ。ガキが持ってちゃ、あやしい金ってのがあるんだよ！　ただでさえ、ここにゃ帝国の憲兵どもがウヨウヨしてんだ。奴らに目ぇつけられてみろ！　こんなところで、めんどうはごめんだぜ」

それからバルキスは、大きなため息をついた。

「おまえは、買いもののしかたも勉強しなきゃあなあ」

フップは、プーッとほっぺをふくらませた。そして、バルキスから菓子ぶくろをひったくると、大きな口のなかへココ・ボールを一気にながしこんだ。

「あっ……!!」

ごっくんとのどを鳴らし、フップはぺろっと舌をだした。

「あー、おいしかった！」

バルキスはムカッときた。お菓子をひとりじめされてムカッとくるなんて、ガキだと思いつつもムカッときた。

「てめぇ！　てめえは食いものの食いかたも勉強しやがれ!!」

「へへーんだ！　どーせ、おいらは人間の食いもの食ったって身になんねーよーだ！」

路地裏をドドッと追いかけっこして、フップは裏通りへとびでた。

「あ！」

そこにひとが立っていたので、フップはヒラリと身をかわし積み荷の上へととびあがったが、バルキスはよけられなかった。

「うわあっ!!」

ドデーンと、はでにすっころんだのは、なんと間のわるいことに憲兵だった。

（うわ！　まじぃ!!）

思わずにげだしたくなるのを、グッとこらえる。

「ミスパル殿！」

「おケガは、上官殿《メウガル》!?」

まわりの憲兵たちがかけよる。

「す、すんまっせん！ （最悪！ よりにもよって高官だとよ）」

バルキスは、心のなかでおでこをピシャリとうった。おきあがったミスパル高官《メウガル・ミスパル》は、ひとをさげすむような、じつにいやな目つきをしていた。

（あ、ヤバイ感じ……！）

バルキスは、すぐにそう感じた。とくにかっぷくがいいわけでもなく、見るからに強そうでもないのに、エラソーに五、六人の部下にかしずかれたミスパルは、非常に威圧的だった。そのいやな目が、にっこりとわらった。

「いけない子だね」

つぎの瞬間、ミスパルは表情もかえず持っていたムチをふりあげた。

（な、なんだ、こいつ!?）

ミスパルの異常な行動にバルキスは目もとがひきつった。そこへフップがとびこんできた。

「おいらのマスターに手をだすな!!」

「フップ……バカ!!」

バルキスは、あわててフップをかかえこんだ。ミスパルの目が、さらに氷のようにつめたくなった。

（ああ、一発ですんだかもしれねぇのに。こりゃボコボコにされるぞ）

と、バルキスが覚悟したそのとき、

「短気はいけねぇなあ、おまわりさん《ポリッファイ》」

ゾッとするような野太い声がした。いあわせた全員が、思わずビクリと身をちぢめるほど腹にひびく声。憲兵のすぐうしろに、大がらな人影が立っていた。

「ひっ……!!」

憲兵たちがとびのいた。顔をかくしたマスクからのぞく血のように赤い目、あらい息、毛深い手には鋼《はがね》のようなつめがはえている。

「獣人《ベート》か……！」

ミスパルは顔をゆがませた。

獣人族《ファウヌス》といっても、種類や形態はじつにさまざまで、特殊能力のあるものないもの、いろいろだが、おおむね人間にとって、彼らは凶暴なまでに力が強く、へたに怒らせると手がつけられぬという印象がある。たとえ帝国の支配下であろうが、憲兵たちも、なるべくなら人間以外とはあらそいたくないものなのだ。

「ええ、よるな。獣《けもの》くさい！」

ミスパルはそういいつつ、自分からその場をはなれていった。部下たちも、あとにつづいた。バルキスは、ミスパルの背中にむかって舌うちしたい気分だった。

（いやなヤローだ。あんな奴が高官《メウガル》なんて、サイテーだぜ）

バルキスのうしろで、獣人がクックと、のどのおくでわらった。

（神経にさわる声だな。この声は……魔声《ヴォワ》か!?）

犬族のなかには、声に魔力を持つものがいるという。実際こんな声でおどされたら、ホイホイ命令をきいてしまいそうだ。

「けがはないか、ぼうや《ピコ》？」

「ムッ!?」

たすけてもらっておいてなんだが、フップならともかく成人（してはいないが）男子をつかまえて「ぼうや」とはなにごとか！　バルキスは獣人をキッとにらんだ。

「ククッ……フフフ……。ピコはねぇだろう、ベトール。そりゃ失敬ってもんだぜ」

その笑い声は、獣人のうしろからきこえた。そいつは、獣人のすぐうしろに立っていたのだ。ずっと。

「気づかなかった……気配を消していたのか!?」

バルキスは目をみはった。

背の高い、わかい男。あさ黒い肌に、うつくしい青い目がやけにするどく印象的だ。

「わりぃな、友《ヒターノ》よ。長生きする獣人《こいつら》からすりゃ、たいていの人間はピコなのさ」

ニヤリとわらった口もとから、大きな犬歯《けんし》がこぼれた。そういうこいつこそ人狼《バーヴォルテ》のようだ。

「ああ……いや、たすけてくれてありがとうございました」

バルキスは、ふつうの子どもらしく見えるようつとめた。相手は、どうやらかたぎの人間ではなさそうだ。もしかしたら海賊だろうか。多くの船が出入りするシクパナの港《みなと》だ。海賊たちがまじっていてもふしぎじゃない。

獣人が、赤い目でじっとフップを見ている。めんどうはごめんだ。めんどうは。バルキスはフップをだいたままおじぎをすると、その場をはなれた。ふたりがバルキスたちを見ているのが、背中からでもわかった。背筋がゾクゾクする。角をひとつまがったところで、バルキスは屋根へにげた。

「あ――っ……なんか、憲兵どもより緊張したぜ。あのふたり、なにものだろ？」

バルキスは、屋根の上で大の字になった。フップがのぞきこんできていった。

「なにかへんだったたっけ？　フツーのひとたちみたいだったけど」

「なーにがフツーのひとだよ。そのでっかい目玉はなにを見てんだ、フップ？　なんかこう、つたわってくるもんがあっただろ。カタギじゃねえぞーってオーラが……」

「アハ！」

フップはわらった。

「そりゃ、やっぱりアレだね。ヤクザはヤクザどうしってやつだね！」

「だれがヤクザだ!!」

「自分でいったんじゃーん！　つたわってくるって、そういう意味だろー!?」

今度は屋根の上を追いかけっこするふたりだった。

2

帝都グライエヴォは、不吉なうわさで持ち切りだった。とつぜんの皇帝サンニの幽閉につづく、獣人兵士《じゅうじんへいし》の招集。なにか、尋常《じんじょう》ならざる事態が進行している。平和ボケしていた帝都のひとびとはうろたえた。

「大公ドオブレさまが、魔人となって生まれかわられたのだ」

「じつの孫であるドランフルさまのからだを借りて？　殿下はどうなってしまわれた

のだ？」

「おそろしや！　ドオブレさまが、獣人兵士《ソルダ・ベート》たちをひきいて魔界よりよみがえられたらしいぞ」

「南の国で魔王が復活したというが、それはなんなのだ？」

帝国の内外より、ぞくぞくと獣人兵士たちがよびあつめられた。たちまち帝都中が、血なまぐさい凶暴な獣人たちであふれ、ひとびとはおそれおののいた。貴族のなかには、帝都をにげだすものがあとをたたなかった。

「きたか……」

玉座《ぎょくざ》に足をなげだしてすわるドオブレのまえに、ふたりの獣人兵士が深々とひざを折った。

「御主《おんあるじ》の復活のもとに、はせさんじてございます」

黒マントに黒い仮面をつけた大男は、ガルニエ。なんの獣人かは不明だが、毛むくじゃらのこん棒のような腕は、熊《くま》か猿人《えんじん》を思わせる。

「この日を信じ、まちのぞんでおりました」

おなじく黒マントに全身をつつんだ、赤い目と緑の肌をした蛇面人身種《ウバナンダ》は、サーガラ。

かつてドオブレの右腕として疾風迅雷《しっぷうじんらい》のごとく戦場をかけぬけ、死神二《モータルツヴァイ》ひきとおそれられた戦士である。ドオブレは、まんぞくそうにうなずいた。

「またせたな。おまえたちとふたたびあいまみえて、これほどうれしいことはないぞ。あのころのあつい血がたぎるようだ」

「御《おん》すがたかわりなく、まるで時間がもどったようでございます」

ドオブレは高らかにわらった。

「我もそう思うぞ！　孫は我にようにておる。ハハハハ！」

「獣人兵士どものなかには、かつての戦《いくさ》に参戦したものも多《おお》ございますゆえ、みな閣《かっ》下《か》にふたたびおつかえすることをよろこんでおります」

「長命の獣人たちがうらやましいぞ。この転生《てんしょう》の秘儀《ひぎ》を会得《えとく》するまで、我は死にものぐるいであった。我が死ぬまでに間におうたのはさいわいだが、それもこれも魔王の封印が解かれぬゆえ……」

ドオブレは、ギリギリとくちびるをかんだが、ふたりの兵士のまえにむきなおると片腕をつきあげ、声をはりあげた。

「だが神は我に味方した。魔王の封印は解かれたのだ！　我はこの目でそのすがたを見たぞ!!」

ドオブレのもとに、大きな凶鳥《きょうちょう》がとんできた。ふつうの凶鳥よりもひとまわりも大きく、その顔立ちもはっきりとしている。ドオブレはブラシをとると、凶鳥の黒髪をとかしてやった。

「このアルクァが、魔王封印の間でずっと見張りをしておったのだ。我はアルクァを通じて魔王の復活を知った。あの瞬間の喜びと興奮は、未来永劫《えいごう》わすれぬ……!!」

「それでは……!」

兵士たちが身をのりだした。ドオブレは大きくうなずいた。

「魔王の心臓が我の手もとにあるかぎり、おそかれはやかれ魔王は我がもとへやってくる。そのときこそ、かつて成しえなかった世界制覇のときなのだ!!」

「おともいたします、閣下」

二ひきの死神は、ドオブレのまえでふたたび深々と頭をさげた。

3

夜。バルキスとフップは港《ナバーレ》の食堂にいた。

船乗りやら商人やらで、ワイワイとにぎわう港町の安食堂《ブランヅォ》。みな、酒をくみかわし、大声でバカ話をし、一日のつかれと憂《う》さを晴らしている。ここには憲兵のすがたもなく、男も女も心おきなくよっぱらい、帝国へのグチをいいあっている。いろんな人種がいろんなことばをかわしあっている。食堂のすみやおくのへやには、あやしげな話をする人影も見えた。

バルキスとフップは、店のそとにならべられたテーブルについた。夜の港をいろどる船のあかりが、いくつもいくつもきらめいていた。

「あのアヒルの卵、けっこういい値段で売れたぜ。夕めし代がういたういた」

「お金ならあるのに、なんで卵食べないで売っちゃうの？」

「卵がいっぱいあったって、しょーがねーだろ。食いきれねえよ。その魔法のふくろ《キビシス》にいれとけるってんなら、いいんだけどよ。どーして魔法のかばんなのに、かんじんの食料を保存できねーかなー？　あっ、女給《メイドーン》さーん！　こっち、こっち！」

フップのほっぺが、プクッとふくらんだ。

「どーして人間は、『魔法は万能だ』なんて思うかなー。いい？　生きものってのはぁ、細胞ひとつひとつが活動して生きてるの。人間も動物も植物も。だから、ぶたさんなんかが細切れのお肉になっても、細胞が生きてるうちは食べられるわけ」

と、フップはとうとうと魔法の講釈をはじめた。

「いらっしゃーい。あら、かわいいボーヤたちね。ご注文は？」

「やっぱ、せっかくだから魚料理が食いたいよな」

「で、細胞が活動してると、そこに生体エネルギーってのが生まれて、それが『魂《たましい》』とエネルギーを交換して、ささえあっているんだな」

「魚のスープと魚介類のパスタ。それとぶどう酒《クラッシ》をびん半分くれる？」

「まあ、わるい子ねぇ、ボーヤ」

「まあ、そういわねぇで、おねえさん。紅《べに》はどうだぃ？」

「あら、きれいな色！」

「おいらのかばんのなかじゃ、細胞は活動できないんだ。細胞が活動しないと、生体エネルギーはとまっちゃう。すると、魂は死んじゃうんだ」

「おねえさんの栗色の目によく映えるよ」

「くどきかたが堂にいってること。ボーヤ、ただものじゃないわね♡」

「だから、肉体そのものは保存できても、魂がなくなったら生きものは死んだもおなじだし、食べものなんかは、味がなくなっちゃうんだ」

「パスタはかためにゆでてねー」

フップは、テーブルをべしんとたたいた。

「きいてんの、バルキス!?」

「あ?　なにが?」

フップは、さらにプーッとふくれた。

「女のひとにならボーヤってよばれてもいいわけ?」

「いい」

バルキスは、きっぱりとうなずいた。

ゆで立ての大盛りパスタ魚介類のソースは、さすがめっぽううまかった。オルムランデでは、新鮮な海の幸など、めったに食べられない。バルキスは酒がはいったこともあって、上きげんだった。

「うめーわ、このソース!　やっぱ地元はちがうねえ」

「食事は、豆煮《まめに》とりんごでいいんじゃなかったの?」

「たまにゃ、ぜいたくも必要だよな」

フップのつっこみをサラリとかわす。

「わかんねーなあ、バルキスって。ナリーちゃんは、もっとわかりやすい性格だったぞ」

「三つのガキといっしょにすんなよ。人間ってのはフクザツなんだ。ほら、おまえも食えよ、フップ。あやしまれるぞ」

「ん～～」

フップは、パスタをゾルゾルとすいこんだ。

「パスタをのむんじゃねえ。ちゃんと食うんだよ！」

「めんどくさ――い」

人間の食べものを食べても、フップの栄養にはならないらしい。フップのエネルギー源がなんなのか不明である。おそらくは、自然の気をすって生きているのだろう。

「大公が死んだらしいな」

うしろにすわった男たちの話が、バルキスの耳にとびこんできた。行商隊《キャラバン》らしい男たちは、背中をまるめ、ボソボソと話をしていた。

「それが妙な話で、大公は死んだんじゃなく、魔人になって帰ってきたってうわさがあるんだよ」

「ただのうわさだろう。残忍王として名をはせたおひとだからなあ」

「いやそれが、ただのうわさじゃないらしいんだ。皇帝サンニがドランフルに幽閉されるわ、戦じたくははじまるわで、都はえらいさわぎになってるそうだ」

「そりゃ、ただのお家騒動じゃないのかぇ。サンニはおバカ皇帝だったからな。戦好きのドランフルにしてみりゃ、イライラする存在だったろう。かんにんぶくろの緒《お》が切れたんだよ」

「それで、魔人になった大公はどうしたんだぇ？」

「……さあ」

「なんだい、そりゃ」

バルキスは、男たちの話をじっときいていた。ドオブレが、孫ドランフルのからだをのっとったなんて、だれも思わないだろう。

奴はフップの力をつかって、全世界を闇にしずめるつもりなのだ。そのための準備をちゃくちゃくと進めているらしい。そして、フップがくるのを手ぐすねひいてまちかまえているのだ。フップの心臓がドオブレの手にあるかぎり、けっきょくは奴の命令にしたがわざるをえない。それはすなわち、世界の破滅を意味するのだ。

『おまえの心臓は、かならずこの盗賊神聖鳥《シモルグ・アンカ》がとりかえしてやる！』

そう誓《ちか》った、フップに。そして、フップをまもってドオブレにたおされた祖父に。

「獣人兵士《ソルダ・ベート》をどんだけよびあつめようが、関係ねえ。おれの敵はただひとり。てめえだけさ、ドオブレ！」

目のまえで、ドオブレがドランフルのからだをのっとるのを見た。あのあわれな孫は、どうなってしまったのだろう。ドランフルにはなんの義理も情もないバルキスだが、ドオブレがドランフルにしたことを思うとき、なんだか腹の底が燃えるような気持ちになる。孫の危機に、霊界からかけつけたバルキスの祖父セディールと、なんというちがいだろう。バルキスは、セディールからおくられた霊剣《れいけん》を見た。祖父にとってもドオブレは、母国をそして国中の同胞《どうほう》を殺した怨敵《おんてき》。

「この霊剣《アグラー》を、かならずてめえの心臓にうちこんでやるぜ、ドオブレ！」

バルキスは闘志をあらたにしていた。

4

「よるんじゃねえ、ガキ！　シッ、シッ」

客のひとりが声をあらげるのがきこえた。見ると、食堂のテーブルのまわりを、小さな子どもがウロチョロしていた。やせた、うすよごれたすがた。手には半かけのパンと、野菜の切れっぱしをにぎっている。

「バルキス、あの子……」

「ん……」

あの子たちは、オルムランデの下町にもいる。そのおさない手で、生きてゆくためにゴミをあさり、金持ちにたかり、ときには盗みもする。おとなたちにわすれられた存在。それでもその日その日を必死に生きている、路地裏の小さな戦士たちだ。

「パンをあげようよ、バルキス」

「まて、フップ」

バルキスは、その子が近くにくるのを見はからって、パンのもられたかごをテーブルの下へ落とした。

「おっと！」

石だたみにころがった丸パンを、その子はすばやくひろいあつめた。

「よごれちまったけど、どうする？」

くりくりの青い瞳。わらった顔が、なんだかフップによくにている。

「しょーがねぇな。持っていきな」

子どもは、よごれた顔でうれしそうにわらった。丸パンをかかえて、暗い路地へ走ってゆく。その細い細い足。フップは、ふしぎそうにバルキスを見た。

「なんで、すなおにあげないの？」

バルキスは、ふふっと苦笑いした。

「あいつらにだって、あいつらなりのプライドがあるのさ」

「ふ――ん……？」

路地のむこうの暗がりで、あの子がパンを食べていた。かたわらには、一ぴきの犬がよりそっている。子どもは、その犬とパンをわけあっていた。路地裏をともに生きる『相棒』なのだろう。バルキスは心のなかで「がんばれよ」とエールを送った。

故郷にいる小さな兄弟《コンパーレ》たちの顔がうかんだ。おりおりに森からくだものなどをとってきてやると、それはよろこんだものだ。まずしい下町の裏でさらにまずしく、いつも生と死のギリギリのすき間でけんめいに生きている親なし子たち。それでもバルキスはいちどとして、彼らに金やものをめぐんでやろうなどと思ったことはない。どんなに過酷であろうと、自力でのりこえることこそが、ひとの生きる証《あかし》であり、力となるのだ。けっして他人が「高み」から手をさしのべてはいけないのだ。

「だからこそ……あいつらが、もうちょっと楽に生きてゆける世界にしなきゃな」

丸パンを食べて小さな戦士とその相棒は、まんぞくして路地のおくへ消えていった。今夜は、きっとぐっすりとねむれるだろう。

第二章　路地裏の小さな戦士

1

つぎの日の夜。

満月が、夜の海を銀色に輝かせていた。オルムランデでは、とうに街中が闇《やみ》にしずんでいる時間なのに、ここシクパナでは、いたるところにまだ赤や黄色の灯がゆらめき、高台からのぞむと街全体が夜の女のような、なまめかしい化粧《けしょう》をしているようだった。

港からはなれた高台の高級住宅街。ヴォワザン総督府《そうとくふ》の高官《こうかん》たちの家が立ちならぶいらかの波の上に、黒装束に身をつつんだ盗賊神聖鳥《シモルグ・アンカ》があらわれた。

「さてと。きのう、きょうで下見はじゅうぶんした。あいさつがてら、いっちょやるぜ、フップ！」

「アイ、マスター！」

おなじく黒覆面をつけたフップがあとにつづく。目ざすは、ミスパル高官《メウガル・ミスパル》の屋敷。帝国の南部支配地域のなかで、もっとも重要な交易都市の治安をつかさどる憲兵《けんぺい》隊長として、軍隊をもうごかす権力を持ち、街中のあらゆる商売人の動きをおさえているミスパルには、つけとどけ、袖《そで》の下はもちろん、おどし、すかし、その他モロモロ、あらゆる手管でためこんだお宝が山とあるはず。こういうたぐいの悪党は、なにはなくとも金が命と思っているもの、その命の金を根こそぎかっさらってやったら、あのえらそーにとんがった鼻っぱしらもへし折れることだろう。

石だたみに衛兵の足音がひびいている。バルキスとフップは用心深く闇にまぎれながら、ミスパルの屋敷までやってきた。目星をつけた天窓《てんまど》をこじあける。音もなく屋敷内に身をすべりこませ、ふたりは金庫室をめざした。ふきぬけをつたって、一階の暖炉《だんろ》のそばで女とじゃれあうミスパルの声がきこえる。

「まだおきてやがるよ……」

三階のろうかから下をのぞくと、ミスパルは女ふたりを左右にはべらせ、酒びんを何本もころがして、ごきげんのようだった。

「好つごう。そのまんま女とあそんでな、高官殿《メウガル》」

三階の寝室のとなりが金庫室だ。バルキスはドアのカギをなんなくあけて、そっとなかへ侵入した。大きくがんじょうな金庫をやぶられぬ自信があってか、警備のものなどいない。だが盗賊神聖鳥にとって、金庫が大きかろうが、がんじょうだろうが、関係ない。金庫はあっさりと扉をやぶられ、たいそうな中身をさらした。

「お——っ、スゲエ！」

めいっぱいつめこまれた金貨のふくろ、目もくらまんばかりの宝石の数々。オルムランデの貴族や軍人たちの金蔵《かねぐら》は、あらかたあらしまわったバルキスだが、シクパナでは格がちがった。

「ゆたかさ」が、こんなところにもあらわれている。

「サヴェリに見せてやりたいね」

バルキスは苦笑いした。裏の仕事人《ネゴシオン》として、盗品の鑑定人として一流のサヴェリが見れば、狂喜しそうな宝の山だ。バルキスは、それらをかたっぱしからフップの魔法《キ》のふくろ《ビシス》へほうりこんだ。権力者の上に、子どもを平気でなぐるようなサイテー最悪の奴だ。このお宝も、どんなにひどい手をつかってかきあつめたか、その裏でどれだけのよわいものたちが泣いたか、想像にかたくない。

「つんつるてんになった金庫を見て、あわでもふきやがれ！」

金庫のまえでひっくりかえったミスパルのすがたを想像すると、笑いがこみあげてくる。

金庫の下の棚には、書類がたくさんつまっていた。なにやらの命令書やら通達書やら、これも重要なものばかりなのだろう。

「こいつもついでに……」

と、バルキスが書類の一冊を手にとったとき、その表紙にかかれた絵が目にとびこんできた。狼《おおかみ》の首に縄《なわ》がかけられた絵の上には「機密・最重要」の文字がそえられている。

「狼……」

「どうしたの、バルキス？」

「フップ、ランプをだせ。あかりはしぼってな」

フップは、がま口バッグをごそごそした。

「永久ランプ――！」

「いちいちいわなくていい」

バルキスはあかりのもと、書類を速読した。

「やっぱり……！」

「なんなの？」

「こいつは『マグダレの狼《おおかみ》』討伐《とうばつ》の計画書だ」

「マグダレの狼《ヴォルテ・マグダレーナ》……」

マグダレの谷は、シクパナとナグロウスカのあいだによこたわるゴツゴツした岩の荒野《こうや》である。風雨にけずられた岩山がおりなす複雑な地形。そのあいだを細々と、ナグロウスカへの街道がとおっている。シクパナに荷あげされた交易物をはこぶには、この道をゆくしかないのだが、この岩の谷を根城《ねじろ》に帝国の輸送団だけをおそうのが、マグダレの狼とよばれるゲリラ集団である。その頭目は、狼王と名のる男ということだが、なにものなのか、ゲリラたちが何人いるのか、ようとして知れない。谷の地の利をたくみに利用し、すぐれた兵法とばつぐんの機動力でもって、疾風《はやて》のように輸送団をおそうさまは、まさに狼の狩りのようだと、その名は帝都グライエヴォにまでとどろいている。ひとびとにとっては英雄でも、帝国にとっては国賊であるこの狼どもの存在に、帝国はつねづね頭をいためていた。

「そうだよ……だから、ドランフルが討伐にきたんだ」

三個大隊をひきいて、狼たちと一戦まじえようとしたドランフルだが、その直前にドオブレにからだをのっとられてしまった。マグダレの狼討伐は頓挫《とんざ》してしまったのだ。

「これは、あたらしい作戦なのか……」

作戦の発案者は、ミスパルとなっている。帝都からの命令ではなく、このシクパナが独自におこなう作戦らしい。バルキスは、書類の束《たば》をしばらく見つめ、なにごとか考えていた。

「フップ、お宝を金庫へもどせ。ぜんぶだ」

「えぇっ、ぜんぶ!?」

「もとどおりきれいにならべろ！　はやくはやく!!」

ふたりは、うばった金貨や宝石をすべてもとどおりに金庫におさめると、ミスパルの屋敷をあとにした。

満月が、いらかの波をあまねく照らしている。高台からは夜の街をすべて見わたせ、きらめくあかりが星空のようだった。バルキスは、そのあかりの海をじっと見つめていた。

「マグダレの狼か……。なんとかあの作戦のことを奴らにつたえたいな」

「でも、どこにいるかわかんないだろ？」

「何人かは、かならずこのシクパナにいるはずなんだ。斥候《せっこう》がな」

だが、相手はおたずねもの。そうたやすく接触できるはずもない。いくら裏の人間どうしとはいえ、面識もツテもないとなれば……。

「新聞に広告だす？　マグダレの狼さまへ、盗賊神聖鳥が会いたがってます。ぜひ連絡くださいって」

と、フップがわらった。そのことばに、バルキスはひらめいた。

「……いいね《ビヤン》！」

2

夜明けまえ。水平線にかかった雲が、青白く光っていた。風も波もおだやかで、にぎやかなシクパナの街も、ひっそりと息をひそめている。夜の漁を終えた漁師たちが帰港するまでのひととき、青い闇のなかで、港もウトウトとまどろんでいるようだった。

通りから一歩はずれた暗い路地裏。しめっぽい石だたみの上に紙箱をしいて、浮浪者や親なし子たちが身をよせあってねむっていた。

チャリン！　石だたみにかたい小さなものが落ちる音がひびいた。

「ん？　これは金の落ちる音……」

耳ざといものが、紙箱の家からおきだしてきた。その目のまえに……チャリン、チャリン、チャリリ――ン！

「お――っ!?　銀貨《アルゲンテ》だあ――っ!!」

せまい路地のせまい屋根と屋根のあいだから、銀貨と銅貨が雨のようにふりそそいだ。

「わ――っ、なんだ、なんだ――っ!!」

「ひろえ、ひろえ――っっ!!」

路地はたちまち、おとな子どももいりみだれての大さわぎになった。空からふってきた金の雨は、表通りのほうへとつづいていた。それを追ってゆくと、噴水場《フォンターナ》の噴水のなかに、ばっくりと口をあけた金貨箱がほうりこまれていた。明けはじめた雲間からさしこむ朝日をうけ、水のなかからあふれんばかりの金貨が、きらきらと輝いた。あつまった浮浪者たちは、この光景にアングリとなった。金貨箱のふたに、一枚の紙が小刀《メッサ》につらぬかれていた。浮浪者のひとりがそれを手にとった。子どもたちがかけよる。

「なんて書いてあるんだ、オッチャン⁉」

「神聖鳥《シモルグ・アンカ》……『神聖鳥、参上。まずはごあいさつまで。アサラー大尉の金蔵より拝領』」

「神聖鳥⁉」

シクパナの街中が大さわぎになった。港をゆきかう船乗りたちも、市場のひとびとも、路地裏にふった金の雨の話で大いにもりあがっていた。

「三つの噴水場《フォンターナ》が、金であふれたって⁉」

「話をきいて、すっとんでったがよ、もうなにもなかったよ」

「あたりまえだよ！　浮浪者どもが、とうにさらっちまったさ」

ひとびとは、わらいあった。しかし、浮浪者や親なし子たちは、金貨にはけっして手をださなかった。金貨箱は、かけつけた憲兵たちが回収した。

「その神聖鳥とやらは、ひと晩で高官の金庫を三つもやぶったそうじゃないか。すご腕だねえ」

「オルムランデにそういう名の盗賊がいるとはきいてたよ。オルムランデをあらし終わって、このシクパナにのりこんできたんだな」

「帝国にしてみりゃ、前門のマグダレの狼、後門の神聖鳥ってわけだ。気が休まるまいよ」

男も女も、おとなも子どもも、人間《オンブレ》も人間以外《オンブレ・アルトロ》も、顔をあわせれば、盗賊神聖鳥の話に花が咲いた。あちらこちらで笑い声があがった。シクパナの総督府は、高官の金庫がやぶられたことを否定し、神聖鳥などという義賊は存在せず、この事件はたんなる『ひとさわがせ』であるというむねの官報を広場にはりだした。しかしそれを見た街のひとびとは「なにをかいわんやだな」と、さらにわらいあった。

3

おそい午後の光のなかで、水面がきらきらと光っていた。さざん、さざんと波がしずかに波止場をうつ。バルキスとフップは海風にふかれながら、波止場のはしっこにすわっていた。

「みんな、金貨は持っていかなかったね。なんで？」

バルキスはわらった。

「あの金貨を持っていって、どこでつかうんだぇ？　浮浪者が金貨なんて、持ってるってだけで憲兵ににらまれちまうさ。だが、銀貨や銅貨ならだいじょうぶだ。あいつらは分相応ってやつを、ちゃんとわかっててんだよ」

「ふ――ん」

「さてと、これで神聖鳥《しんせいちょう》の名前が、狼どもにとどいたはずだ。あとは酒場のおくあたりにたむろってる奴らにでもききこんで……」

「よう、兄ちゃん！」

元気な声がした。ふりむくと小さな男の子が、耳のやたら大きな、目つきのわるい犬をしたがえて立っていた。

「あっ、食堂《ブランツォ》にいた子だね！」

男の子は、わらってうなずいた。

「あんときゃ、ありがとよ。たすかったぜ！」

男の子は、バルキスのよこにちょこんとすわった。犬がそっとよりそう。

「おれ、アーチェ！　こいつは、相棒のクプクプ」

さしだされた小さなこぶし。バルキスは、アーチェとげんこつ握手をかわした。

「おれはバルキス。こいつは……弟のフップだ」

「兄弟か？　にてねーなぁ！」

アーチェは、青いまるい瞳をクリクリさせた。ほんとうに表情がフップににている。

「おまえの犬だって、蝶々《クプクプ》って名前のわりにゃ、かわいくねーぞ」

悪口がわかったのか、クプクプはバルキスをじろりとにらんだ。

「これでもちっちゃいころは、すんげえかわいかったんだ。耳ばっか、やたらめったらでかくてさ、だから蝶々ってつけたんだけど」

と、アーチェはわらった。

「お金はひろった、アーチェ？」

フップの問いに、アーチェは目を輝かせた。

「おう、もっちろんさ！　だからきょうは、ちょっぴりぜいたくするんだ」

アーチェは、持っていた紙ぶくろをひらいてみせた。なかにはパンとソーセージ、そしてお菓子がはいっていた。

「おれ、お菓子なんか食うのひさしぶりだ。まったく、神聖鳥《シモルグ・アンカ》さままさまだぜ。オルムランデからきた盗賊だってきいたけど、イキなあいさつをしてくれるよなあ！」

うれしそうなアーチェに、バルキスとフップは顔を見あわせてわらった。

「憲兵に目ぇつけられないよう、慎重につかえよ」

「まかせろよ！　だてに路上生活を四年もしてないぜ」

アーチェは、胸をたたいた。

「おまえ……年はいくつだ？」

「十二」

「父ちゃんと母ちゃんはいるのか？」

「いない。こいつが、おれの家族さ！」

クプクプをなでながら、アーチェはあっけらかんといった。十二歳というわりには、小さくやせていて、もっとおさなく見えるのは、栄養不良の発育不全のためなのだろう。路上生活をはじめて四年ということは、八歳までは家があり、親がいるふつうの暮らしをしていたということだろうか。

なにがあったかはきくまい。不幸に同情する気はさらさらない。バルキスとて、ひとさまにほこれる身の上ではない。ひとびとにどれほどしたわれようが、しょせんは盗人。帝国にとらわれれば、すぐさま死刑になる身である。

「バルキスたちは、どこからきたんだ？　シクパナの人間じゃないだろ」

「ちょい南からな。ひとさがしにきたんだ。マグダレの狼《おおかみ》を知ってるだろ、アーチェ」

「マグダレの狼《ヴォルテ・マグダレーナ》！」

アーチェのうすよごれた顔が、パッと輝いた。

「知ってるもなにも！　マグダレの狼は、おれたちの英雄《エル・シド》さ！　おれの夢も、いつか狼たちの一員《エルマーノ》になることなんだ!!」

男の子なら、だれでも夢みる。よわきものたちの願いを背に、悪党どもをなぎたおす鋼の腕。光り輝く戦士の誇り。自分の夢見るすがたをしたものが、たしかにいる。すぐそこにいる。これがどれほどアーチェたちをささえていることだろう。どんなにみじめな暮らしをしていようと、夢見ることをわすれないかぎり、ひとは生きられる。その夢にむかって歩きつづけることができるのだ。アーチェは狼たちに対する胸のうちを、あつくあつくあつく語った。

「いままで、帝国から何回も討伐隊がきたよ。でも一回だって成功してないし、狼たちはひとりだってつかまってないんだ！」

「参謀に兵法の玄人《くろうと》がいるんだろうな。それとも天才的な……。平和ボケしてる、いまの帝国軍じゃかなわんさ」

だが、これからはそうはいかない……と、バルキスは思った。戦にかけては、ドオブレも奇襲の天才とうたわれた。あらくれものの獣人兵士をひきいて、いくつもの国々をあっという間に攻めほろぼした豪腕《ごうわん》の持ち主だ。世界制覇という大事のまえに、一地方のゲリラ集団にかまける気があるかどうかは知らないが、いずれやってくるあらたな討伐隊は、これまでとはひと味ちがう敵となるはずだ。

「マグダレの狼には、シクパナやほかの、もっとずっと遠くのほうからでも入隊したいって奴が大勢くるんだ！　あ、もしかしてバルキスもそうなのかい？」

「いや、おれは兄貴をさがしているんだ。マグダレの狼に入隊したらしいっていてきいてね。狼たちとツナギをとるにはどうしたらいいか、おまえ知らないか、アーチェ？」

アーチェは、うーんと考えこんだ。

「隊員《エルマーノ》じゃないんだけど……狼たちのことをよく知っているひとはいる……ひとり。ときどき港にくる刀売りでさ。きれいな彫りものがしてあって、すごくよく切れるって評判なんだ。狼たちとも、何回か商売したことがあるっていってた。よくおれたちに、狼たちの話をしてくれるよ。ジードっていうんだけど」

「そうか……。じゃ、アーチェ、ひとつたのまれてくれるか。今度ジードに会ったら『アルグ・カシモンを知らないか』と、狼たちにきいてくれるよういってくれ」

「うん、それはいいけど……。あ、そうだ！　もしかしたら、いまいるかもしれないよ。いってみる？」

「そうだな」

バルキスとフップは、アーチェのあとにつづいた。

「アルグ・カシモンって、シモルグ・アンカの綴り替え《アナグラム》だね」

フップが、歩きながらバルキスにいった。バルキスはにやりとわらった。

「そのジードとやらは、十中八九、狼どもの斥候《せっこう》だ。チョイとかまかけて、どんな反応がかえってくるか見てみる」

フップは、大きな目をくりくりさせた。

「なんでわかんの？　やっぱり、ヤクザはヤクザどうしってやつ？」

「だから、だれがヤクザだってての！」

港の表通りからすこしはずれた噴水場《フォンターナ》。ズラリとならぶ交易船がよく見える場所に、船乗りたち相手の露店が軒をならべている。研《と》ぎ師や釣り道具屋、油売りなどにまじって、刀売りのジードがいた。

「やっぱりいた！　ジードォ！」

アーチェとクプクプがかけよった。バルキスはハッとした。

「ジード……!?　あいつが！」

褐色《かっしょく》の肌にするどい青い目、栗色の前髪の金のメッシュが日に光る。

「よう、友《ヒターノ》よ。また会ったな」

ジードはバルキスを見てわらった。その口もとからこぼれる犬歯。あのとき、獣人といっしょにいた、あの男だった。バルキスの背中に、思わず冷や汗がしむ。

「……ども」

この男が名高きマグダレの狼《ヴォルテ・マグダレーナ》の隊員《エルマーノ》とは、あのときバルキスが感じた「かたぎでないふんいき」は、的を射ていたわけだ。フップは、ウンウンとうなずいた。

「ヤクザはヤクザどうし……」

ゴン！　とバルキスのげんこが落ちた。

「アイヤッ！」

石だたみにすわりこんでいるジードの肩に両腕をまわして、アーチェはあまえるようにいった。まるで兄か父をしたうかのように。

「あのね、ジード。バルキスとフップは兄ちゃんをさがしてるんだって。それでね、兄ちゃんはマグダレの狼にはいったかもしれないんだ」

「ほぉ」

「今度、狼たちに会ったらさあ。……なんだっけ、バルキス？」

「アルグ・カシモン」

「そう。アルグ・カシモンってひとがいるかどうか、きいてみてくれないかなあ」

「アルグ・カシモンね……」

ジードが、ちらりとバルキスを見た。意味深な青いまなざし。バルキスは、わらってごまかした。

「ヨロシク♡」

「ジードォ!!」

通りのむこうから、子どもたちがわらわらとかけてきた。そのうしろから憲兵がふたり、鬼のような形相《ぎょうそう》で追いかけてくる。

「たすけてぇ、ジード！」

子どもたちは、ジードのうしろへにげこんだ。

「どうした!?」

「じゃまをするな、きさま！　そのガキらは盗人だぞ！」

憲兵がどなった。

「おれたち、なにもしてないもん！　おれたち、お菓子を買って食べてたんだ。そしたら憲兵の奴ら、それは盗んだ金で買ったんだろう、のこりの金をだせって!!」

バルキスは、キュッと眉《まゆ》をひそめた。憲兵どもは、浮浪者や路地裏の子どもたちが、いま小銭をたくさん持っていることを知っていて、ていよくそれをまきあげようとしているのだ。たしかに、もとは神聖鳥《シモルグ・アンカ》が盗んだ金だが、政府が金は盗まれていないと明言している以上、あの金は「落とし主のあらわれない落としもの」にちがいないのだ。それを、しかもこんな子どもにたかろうとは、なんたる見さげはてた根性か！上司が上司なら部下も部下である。

「きさまら！　盗みと官憲に対する暴行罪で、全員百たたきにしてやるぞ！」

「おまえが、ケイをなぐろうとしたからだ！」

「そのガキは、おれにかみついたんだ!!」

「まあまあ、おまわり《ポリツァイ》さん。子ども相手におとなげないことぁ、よしましょうや」

ジードが、憲兵のまえへ進みでた。

「なにを、きさま！」

と、さけぶ憲兵のムチを、ジードはひょいとよけた。

「こ、この……!!」

憲兵は、ふたりがかりでジードになぐりかかったが、双方からくりだされるムチや足げりを、ジードはじつに華麗な身のこなしでかわした。憲兵たちの攻撃が、かすりもしない。バルキスは目をみはった。おなじく、猫のようにしなやかな身のこなしが身上の神聖鳥《シモルグ・アンカ》には、ジードの動きがいかにすぐれたものか、鳥肌が立つほどわかった。憲兵たちは、ジードの動きに翻弄《ほんろう》され、かってにひっくりかえってしまった。

「なにやってんだか！」

フップと子どもたち、そしてまわりの見物人たちからドッと笑いがおこった。憲兵たちは、ゆでだこのようになって怒りまくった。が、ふたり同時に剣をぬこうと、腰に手をあててハッとした。ベルトがすっぱりと切れて、剣がむこうのほうに落ちてしまっている。

「いっ、いつの間に??」

憲兵たちは、今度はサーッと青くなった。ジードは剣など持っていないし、憲兵たちのからだにふれもしなかったのに。

「どうかもうかんべんしてやってくれ、おまわりさん」

にっこりとわらったジードの顔が、おそろしく見えた。憲兵たちはきびすをかえすと、無言でかけ去った。

「ジード！　かっこいい!!」

子どもたちが、とびついた。みな、ジードのからだにまとわりつきベタベタとあまえている。ジードが、アーチェたち路地裏の親なし子らのよき兄貴分であることが、しみじみとつたわってきた。子どもたちは、ジードがマグダレの狼であることは知らないだろうが、ジードは自分たちのごく近くにいて、実際に自分たちをささえてくれる、しなやかでカッコよく、たよりになる「英雄《エル・シド》」であると思っているにちがいなかった。信頼できる男だと、バルキスは感じた。

「じゃあ、ジード。おれたちは、いつも波止場のはしっこにいるから。なにかわかったら」

「ああ」

うなずくジードの青い目が、バルキスにはいちいち意味深に見えてしかたなかった。

「さよなら《アヴリオ》、アーチェ！」

「またあした《アヴリオ》、バルキス、フップ！」

通りを歩きながら、フップはまだ興奮していた。

「ジードってかっこいいね！　あの憲兵の剣を、どうやってはずしたんだろ!?」

「暗器《あんき》さ。からだのどこかに武器をしこんでいるんだ」

バルキスは、ふっとため息をついた。まったくジードといい、あのときジードといっしょにいた獣人といい、マグダレの狼はくせものがそろっているらしい。いまの帝国軍ではかなわないわけだ。バルキスが討伐作戦の情報をおしえなくても、こいつらならだいじょうぶなんじゃないかと思うが、オルムランデの英雄としては、シクパナの英雄には興味がある。

かたむいた日の光のなか、海は金色に輝き、その光のなかを、何艘もの船のシルエットがゆらめいていた。シクパナの帝国へのみつぎものは、すべてこの海からやってくるのだ。海のむこうは、ロンバルド海域。何百、何千もの島々が点在し、さまざまな民族と異種《アルトロ》が暮らしている。イオドラテに暮らす異種の半数は、このロンバルドからやってきたものたちである。また精霊界《アガルタ》への門があるといわれ、白魔術の聖地でもある。バルキスは、きらめく海を見つめながらシバの小枝をかんだ。

「あの計画書によると、討伐作戦の決行は、月末の荷あげ品の運送日となってる」

「あと十日だね」

「月末にはでかい荷がうごく。狼どもも、いままでこの輸送団《ベイクロ》を、おもにねらってきてる」

「それがわかってて、帝国もそれなりの警備をしてるはずだろ!?　なのに、かなわないなんて……」

「よっぽど狼どもが強いのか、帝国がよわいのか……」

「これからどーすんの？」

「そうだな……。おれもききこみにいきたいところだが、あやしげな奴らがあつまる場所って、たとえば地下酒場《アングラバル》とかじゃ、おれみたいなちゅうとはんぱな年のガキははいりにくいんだよなぁ。『なにしにきたんだ、ガキは帰れ』って、からまれるにきまってんだ。おなじガキでも、おまえぐらい小さけりゃいいんだが……。かといって、おまえひとりでいかせたくねーしなー」

「心配してくれてるの？」

フップが、目玉をクリッとさせた。

「ああ。ものすご——く、心配だ！」

それからバルキスは、ふっと目をおよがせた。

「女ならなあ……。まだなんとか……サマになるっていうか……」

「なんで？　サマになるって、なにが⁇」

フップが、ズイッとつっこんできた。

「いやまあ、なんだ……。女なら男どもがよろこぶだろ⁉」

「じゃあ、バルキス。女になってみよ——っ‼」

「はぁ⁉」

フップは、うれしそうに魔法のふくろ《キビシス》をゴソゴソした。

「**変身霊薬《ソーマメタフォゼー》——っ‼**」

それは、きれいなガラスの小びんだった。なかには液体がつまっていた。バルキスは、ギョッとした。

「変身……っ⁉」

フップは、小びんのふたをとるとバルキスにふりかけた。虹色《にじいろ》の液体が光にきらめいた。

「そ——れっ‼」

「わっ……ち、ちょっとまて、フップ！」

フップは、両手を大きくひろげてさけんだ。

「ギノメ・ナシーム‼」

「まてって……‼」

バルキスのからだが、虹色に輝いた。

「おっ？　おおっ……⁇」

心臓の鼓動がはやくなった。腰のあたりが、キュ——ッとしめつけられる感じがする。

「あ……っ、ちょっと……！」

胸がズシンとおもくなって、バルキスはまえにつんのめってしまった。はっと気づくと、りっぱな胸の谷間が見えた。

「どわ――っっ！」

バルキスは、今度はうしろへひっくりかえった。胸といわず腰といわず、からだ中がフニャフニャとやわらかい。その感触が、なんともいえず不可解で、いごこちがわるかった。

「あれえ？」

フップが首をかしげた。

「バルキス、ちっとも女っぽくな――い」

「ああああ、あたりまえだっ!!　胸さえあったら、だれでも女に見えるわけじゃねーんだよ！　ああ――っ、女のからだはやわらかいもんだけど、自分がそうなったら気色わるい――!!　はやくもとにもどせ――っっ!!」

「そっかあ、からだを女にするだけじゃダメなんだあ。髪を長くして、顔をもうちょっとふっくらさせて……。呪文にもっと細かいイメージがいるんだなあ」

「研究すんな!!」

魔王とおそれられたフップの魔力だが、まだまだ完全ではないのだ。フップの知らないことが、まだまだたくさんあるのだ。けっしてドオブレにわたしてはなるまい。あの残忍王に、フップを教育させてはならない。フップの魔力を完成させてはならないのだ。バルキスは冷や汗をかきかき、あらためてそう思った。

4

あくる日の午後。バルキスとフップは、町中をブラブラと歩いていた。いろんなめずらしいものであふれかえったシクパナの街は、見ていてほんとうにあきない。くだもの屋の店さきに、ひとかかえもある巨大なさやえんどうのようなものがおかれていた。色は白、はしっこがほんのり紅色をしている。

「ワクワクの実だよ」

「うそ！　こんなでかいの見たことないよ!!」

「南の島《ロンバルド》育ちだからね。ワクワクは、南へいくほど大きくなるんだ」

と、店のおやじがいった。

「じゃ、南の島のワクワクは、人形《ひとがた》をしてるって伝説はほんとうなのか？」

「ホントだよ」

と、フップが見てきたようにこたえた。バルキスは、フップのおでこにビシリとデコピンをいれてわらった。

「イヤー、こりゃ食いでがあるわ、ハハハハ！」

フップにとっては、この世の果《は》てだって、空とぶじゅうたんでひとっとびだろう。広大なロンバルド海域も「庭」ぐらいにしか思ってないのだ。

「バルキス――ッ！」

アーチェが、通りのむこうからかけてきた。クプクプもいっしょだ。

「おう、アーチェ。きのうはありがとよ」

「うん。すぐにジードに会えてよかったね。いつもあそこにいるわけじゃないからさ」

「へんじがきたときゃ、またツナギをたのむぜ、アーチェ」

「おう、まかせとけ！」

アーチェは胸をたたいた。だれかの役に立っていることがうれしかった。

「なにか食べるか？　おごるぜ」

三人は市場の屋台で買った、肉と野菜とくだものをはさんだ大きなバゲットにかぶりついた。広場では、旅芸人《アルティスタ》の一座が歌と踊りを披露しており、ひとびとのやんやの喝采《かっさい》とおひねりをあびていた。楽団の歌と演奏にのせ、踊り娘《バイラオーラ》がかろやかにステップをふめば、見物人から手拍子がおこる。

祝え《フェリシダ》　我らは喜びに満ちている
祝え　神々と精霊に感謝をささげよう
幸いなるかな　我ら大地に生きるものは幸いなるかな

「収穫月《しゅうかくづき》の歌だな」

バルキスは、故郷《ふるさと》オルムランデを思いだした。収穫の大半を帝国にすいとられ、まずしい生活にあえぎながらも、ひとびとはささやかな収穫祭をひらいた。男たちは、とっておきの酒を蔵からだし、女たちは精いっぱい着かざり、子どもたちは、めったに食べられぬお菓子をふるまわれ、みな朝から晩までうたい、おどった。バルキスもよくうたったものだ。たのしかった。

「収穫月の歌《シャンテ・メッシドーレ》……。父ちゃんがうたってた……」

アーチェがつぶやくようにいった。

「アーチェの家は農家だったのか」

コクリとうなずいたアーチェの青い瞳は、どこかかなしげだった。

そのとき、見物人のうしろがざわめいた。人垣をわってあらわれたのは、憲兵の一団だった。

「これは無許可の興行である。責任者はだれか！」

せんとうに立って、いかにもえらそうにそうさけぶのはミスパル高官《メウガル・ミスパル》である。

「おやおや無粋なこったな、高官殿《メウガル》」

バルキスは、大きくため息した。一座の座長らしき男が、ミスパルのもとに近づいた。と、とつぜんミスパルは、ムチで男をはりたおした。広場がわっとざわめく。

「連行しろ！」

「おいおい、有無もいわさずかよ……」

バルキスはあきれかえった。一座のものはその横暴《おうぼう》に抗議したが、ミスパルはその連中もかたっぱしからなぐりとばし、逮捕した。

「袖の下をつかませなかったからだよ……」

ひとびとがささやきあった。これは見せしめなのだ。広場全体が、なんともいえぬいやな空気につつまれた。

「あのヤロ――！」

バルキスのにぎったこぶしがふるえた。胸のなかが、ミスパルになぐりかかりたい気持ちでいっぱいになった。そのとき、

「どうしたの、アーチェ!?」

フップの声にふりむくと、アーチェは真っ青な顔で、ガタガタとふるえていた。そのそばで、クプクプが耳をたおし、キバをむいてうなっている。

「だめだ、クプクプ！」

アーチェは、クプクプをだきしめた。だきしめながら、なおも目をとじふるえている。

「どうしたんだ？　気分でもわるいのか？」

バルキスは、アーチェをそっとだきあげ、噴水場《フォンターナ》へつれていった。クプクプはアーチェを見あげ、クンクンいいながらついてきた。アーチェはバルキスの腕のなかで、両手で顔をかくしてまだふるえていた。悲しみがつたわってくる。アーチェは、泣きたいのをけんめいにこらえているのだ。きっとなにか思いだしたのだろう。きっとなにか……家族のことを。

「だいじょうぶか？」

「うん。へへへ……」

噴水場で顔をあらうと、アーチェはニッコリわらった。クプクプが心配そうに、ピッタリとよりそっている。アーチェはクプクプをだきしめた。

こうして、このひとりと一ぴきは、つらく長い夜をたえてきたのだろう。家族のように思いあい、ささえあい、おなじ食べものをわけあって。うす暗い路地裏の紙箱のなかで。

したたかに、たくましく生きているとはいえ、アーチェはまだたった十二歳。どんなに家族が恋しいか、その胸のうちははかり知れない。こうして、ふとしたときに胸からあふれでてしまう思いをどうしようもなくて、いままでずいぶん泣いたことだろう。その小さな小さなすがたが、目にうかぶようだ。

でもバルキスは、なにもいわず、なにもきかず、アーチェのそばにすわっているだけだった。アーチェもなにもいわなかった。ただふたりのからだが、無言のうちにそっとよりそい、アーチェはバルキスとクプクプにはさまれて、なんだかとてもしあわせそうだった。フップは、そのようすをふしぎそうにながめていた。

5

その夜。おそくまであそびまわったので、バルキスとフップはアーチェを送っていった。

角々にともされたあかりに、ほんのりとうかびあがる石だたみ。どこからか異国風の音楽がきこえてくる。

フップとアーチェは、すっかり仲よくなったようだ。まるで兄弟のようにじゃれあい、おしゃべりしている。バルキスは、フップがなにかおかしなことをいいやしないかと、内心ハラハラしていた。

と、バルキスがハッとして立ちどまった。石だたみのむこうに人影が立っている。頭からすっぽりとマントをはおり、なにものかよくわからないが、とにかくバルキスをじっと見つめているのはまちがいない。殺気にもにたピリピリとした気配が、バルキスにつたわった。

バルキスがふところで霊剣《アグラー》をにぎった瞬間、その人影がダッと突進してきた。バルキスが身がまえる。フップはアーチェの手をひき、よこ道へとびこんだ。襲撃者のマントのなかから、短剣をにぎった細い腕がとびだす。バルキスは、それを紙ひとえでかわした。

「子ども!?　いや……女！」

霊剣がひらめき、そいつの顔をおおうベールが、パッとふたつにわれた。その瞬間、そいつはその場からとびのくと空中でからだをひねり、かたわらの壁に足をつくと、音もなく石だたみにまいおりた。

「この身のこなし……人間じゃない!?」

そいつは体勢を立てなおすと、またもやジリジリと間合いをはかりはじめた。そこへ、フップがとびこんできた。

「こらあっ！　おいらのご主人《マスター》さまに手をだすな!!」

そいつは、ぎょっとしたように身をひいた。

「……ご主人さま!?」

「ご主人さま?」

アーチェも目をクリクリさせた。そいつは、しばらくバルキスとフップをまじまじ見つめると、さっきよりもすごいいきおいでバルキスに斬りかかってきた。切れたベールのあいだから見える口もとに、するどいキバがあった。

「この恥知らずめ！　よくもこんな小さな子を!!」

目にもとまらぬみごとな太刀《たち》さばき。バルキスの髪のさきが、パラパラと散った。

「まっ、まてまてまて――っ!!　誤解だ！　誤解してるぞ!!　フップは奴隷《どれい》なんかじゃない!!」

そいつは、ピタリと動きをとめた。

「奴隷じゃない？」

「奴隷じゃないよ！」

フップは、バルキスの胸にとびこんでいった。

「おいら、バルキスのこと好きだもん!!」

「…………」

そいつとバルキスのあいだに、妙な空気がながれた。

「ちょっとまて!!」

バルキスは大声でさけんだ。

「いま、べつな誤解をしようとしてないか、おまえ!?」

「ちがうのか？」

そいつは、ちょっとイヤミっぽくいった。

「ちがうわぃ!!」

「オク、それぐらいにしておけ」

すこしはなれたうす闇のなかから、男の声がした。全身を黒いマントにつつんだ人影が、もうひとり立っていた。

「気がすんだだろう」

「……まぁね」

オクとよばれた襲撃者は、剣をしまった。

「どうやら、ヴォワザンのイヌじゃなさそうだよ」

バルキスもひと息ついた。

「ずいぶんあらっぽいへんじをしてくれたもんだな。ええ、マグダレの狼《おおかみ》さんよ!?」

「マグダレの狼《ヴォルテ・マグダレーナ》!?」

アーチェが、路地からとびだしてきた。

「そういうおまえは、盗賊神聖鳥《シモルグ・アンカ》本人か?」

「神聖鳥!?」

アーチェは、今度はバルキスを見てとびあがった。

「代理人だ。神聖鳥から狼へ、伝言を託《たく》されている」

「きこう」

「チッチッチ」

バルキスは首をふった。

「おたくたちが、狼どものなかで、どの位置にいるか知らねぇが、政府の最重要機密を下っぱにつたえる気はないぜ」

「なにぃ!?」

オクが、またキバをむいた。ベールにかくれてよく見えないが、猫族《ねこぞく》の女だろうか。

「せっかくだから、頭目《アルーフ》に会いてえよなぁ、アーチェ!?」

「狼王《ロボ》!!」

アーチェは、まっ赤になってはげしくうなずいた。

「ずうずうしい」

と、オクは舌打ちしたが、男のほうはフッとかるくわらった。

「あす、港《ナバーレ》にこい」

そういうと、男とオクは闇のなかへ消えた。

「はあ――っ……!!」

大きなため息をもらしたのは、アーチェだった。

「すごい……すごいよ!! マグダレの狼と会っちゃった! 目のまえで会っちゃった!!」

高鳴る胸をだきしめて、アーチェの表情は星のようにピカピカと輝いていた。

噴水の水音が、夜闇にヒタヒタとひびいている。満天の星空に照らされて、港の石だたみにバルキスとフップ、アーチェとクプクプの歩く影が落ちていた。

「バルキスのあの伝言は、神聖鳥《シモルグ・アンカ》からの伝言だったんだな。おれ、神聖鳥の仲間《エルマーノ》とも知りあいになっちゃったんだ。すげーや!!」

アーチェは、自分の運命がはげしく変化しようとしていることを感じていた。なぜだかわからないが、からだのおくがざわめき、いても立ってもいられない思いで、今夜はねむれそうになかった。

噴水場《フォンターナ》に腰をおろしたバルキスのひざをまくらに、フップがいつの間にかウトウトとまどろんでいる。

「兄弟じゃなかったんだな」

「こいつは、ひろいっ子なんだ」

バルキスは、フップの黒髪をそっとなでた。

「おれには弟がいたんだ……」

フップを見つめるアーチェの瞳が、深くしずんでいる。

「そうか」

だからアーチェは、フップとすぐに仲よくなったのだ。きっと自分の弟のように思えたのだろう。

「見て」

アーチェはバルキスに、首からさげた小さな赤いふくろを見せた。なかには米つぶほどの金と、髪の毛がすこしはいっていた。金のつぶは、小さいながらもちゃんと人形をしていた。

「守り神《サント》か」

「うん。父ちゃんと母ちゃんからのおくりものなんだ。それでこの髪の毛は、おれのと、父ちゃんのと母ちゃんのと弟のと、じいちゃん《ノンノ》とばあちゃん《ナンナ》の……あ、クプクプのも、ちゃんとはいってるんだぜ！」

「いつも家族いっしょだな」

バルキスがニッコリとわらった。それを見て、アーチェもわらった。

「うん！」

なにかの不幸に見まわれて、アーチェはなにもかもうしなってしまったが、思い出だけは、たいせつにこの小さなふくろのなかにあるのだ。このお守りぶくろを胸にだきしめて、ときにはさびしさに涙しながらも、アーチェはきっとたくましく生きてゆくだろう。相棒をおともにして。バルキスは、アーチェのしあわせをねがわずにいられなかった。あこがれのマグダレの狼の一員に、一日でもはやくなれればいいと思った。

夜は、しんしんとしんしんしんとふけてゆく。南の空の満天の星々のあいだを、キラリキラリとながれ星がすべってゆく。親のある子も親のない子も、それぞれきょう一日を終え、しずかに眠りにつこうとしている。夜の女神は、どの子どももわけへだてなく、そのやさしい手でつつみ、夢のなかへといざなう。

おやすみ　小さな天使たち
おやすみ　栗色の髪に日だまりのにおいをのこして

おまえたちは　よく晴れた空をかけめぐる風のよう
おまえたちは　太陽のめぐみをせいいっぱいあびた若木《わかぎ》のよう
おまえたちのまくらもと　ミルク色をした夜の精霊が祝福にきたよ

悲しみも苦しみも　しあわせといっしょに思い出の宝箱にしまっておこう
このすべての思い出とともに　おまえたちは生きてゆくから
そしてあしたになれば　またちがう未来がおまえたちをまっているから

だから
おやすみ　小さな天使たち
おやすみ　やわらかなほおをバラ色に染めて

第三章　マグダレの狼とともに

1

きらめく朝日のなかで、もやい船がゆらめいている。港はあがった魚をおろす漁師や仲買人やらで活気に満ちていた。市場の店々もにぎわっている。噴水場《フォンターナ》に腰かけて朝めしをパクつくバルキスとフップのもとに、アーチェとクプクプがかけてきた。

「オハヨ――ッ、バルキス、フップ！」

きょうも元気いっぱいのアーチェだが、きのうまでのアーチェとは、どこかちがう顔をしている。青い瞳が輝いていた。

「オハヨーッ、アーチェ、クプクプ」

フップも元気よくこたえた。

「食べるか？」

バルキスは、朝めしの丸パンとくだものをさしだしたが、アーチェは、大きめのバゲットを見せていった。

「もう買ってきた、へへへ」

「そうか。ふところはあったかかったな」

「うん。バルキスの仲間《エルマーノ》のおかげさ！」

アーチェは、バゲットをクプクプと半分こした。クプクプはうまそうにほおばった。

「狼たちはくるかな」

アーチェはバゲットをかじりながら、はやる気持ちをおさえきれないでいた。バルキスはクスッとわらった。

「まぁ、そうあせりなさんな」

港《ナバーレ》の石だたみを、さまざまなものたちがゆきかう。漁師や商人、人間《オンブレ》に人間以外《オンブレ・アルトロ》。褐色《かっしょく》の肌《はだ》に金色の目をした、あれはどこか遠い島からきた旅人だろうか、銀色の髪をなびかせ、長いベールをまとって優雅に歩く女は、妖精族《ニンフェウム》だろうか。

「よう、友よ《ヒターノ》」

ふりむくと、刀売りのジードが立っていた。

「ジード！」

アーチェがとびついた。クプクプも、しっぽをぶんぶんふっている。

「狼たちに伝言をつたえてくれてありがとう、ジード！　おかげでおれ、狼たちに会えちゃった！　すぐ目のまえで、だぜ!!」

興奮してピョンピョンはねまわるアーチェの頭をなでながら、ジードは「そーかそーか」とわらった。そしていった。

「おまえたちを隠れ家《セラーレ》へ案内しろと、狼どもにいわれたよ」

アーチェはとびあがった。

「お、おれも？　ホ、ホントに??　おれも狼の巣《セラーレ》へいっていいの!?　ホントに!!」

アーチェは、バルキスもジードも思わずわらってしまうほどとびまわり、ころげまわってよろこんだ。つられて、フップもクプクプもとびまわり、ころげまわった。

「隠れ家の場所を知られてもいいのか？」

とバルキスがきくと、ジードはかるくかえした。

「なぁに。マグダレの谷にゃ、隠れ家はほかにもごまんとあるさ」

こうして、バルキスとフップとアーチェは、ジードが用意してくれた馬で、マグダレの谷へとむかうことになった。

「馬《シュバル》!!」

バルキスは、馬を見てさけんだ。

「そうだ……馬だよ！　歩かずに馬にのればよかったんだ!!」

「いまごろ気づいたの、バルキス……？」

フップが、ひややかにいった。

「おいら、ずーっと思ってたぞ。馬で旅すればいいのにって」

バルキスは、そういうフップのほっぺを両がわからひっつかんだ。

「なんで口にだしていわね――んだよ、おめ――はよ!!」

「歩くのが好きなのかな――って思ってて――っ!!」

バルキスの故郷オルムランデでは、農耕には馬よりも牛がよくつかわれる。荷車をひくのも、だいたいはロバである。まずしい庶民には乗馬という習慣もなく、盗賊神聖鳥《シモルグ・アンカ》は、屋根の上をはねまわっているほうが多い。生まれてこのかた「馬にのろう」と思ったことがないバルキスは、旅にでるときも、「馬で」という発想がなかったのである。おそまつさま。

アーチェはジードと、バルキスはフップと、それぞれ馬にまたがり、乗馬のできないバルキスは、ジードに馬をひいてもらって一行は出発した。クプクプは馬とならんで歩いた。

峠をこえ、ナグロウスカへつづく街道をゆく。農地をぬけ、森をぬけ、荷馬車や郵便車、旅人とすれちがいながら、昼をすぎるころ、バルキスたちはマグダレの谷《エルド・マグダレーナ》へとやってきた。

谷への峠をのぼりきると、目のまえに赤褐色の大地がすがたをあらわした。広大《こうだい》な岩の盆地は、雨と風にけずられてけずられて、天然の迷路となった。複雑にいりくんだ岩の森は、西日がさしこむと燃えるような朱色にいろどられ、漆黒《しっこく》の影とのコントラストが目にいたいほどうつくしいのだった。細々とつづく街道をそれて、ジードは迷路のおくへとバルキスたちを案内した。

「狼たちが、この岩の森の地形を熟知してるとしたら、こりゃ無敵だなあ」

バルキスは岩の壁を見あげて感心した。その岩の壁のむこうから、マントすがたの人影が、ゆく手をふさぐようにあらわれた。

「よう《サルド》！」

ジードが、かるく声をかけた。

「どうも《サルド》。きょうもいい日だね《ボナス・ディアス》」

ききおぼえのある女の声だった。ゆうべの、オクとよばれた女だった。フードの下から十四、五歳の少女の顔があらわれた。赤茶色の髪に金色の猫のような目、バルキスににやっとわらいかける口もとから、チラリとキバが見える。

「猫目族《リュンク》……！」

妖精族のひとつ、メッシナ人は、猫のような目をしているというだけで猫族とはちがうのだが、まるで猫のようにしなやかで、すばらしい身体能力を持っている。なるほど、バルキスをおそったときの身のこなしがうなずけるというものだ。猫目というのは通称である。

「ゆうべはドーモ、お嬢《ルルディ》ちゃん」

というバルキスに、オクはフッと鼻を鳴らした。

「バルキス、好かれてないみたいだね」

フップがおもしろそうにわらった。

「へっ、あんなつんつるてんのガキなんざ好みじゃねーよ。女はもっとムチッとしてなきゃあな」

などとくだらないことをいっているあいだに、オクはバルキスたちを岩山の上へと案内した。

街道を見わたせる小高い岩の台地の上。馬にのった、覆面すがたの男たちがいた。

覆面の下からするどい視線が、いっせいにバルキスたちにそそがれる。一瞬にして、からだ中にワッと鳥肌が立った。

「マグダレの狼《ヴォルテ・マグダレーナ》……!!」

たった十数名の男たちの、その無言の存在感は圧倒的だった。「かたぎでない」ふんいきが、ゾクゾクとバルキスの肌の上をかけぬけてゆく。

アーチェは、首までまっ赤になって感激にふるえていた。あたたかい家を、やさしい両親をうしない、クプクプとふたりっきり、路地裏で生きてきて以来、あこがれつづけた英雄たちが目のまえにいる。手をのばせばふれられる。アーチェにとっては、夢のような瞬間だった。

「いいところにきたな」

男たちのひとりがいった。落ちついた、よくとおる声。黒髪をうしろでたばねた、上品な緑のマントすがた。やさしい目もとをしているが、なにか、ほかのものとはちがうふんいきがつたわってくる。バルキスは思った。

「こいつが、頭目《アルーフ》……!?」

「いまから狩りだ。獲物は小さいがな」

男の目がわらった。

「きたぜ」

見張りらしい男がいった。バルキスたちが身をのりだすと、街道をゆく馬車の一団が見えた。四頭立ての箱形馬車が三台と、護衛が二十名ほど。

「あれをねらうのか？　駅馬車じゃないのか」

と、バルキスがいうと、オクが馬車をにらみつけ、はきすてるようにいった。

「あれは奴隷《どれい》商人の馬車だよ。駅馬車に見せかけて、帝都へ女たちを売りにゆくんだ」

南の島のさまざまな肌の色、髪の色をした毛色のめずらしい女たちを、専門に売り買いする「女買い」がいるときく。シクパナは、そういう商人たちにとっても重要な取引場なのだ。

「いこう、みんな!!」

オクはそうさけぶと、台地からポ――ンととびだした。全身まさに大山猫のような、すばらしいバネで、がけをかけおりてゆく。

「短気なやつだ」

ジードがわらった。

「イヤッホ――ッ!!」

つづいて男たちも、赤い砂ぼこりをけたてて、きゅうな斜面を地響きも勇ましくかけていった。そのみごとな手綱さばきだけでもほれぼれとする。

「すげえ――っ、かっこいい――っっ!!」

アーチェとフップが、手をとりあってさけんだ。

バルキスは、マグダレの狼たちの狩りに目をみはった。けっして「小さな獲物」ではない一団を相手に、攪乱《かくらん》し、追い立て、バラバラにし、それはまるで、ほんものの狼が鹿《しか》の群れをもてあそぶような、優秀な牧羊犬が羊たちを追いこむような、じつに華麗な技術だった。狼たちの動きからは、計算されつくしたむだのなさがつたわってくる。上から全体を見ていると、あらかじめひかれた線の上を、きれいになぞってる感じがした。その指揮をとっているのが、あの緑のマントの男だった。

「兵法の天才《ガオン》……あいつが!!」

うわさに高きその天才ぶりを実際に目で見て、バルキスは息をのむ思いがした。

「すごいや、ジード！　やっぱりマグダレの狼って、かっこいいや！　もう……もうサイコーだよ!!」

興奮をおさえきれないアーチェの肩をだいて、ジードはいった。

「落ちついて、もっとよく見るんだ、アーチェ」

接近戦にはいった狼たちは、剣法でも圧倒的な強さを見せた。護衛のものたちがつぎつぎとたおされてゆく。アーチェの肩をだくジードの両手に、ぐっと力がはいった。

「マグダレの狼は、殺し屋集団じゃない。狼たちは、なるべく急所をはずすよう心がけているが、それでも殺しちまうことがある。殺さなきゃならないこともある。敵は、もちろん殺す気でむかってくる。わかるな、アーチェ。おたがい命がけなんだ。そして狼たちは……殺すときめたら、まよわず殺す。これは、ハンパな覚悟じゃないんだぞ」

ジードのことばに、アーチェの表情がキュッとひきしまった。狼たちの戦いを見つめる瞳が、その青さを増している。やがてアーチェは、こっくりとうなずいた。顔つきが、さっきまでとはちがっている。どこか、敬虔《けいけん》なよこ顔。フップは、アーチェのそのようすを、大きな目をふしぎそうにクリクリさせながら見ていた。バルキスは、ジードの話術に感心した。一瞬にして、アーチェの心をつかんでしまった。まるで、魔法でもかけたように。

（こいつ……ただの斥候《せっこう》じゃないのかも……）

「バルキス、あれ見て！　あそこ!!」

フップがさけんだ。接近戦からのがれたものたちが、すこしはなれた岩かげから狼たちをねらっている。

「弾弓器《バル》!!」

弾弓器は小型の弓で、鉄針や鉛の玉などをとばし、みじかい距離から、より正確に的をねらう武器である。だが、あぶないと思った瞬間、弾弓器の射手の肩を、どこからともなくとんできた矢がつらぬいた。ハッと顔をあげると、むこうの高台に、弓をかまえた人影が立っていた。

「狙撃兵《アルカス》!?」

長髪をなびかせた黒衣の狙撃兵は、敵の肩を一撃必殺でつらぬいてゆく。ひとり、またひとり。

「すげ――っ!　百発百中だあ!!」

アーチェはとびあがった。

「百発百中すぎる……あれは……」

「魔弓《ウラニオ》だね」

と、フップがいった。

「魔道士《マグス》か……!」

「あいつは、フェル。黒魔道騎士《カドシュ・ニグレード》だ。へたに近づくなよ。きげんのわるいときにちょっかいをだすと、影をぬわれるぞ」

ジードがわらった。黒魔道騎士は、魔術と武術を両方おさめた魔道士である。魔術をこめられた魔弓は、かならずあたるといわれている。これほどたのもしい援護はないだろう。

「いろんな兵隊をかかえているなあ、マグダレの狼は……」

バルキスは感心した。

オクが、せんとうをゆく馬車にとびのった。気合いもろとも天井をブチやぶる。風あなから、わかい女たちにまじって、でっぷりと太った赤鼻の男が見えた。

「やはりきさまか！　奴隷商人エウラム!!」

「ひ、ひいいいっ!!」

オクはエウラムの胸ぐらをわしづかみにし、馬車の屋根の上へひきずりだした。

「きさまに警告したはずだ！　今度奴隷を売り買いしたときが、きさまのさいごだとな!!」

「わ、わるかった！　ゆるしてく……っ」

いい終わらないうちに、エウラムの首がはねとんでいった。オクは、エウラムの肥え太った図体《ずうたい》を地面にけ落とし、高々とさけんだ。

「魔犬に食われて、地獄へ落ちろ!!」

そのようすを見ていたバルキスは、ため息をついた。

「きついお嬢ちゃんだな」

ジードが肩をすくめた。

「そうだな。狼のなかで、あいつがいちばんこわい」

アーチェは、オクのすることをだまって見ていた。クプクプをだく腕に力がこもる。

「こわいか?」

ジードが声をかけた。アーチェはうなずいた。それからしずかにいった。

「でも、オクは強いね。いろんな意味で。おれも、オクみたいに強くなりたい! やっぱりマグダレの狼は、おれたちの英雄《エル・シド》だよ!!」

ジードはわらってうなずいた。

三台の馬車につめこまれた女たちは、ぶじ解放された。女たちは狼たちにつきそわれ、港へ送られていった。バルキスたちは、のこりの狼たちとともに隠れ家のひとつへむかった。いりくんだ岩の森のおくに、天幕《タント》が三つはられていた。たき火がたかれ、肉が焼かれている。男たちが何人かむかえにでてきた。

「ただいまあ、ベトーーール!!」

背の高い白衣の男の胸へ、オクがとびこんでいった。

「首尾はどうだ、オク？」

「エウラムの首をはねとばしてやった。胸がスッとしたわ！」

「そいつは重畳《ちょうじょう》」

バルキスは、ベトールを見て思った。

「あの男……さいしょにジードと会ったとき、いっしょにいた獣人《ファウヌス》ににてるが……」

ベトールは、バルキスに気づくと、そばにきた。

「よう、ピコ」

その、腹にこたえる犬声！

「魔声《ヴォワ》！　やっぱりあんたか!!　……ということは、半獣人《モルフォーラ》ってわけなんだ」

ベトールは、ニッとわらった。半獣人ということばには「変身するもの」という意味がある。つまり、ふだんは人間のすがたをしていて、時と場合により獣人に変身するものをさす。

「バルキス、蛇面人身種《ウバナンダ》がいるよ」

フップが指さした男の覆面のあいだに、左顔面をおおうウロコが見えた。

「あれも混血《ミッス》みたいだな」

見まわすと、船乗りのような奴や、北や南の民族衣裳《いしょう》をまとった奴、もと兵士らしき奴、いかにも「もとヤクザです」みたいなやつ、そして人間以外《オンブレ・アルトロ》など、まさによせあつめのごった煮で、どの面がまえもふてぶてしく、ひとくせもふたくせもありそうなにおいがぷんぷんする。こいつらを正確無比にうごかし、たばねる頭目、狼王とよばれる人物とはなにものなのか。

「バルキス」

ジードが、クイとあごをしゃくった。天幕《タント》のひとつに案内されると、そこに覆面をとった、あの黒髪の男がいた。

「ファレグ、神聖鳥《シモルグ・アンカ》の仲間《エルマーノ》バルキスだ」

(軍服……!?)

ファレグのマントの下は、おなじく落ちついた緑色の軍服だった。しかも、一兵卒・へのやすい支給品ではなく、いかにも高級将校むけの、仕立てのよさそうな戦闘服。それをりゅうと着こなして、ファレグは立ち居ふるまいも優雅に、バルキスに握手をもとめてきた。

(ふんいきがちがうわけだ。こいつは……ひょっとして、貴族か!?)

「教育」というものは、そのものの言動に如実《にょじつ》にあらわれるもので、きちんとした教育を受けたものは、握手のしかただけでも、それとわかるのである。

（こいつは、どこか古い国の貴族出の軍人……。まさかとは思うが、東の王都メソドか……？）

しっかりと教育を受けた正規の軍人。しかも兵法の天才がひきいているとなれば、マグダレの狼の強さもうなずける。

「よくきてくれた、バルキス。神聖鳥の話は以前からきいているよ。ぜひ本人にも会いたいものだ」

ファレグはそういってわらった。やさしいが、油断のない黒い瞳。

（バレちゃってるかなあ。おれが「本人」だってこと）

バルキスは苦笑いした。

「さっそくだけど、神聖鳥からの伝言をつたえるよ。総督府が計画してる『マグダレの狼討伐作戦』のことなんだ」

「ほう、討伐作戦ね」

「作戦そのものは、おとりをつかう単純なものだ」

バルキスは、話しはじめた。

「車は、輸送車が三台、その前後に護衛車が二台で、計五台。でもこれはぜんぶおとりで、五台とも中身は兵隊だ。そのほかに、輸送団がゆく前後を走る郵便車とかにも、兵隊がのってるらしい」

「大がかりだな。数できたか」

ベトールがわらった。

「ほんものの荷は、別ルートではこぶようだ」

「谷を迂回《うかい》するんだな。帝都到着がおくれることを覚悟の上の作戦ってわけだ」

帝都は、各国からのみつぎものの到着がおくれることをきょくたんにきらう。とくにシクパナには、あらかじめ予定を報告させておき、そのとおりにはこぶよう、きつく申しつけている。だからシクパナからの輸送は、もっとも近道であるマグダレの谷をとおらざるをえないのである。

「あんたたちが、月末の荷をおもにねらうのはわかるが、月末の荷といっても何本もあるわけで……。この作戦は、まるで一本をかならずねらうとふんで立てられているようだ。なぜそういい切れるんだろう？」

「コンスタンツァ島《イゾラ・コンスタンツァ》の金剛石だ」

と、オフィエルがいった。蛇面人身種《ウパナンダ》特有の、すこし枯《か》れたような声。

「神石《ベテル》……！」

鉱物のなかでも、その質が非常に高く、霊気をたくわえることのできるものを神石という。なかでも金剛石は、ずばぬけて多量に霊気をたくわえられるばかりでなく、輝くばかりのとうめいなうつくしさにも価値があるので、王族や貴族たちが、あらそって守護神石にしたがる宝石である。

「この荷が金剛石をはこぶというのはもちろん極秘だが、この作戦は、その情報がもれていることを承知の上のものだろう。いや、情報はわざともらされたのかもしれんな」

『この日のこの輸送団が金剛石をはこぶ、という情報が狼たちにもれる』

この前提に立って立てられた作戦。実際、狼たちはすでに金剛石の情報をつかんでいた。しかし、この情報がわざともらされたかもしれないと知っても、狼たちのなかにおどろくものはひとりもいなかった。作戦全体が、そうとう大規模なものになるようだと知っても、べつにどうということもないふうだった。まるで、これぐらいは予定のうちといわんばかりだ。

「なるほど……。ほんものの荷は、ミスパルが部下とふたりだけではこぶとなっていた。金剛石ならどんなに多くても、ふたりではこべるってわけだ」

「ミスパル!?　あの憲兵隊長の」

「ああ。あのエラソーな高官殿《メウガル》さ」

「……ほんとうに単純な作戦だな」

「発案者がミスパル本人だからな。こんなもんさ」

バルキスは、へっと鼻を鳴らした。そのとき、天幕《タント》のすぐ裏手でクプクプのほえる声がした。

「アーチェ!?」

さっきまで、フップといっしょにオクに乗馬をならっていたアーチェが、うずくまっていた。バルキスたちの話を立ちぎきしていたらしい。

「アーチェ、どうした?」

アーチェは、ガタガタとふるえるからだをだきしめ、苦しそうだった。顔はまっ青で、汗が滝のようにほおをつたっている。クプクプは心配そうに、しきりに鼻を鳴らしていた。

(このようすは……きのうとおなじだ)

小さな胸にのしかかる、大きな苦しみがつたわってくる。家族の悲しい思い出、それだけではないなにか、もっともっと大きなもの。バルキスはとっさに、アーチェのからだを力いっぱいだきしめた。おなじように大きな苦しみをどうしようもなくて、ただふるえるしかなかったバルキスを、サヴェリがそうしてくれたように。

「………………」

アーチェは、びっくりしたようにバルキスを見た。ふるえがとまった。そのかわり、その大きな青い瞳から、ぽろぽろと涙がこぼれはじめた。

「父ちゃんを……」

苦しい胸のうちの、とじこめておきたいつらい思い出の扉《とびら》がひらかれる。

「母ちゃんを……弟と……」

どんなに苦しくても、けっして口にださなかった思いを、アーチェははじめてバルキスにぶつけた。そこに受けとめてくれる胸があったから。

「ばあちゃんを……殺した！　殺したんだ!!　あいつが……ミスパルが、みんなを殺したんだ!!　わああ——っ!!」

アーチェは、バルキスの胸のなかで大声で泣いた。泣くまいと、泣くまいと。泣いたらきっと、くじけてしまうと思ったから。でもほんとうは泣きたかった。こんなふうに大声で泣きたかった。だれかの胸に顔をうずめて、声が枯れるまで泣きたかった。

「寝床を用意しよう。休ませるといい」

ファレグがやさしくいった。

2

アーチェが生まれたのは、シクパナの東にあるブナの森のなかの、うつくしい湖のほとりだった。その小さな農村は、湖のゆたかな水のめぐみを受け、野菜やくだものをつくり、魚をとり、自給自足の生活をしていた。人口は、わずか三十人ばかり。村全体が、ひとつの家族のようだった。四季折々にうつりゆく森のなかで、アーチェたちはつつましく、しあわせに暮らしていた。あのミスパル高官《メウガル・ミスパル》が、シクパナに赴任してくるまでは。

アーチェが八歳のとき、湖のほとりの日あたりのいい場所を、貴族たちの別荘地にするべく、ミスパルが住民たちに立ちのきを命令してきた。そのときのミスパルは紳士的で、

「おまえたちには、かわりにいい土地を用意してやる。あたらしい家も建ててやるぞ」

と、にこやかにいった。だが住民たちは、断固としてこれを拒否した。そのときもミスパルは「そうか」と、わらいながら帰っていった。だがミスパルは、つぎに信じ

られない暴挙にでた。貴族たちから「出世」を約束されていたミスパルは、はじめから住民の意見をきく気などなかったのだ。はじめから……。

「あの日……。おれは、クプクプといっしょに森のおくへあそびにいってたんだ。畑仕事をさぼって……」

日がかたむくころ、アーチェのあそんでいた森のおくへ、きなくさいにおいがただよってきた。『火事!?』ぞっとする胸さわぎに、大いそぎで村に帰ってきたアーチェが見たものは、紅蓮《ぐれん》の炎のなかに焼け落ちる村の家々だった。ミスパルは、村人が立ちのきに応じないと見るや、有無をいわさず村を焼きうちにしたのだ。さらに、焼けだされた村人を森のはずれまで連行すると、そこで斬殺《ざんさつ》した。死体は埋葬《まいそう》もされず、うちすてられたままだった。ミスパルは、無抵抗の村人が、つぎつぎと斬り殺されるのをわらってながめていた。アーチェは、草かげでクプクプとだきあい、家族が殺されるのを見ていた。見ているしかなかった。

「こわかったんだ……」

あのときの恐怖が、まざまざとよみがえる。生まれた家をのみこむ炎。とび散る血《ち》潮《しお》。ミスパルの笑い顔は、悪魔のようだった。

「村を焼かれて、みんなが殺されるっていうのに……おれ、こわくてなにもできなかった。ずっとかくれてたんだ、ずっと……！」

　後悔していた。くやんでもくやんでも、くやみきれなかった。たったひとり生きのこったこと。家族をすくえなかったこと。あのとき、思い切って「やめろ」と……。

「かくれてないで、ミスパルのまえにとびだしていればよかったってか？　それはちがうぞ、アーチェ」

　バルキスのことばに、アーチェはハッと顔をあげた。

「おまえはその場で殺されて、はいそれまでよ、だ。それじゃ、だれがみんなの供養《くよう》をするんだ？　だれが敵《かたき》をとる？」

　バルキスは、アーチェのまえにひざを折り、涙にぬれた手をとった。

「おまえは、生きのこった。それは、おまえに託《たく》された使命があるからだ。死んだ家族から託された使命がな」

「使命……？」

「マグダレの狼の隊員《エルマーノ》になるんだろ、アーチェ。りっぱな戦士になって、ミスパルをやっつけてやれ！　それができるのは、おまえしかいないんだ。おまえが、みんなの敵をうつんだよ！」

「敵を……」

バルキスはうなずいた。

「おれに……できる？」

「クーーン」

クプクプがからだをすりつけ、アーチェのほっぺをペロペロなめた。

「クプクプは信じてるぞ」

バルキスはわらった。

「……クプクプ……！」

アーチェはクプクプをだきしめた。信じあい、愛しあうひとりと一ぴき。死ぬよりつらい苦しみをたえてこられたのも、唯一の家族がそばにいてくれたから。アーチェがミルクをのませてそだてたクプクプ。喜びも悲しみも、アーチェのすべてを知っているクプクプ。アーチェは、クプクプがいてくれたからがんばれる気がした。

「よわいんだよなあ、こーいうの……」

天幕《タント》のすみっこで、アーチェの話をきいていたジードは苦笑いした。

「バルキスーーッ！　おいら、馬にのれるようになっちゃった。乗馬っておもしろーい!!」

フップが天幕にとびこんできた。

「あ、アーチェ！　気分わるいのなおった？　乗馬のつづきをならおうよ。オクがまってるよ」

アーチェの顔をのぞきこむ、フップの大きな青い目。クリクリとよくうごく、すなおなまなざしに、弟の面影がかさなる。

「うん、いこう！」

アーチェとフップは、手をつないで元気よく天幕をかけだしていった。クプクプがうれしそうについてゆく。バルキスとジードは、顔を見あわせてわらった。

褐色《かっしょく》の地平線に、太陽がしずもうとしていた。マグダレの谷《エルド・マグダレーナ》は、燃えるような朱色に染まり、紫のベールがゆるゆると空をおおいはじめている。

バルキスは、シバの小枝をかみながら、たのしそうに馬とあそぶフップとアーチェを見ていた。そこに、ファレグがやってきた。

「作戦に参加しないか、バルキス？　いますぐ神聖鳥のもとへ帰らなくてもいいならの話だが!?」

「…………」

バルキスは、ファレグをちらりと見た。ファレグは、フップたちを見ていた。

「そうだな。乗馬もならいたいし……」

「いいとも。オクは、優秀な教官だぞ」

ファレグは、にっこりとわらった。

「バルキス――ッ!!」

フップたちがかけよってきた。アーチェも元気そうだ。そのアーチェに、ファレグがいった。

「アーチェ、狼の一員《エルマーノ》になりたいそうだが、その決意にかわりはないか?」

アーチェは、ハッとした。ファレグの表情はやさしかったが、その黒い瞳はするどく、きびしかった。アーチェは、ごくりとひと息のみこむと、キッパリとへんじをした。

「なりたい！　マグダレの狼《ヴォルテ・マグダレーナ》になって、みんなとたたかいたい!!」

ファレグはうなずいた。

「まずは、見習いからはじめるか」

アーチェとフップ、つられてバルキスもとびあがった。

「やったあ!!」

「よかったね、アーチェ！　夢に一歩近づいたぞ!!」

フップの笑顔に、アーチェは胸がいっぱいになった。死んだ弟の敵をうとう。家族のためにたたかおうと、心に誓《ちか》うことができた。

「あっちのかまどで湯をわかせ、見習い！」

ジードが。わらいながらマッチをなげてきた。

「はいっっ!!」

アーチェはそのマッチをにぎりしめ、すっとんでいった。クプクプとフップもあとにつづいた。

「あんたが口ぞえしてくれたんだろ、ジード」

バルキスがいった。ジードは肩をすくめた。

「シクパナの街のガキどもとは兄弟《コンパーレ》だ。みんな、マグダレの狼にあこがれてる。全員を狼にしてやりゃよろこぶだろうが、そうもいかねぇもんな」

戦士としてたたかうことにあこがれる気持ちはよくわかる。だができるなら、命がけのたたかいに子どもたちをまきこみたくはない。たたかいとは無縁の、平和な暮らしをしてもらいたい。

「アーチェは……まあ、これが縁《えにし》ってやつさ」

ジードは、ふふっとわらった。

アーチェがわき水で水をくんでくると、かまどにはすでに火がたかれていた。

「火をおこしといたよ、アーチェ」

フップがわらっていった。

「えっ、マッチはおれが持ってるのに？」

「あっ……バルキスがやってくれたんだ」

火は、フップが魔法でおこしたものだが、これはないしょだ。だいぶ「人間ぶりっこ」が板についてきたフップだった。

「そっか。ありがと」

湯のわくのをまちながら、アーチェのほっぺはゆるみっぱなしだった。からだ中に力がみなぎり、おどりだしたい気分だった。そんなアーチェの喜びや幸福感が、フップには目に見えるオーラとなってつたわった。それは七色の光に輝き、とてもうつくしかった。

「人間のオーラがいちばんきれいだなあ」

「ん？　なにかいった、フップ？」

「ううん」

「フップのそのかばんさあ、なにがはいってんの？」

アーチェは、フップの魔法《キビシス》のふくろを見ていった。

「これっ⁉　これはおいらの魔法の……っとと！」

フップは、あわてて自分の口をふさいだ。

「なに？」

「なんでも、へへっ。これは、おいらの宝物がはいってんの」

「宝物かあ。おれの弟も、木の実とか、きれいな石とかあつめてたなあ」

自分のあとをよちよち追いかけてきた、小さな小さなすがたを思いだす。たいせつな宝物をしまった小箱も、炎にのまれてしまった。

「そうだ……」

アーチェはお守りぶくろをとりだした。

「おれの宝物は、家族の髪の毛のはいったこのお守りぶくろなんだけど、フップの髪の毛をもらっていいか？　いっしょにこのなかにいれておきたいんだ」

「おいらの……？」

「うん。フップがいやじゃなかったら」

アーチェは、にっこりわらった。フップは、胸のなかが、なんだかホワンとあたたかくなるような気持ちになった。いままで感じたことがない感覚が、胸からからだ中へひろがってゆく。

「うん。ぜんぜんいやじゃない！」

フップは、自分の黒髪を一本、ぷちんとひっこぬいた。アーチェは、それを赤い小ぶくろのなかへたいせつにしまった。

「じゃあ、おいらもアーチェとクプクプの髪の毛をもらって、宝物にしよーっと」

フップは、がま口バッグをがさごそして、小さなガラスの小びんをとりだし、そこにアーチェの髪の毛とクプクプの毛をいれてもらった。

「これで、おれたちは兄弟《コンパーレ》だ！」

「兄弟!!」

ふたりはクプクプをはさんでだきあい、げんこつ握手をかわした。たき火の炎が、あどけないふたつの笑顔をいっそう輝かせた。

3

夜がすっかりふけて、マグダレの谷《エルド・マグダレーナ》の上にも満天の星空がふるようだった。赤々と燃えるたき火をかこんで、バルキスと狼たちの酒盛りがはじまった。酒がはいると、強面《こわもて》の狼たちも陽気によくしゃべった。

「おれはもと漁師だが、おやじはわかいころ海賊だった。この刀は、そのときつかってたもんだ。どーだ、みごとなもんだろう」

「おれはどうしようもないヤクザものだったが、狼王《ロボ》にひろわれて目がさめたよ。ヴォワザンとのたたかいに命をささげたい」

「わたしの部族は、ヘルラデの森にすむ由緒《ゆいしょ》正しい蛇面人身種《ウパナンダ》の部族だが、混血のわたしは、そこでは暮らしてゆけなかった。ここは、とてもいごこちがいい。集合体というのは人種をこえるべきだと思う」

「ロンバルドで、天馬《てんま》が空をとぶのを見たぜ。ありゃあスゴかったなあ！」

さまざまな経歴の男たちの、身の上話やら戦話やら、ホラ話もまじったおしゃべりをきくのは、とてもおもしろかった。男たちのなかには、すねに傷を持つものや、つらい過去を持つものなども多く、ゆくあてもなく、生きる目標もなく、ただきすらうことしか知らなかったものたちが、狼王と出会い、はじめて自分の居場所を見いだしたこと、そのときの語りつくせぬあつい思いは、バルキスを感動させた。

「狼王が、いっしょにこいといってくれた。ひとりじゃなにもできないが、だったら、みんなでなにかやろうと。それが、帝国をぶっつぶすことだったんだ。おれはふるえた。狼王ならやれると確信できた。おれもいっしょにできるんだ。それがうれしかった」

　狼王は、太陽のような奴だとみながいった。生きものは、みんな太陽に力をもらって生きているんだと。よそものであるバルキスの手前、狼王がだれなのか口にしない男たちだが、そのあつい視線のさきには、ジードとたのしそうにしゃべりあっているファレグがいた。底知れない力と、強烈なカリスマ。ひとの心を一瞬でつかんでしまう魔法使いのような奴。ふと、バルキスは思った。ジードとファレグを見くらべる。

「なんかにてるなあ、このふたり……」

「はい、バルキス。食べもの、たりてる？」

　アーチェが、うれしそうに肉を持ってきた。

「しょっぱなからあんまりはりきるなよ、アーチェ」

　バルキスはわらった。アーチェは男たちのあいだをチョロチョロうごきまわり、酌をしたり食べものをくばったりと、まめまめしく立ち働いていた。

　そのうち、すっかりよいのまわった船乗りのハギスが「海の歌」をうたいはじめると、夜もいよいよもりあがってきた。

　おお　進め　おれの船よ　竜の海を　嵐の海峡を

大海原《おおうなばら》がおれの戦場　悪鬼《あっき》のごとくおそいくる波をけちらし
進め　おれの船よ
おお　あれに見ゆるは伝説の黄金島か
ゆこう　おれの船よ　大海原を雄々《おお》しくゆこう

「いいぞ、ハギス！」

海できたえた朗々《ろうろう》たる歌声に、拍手と口笛がとぶ。

「おどれ《バィレ》　おどれ《バィレ》！　うたえ《カンテ》！」

いい気分につられて、男たちがつぎつぎと歌や踊りを披露した。あのファレグが、弦楽器の名手であるというのにもびっくりだった。

「バルキス！　ここはひとつ、うたわなきゃ!!」

フップに背中をおされて、バルキスがみなのまえへ進みでた。アーチェが、手をたたいてよろこんでいる。バルキスも、故郷でよくうたった歌を披露《ひろう》することにした。

星よ星よ　我らの希望はどこに
太陽は　はるか黒い霧《きり》のむこうがわ　我らの祈りはとどくや

星よ星よ　月のない夜　せめて照らしておくれ　我らのゆく道
いつかあの　光の国へとつづく道

「哀歌《エハー》か」

「いい声だ！」

観客からおしみない拍手がおこる。つづいてバルキスは、無骨《ぶこつ》な野郎どものあいだで、野太い声ばかりきかされている紅一点のオクにささげて、愛歌《アハヴ》をうたった。

恋人《アマーレ》よ　花散る窓辺　夕闇に鐘《かね》が鳴る
恋人よ　ひそやかに星はまたたき　胸にしずめた思いがあふれる
ああ　愛《いと》しいおまえ　白きうなじにながれる黒髪
青くたゆたう海の底　ねむる真珠《しんじゅ》よ
あつき肌《はだ》よせあい　ときをわすれて夜が明けるまで
おまえとともにいるよ　恋人よ

観客がどよめいた。

「ガキのくせに、えらく色っぽい歌をうたいやがる！」

ドッと笑いがおこった。そのなかからオクがぱっととびだし、バルキスにだきつくと、くちびるをかさねた。

「オ――ッ!!」

男たちが、さらにやんやの歓声をあげる。おどろくバルキスに、オクがニッとわらっていった。

「すてきな声と歌に、ごほうびだよ」

「この――っ！　役得やろ――っ!!」

ジードがわらいながら、まるめた紙くずをなげつけた。するとほかの男たちも、つぎつぎとゴミやらなにやらをバルキスになげつけた。

「こらあっ、ジード!!　わるのりするな!!」

オクが怒った。酒盛りのあいだ中みんなをもりあげ、いちばんはしゃいでいたのがジードだ。この男、ずいぶん子どもっぽい。フップとアーチェは、腹をかかえてわらいころげていた。バルキスは、オクの口づけに目をパチクリさせていた。

（すげぇキスだなあ！　ひょっとしてオクって『お嬢ちゃん《ルルディ》』じゃなくて『娘さ《フィリオー》ん《ラ》？』）

妖精族や高等魔道士のなかには、年齢のはっきりしないものが多い。ひょっとしたら、オクもその少女のような外見より、ずっとおとななのかもしれない。

「たのしい歌をうたって、バルキス！　あたしもおどる!!」

オクにいわれてバルキスは、神秘酒神祭《オージー》の歌をうたった。ぶどう酒用のぶどうの収穫祭《しゅうかくさい》の歌で、この祭りでは、みな、のみまくり、おどりまくるのだ。


祝《フェリシタ》え！　神のもたらした、めぐみの水を神にささげよ!!

神をたたえよ！　神のあたえたもうた大地の宝をたたえよ！


リズムのはやい歌にあわせ、オクがすばらしいステップをふんだ。たき火の炎もかくやの、燃えるような、はげしい舞踊。「生きる力」がつたわってくるようだった。

アーチェは、とても感動した。

「すばらしい《ファンタスティコ》！」

「天の舞姫《シエロ・バッロ》!!」

「神の歌い手《ドミナス・ソナス》!!」

拍手と歓声は、いつまでも鳴りやまなかった。

「たのしいひとたちだね、マグダレの狼って。命がけで暮らしているひとたちとは思えないよ」

寝床でまるくなりながら、フップがいった。

「命がけで暮らしているからこそだろうよ」

バルキスは、たき火に照らされた狼たちの顔を思いうかべた。彼らは、自分の命が、あすをも知れぬ運命だと知っている。だからこそ、心からわらい、うたい、生きている一瞬一瞬をたのしむのだ。「死ぬこと」を正しく理解するものは「生きること」も正しく理解することができる。死をおそれることなく、生を謳歌《おうか》することができるのだ。

「うん、狼たちは正しい……。アーチェもきっとそうなれるね……」

フップの大きな目が、トロトロとまどろんでゆく。

「やっぱり、人間っておもしろいや……」

猫のような顔をして、フップはねむった。となりの寝床には、アーチェがクプクプをだいて、すうすうと寝息を立てている。きょうはいろんなことがありすぎて、とてもつかれただろう。だがアーチェの運命は、確実にまわりはじめたのだ。ゆく手になにがまち受けているかはわからないが、アーチェには、自分の夢にむかってつづく道が見えた。あとは自分を信じてつき進むだけだ。

「ミスパルと狼の対決を見とどけてから、シクパナをたとう」

バルキスもねむった。

作戦の決行日まで、あと一週間。

4

よく日から、アーチェはマグダレの狼《ヴォルテ・マグダレーナ》の見習いとして、隊員たちの世話と隠れ家《セラーレ》の雑用をしはじめた。といっても、隠れ家にいる隊員たちはいつも五、六人で、そのほかのものはどこでなにをしているのか不明だった。それに自分のことは自分でしたので、アーチェをこきつかうこともなかった。

アーチェは雑用のかたわら、オクに乗馬をならい、フェルやベトールに剣術の指南を受け、ファレグに読み書きをおそわった。夢にむかってひた走る子どもというのは、とにかくおそるべきもので、アーチェはまるで貪欲《どんよく》な海竜のように、おそわることとそわること、かたっぱしから吸収していった。小さくて貧弱だったただの浮浪児が、いっぱしの戦士へと刻々と変身してゆく。そのようすは、たのもしいばかりだった。

一方バルキスは、思いのほか乗馬に手こずっていた。馬という生きものは、ひとを見る。バルキスの練習にかりだされた栗毛《くりげ》の牝馬《ひんば》オラージュも、あきらかにバルキスのことを「へたくそ!」と見くだしている態度がうかがえた。進めといっているのに知らんぷり。右へといえば左へゆき、とまれといえば走りだす。そしていきなり急停止されたバルキスは、まえにつんのめって、あえなく落馬。これを何度くりかえしたことだろう。そのたびにみんなにわらわれ、ファレグに馬をかえてはどうかといわれ、バルキスはかえって燃えた。たかだか馬一頭、のりこなせずば天下の盗賊神《シモルグ》聖鳥《アンカ》の名折れ。

「死んでもテメーにのってやる!!」

馬に本気でケンカを売るバルキスとオラージュのあいだには、火花が散るようだった。

「乗馬がうまくできる魔法はないのかよ、フップ!!」

うごかないオラージュの背で、バルキスが金切り声でさけんだ。

「そんなのないよ」

フップはわらった。

「いってみただけだよ、チクショ――ッッ!!」

「子どもだな――、バルキス」

　アーチェもわらった。

「オラージュ」

　その声に、オラージュはバルキスをふり落としてかけていった。ジードが立っていた。オラージュは、恋人に会ったように顔をこすりつけてあまえた。

「だいじょうぶ、バルキス?」

　たんこぶをフップになでられながら、バルキスはまたさけんだ。

「ほかの奴のいうことはきくくせに、このクソ女!」

「クソ女なんていうからだよ」

「お帰り、ジード!」

「おう、アーチェ。ほら、ココ・ボールだ。フップとわけな」

「わぁい、ありがとー!」

「路地裏のみんなには、おまえは知りあいのところで元気にやってるとつたえたからな」

　ジードのことばに、アーチェはこっくりとうなずいた。

もう港《ナバーレ》へ、あの裏路地へ帰ることはないのだ。しばらくはこのマグダレの谷で、修業、修業の毎日である。今度港へいくのは、いつのことだろう。暮らしはみじめで苦しかったけれど、あのしめった路地裏はたしかに自分の家であり、そこには仲間《エルマーノ》がいた。思い出もたくさんある。悲しかったこと、うれしかったこと、いろんな思いが目のまえをかけぬけてゆく。アーチェは、えへっとわらった。

「神聖鳥《シモルグ・アンカ》が、銀貨《アルゲンテ》の雨をふらせてくれたのにはびっくりしたし、うれしかったなあ」

ジードは、しばらくアーチェを見ていたが、

「そのあたり、ひとっ走りするか、アーチェ」

というと、アーチェをオラージュにのせた。

「しばらくオラージュを借りるぞ、バルキス。谷をひとまわりしてくる」

「どこへなと」

バルキスは大の字にひっくりかえったままだった。

黄昏《たそがれ》のマグダレの谷《エルド・マグダレーナ》。燃えるような赤と、漆黒《しっこく》の黒にいろどられた大地を、オラージュはすばらしい足でかけぬけた。

「すごい、すご――い！　気持ちいい――っ!!」

谷をぬける、かわいた風を全身に受け、アーチェは、まるで鳥になった気分だった。

風が耳もとを、ピューピューと音を立ててすぎてゆく。オラージュは、ジードの手首の動きひとつで、岩の森を右へ左へ軽快にステップし、せまい岩のあいだを一気に走りぬけ、くぼみや障害物をかるがるととびこえた。その卓抜《たくばつ》した手綱《たづな》さばきにアーチェは大感激した。

「すっごいや、ジード！　オラージュが、まるでジードの手足みたいだね！　おれもがんばれば、こんなに乗馬がうまくなれる？」

「なれるさ」

わらったジードの口もとから犬歯《けんし》がこぼれた。

高台に立つと、地平線にしずまんとする大きな太陽が見えた。赤々と、轟々《ごうごう》と、命を燃やしているようだった。

「バルキスがいってた。ジードも狼の隊員《エルマーノ》だったんだね」

アーチェは、ジードを見上げていった。ジードはウインクした。

「ないしょだぞ」

「うん！　へへっ」

アーチェはうれしかった。ずっとまえから「友だち」だったジードが、じつはあこがれの英雄だったのだ。ずっと自分たちのそばにいてくれたのだ。

「おれ、マグダレの狼は、きっとジードみたいなひとたちだろうと思ってたんだよ。強くてカッコよくてさ。だから、みんな狼にあこがれてた。強くなりたい。カッコよくなりたいって。でも、ほんとはね。ほんとは、なにかしたかったんだ。マグダレの狼たちが、帝国とたたかっているように、おれたちにも、夢にむかって、なにかしたかったんだ」

しずみゆく太陽に照らされて、アーチェの瞳はきらきらと輝いていた。夢と希望にいろどられていた。

「帝国をたおしたら、シクパナは住みやすい、いい国になる？」

「みんなが平和に暮らせる国をつくることが夢さ」

ジードのことばに、アーチェは力強くうなずいた。

「夢をかなえられるようにがんばる！」

ジードもうなずいた。アーチェは、ジードからわたされたマッチをまだ持っていた。それをポケットの中でそっとにぎりしめた。「宝物」が、ひとつふえた。

5

ウオー――……　ウオー――……オォォ……

闇のむこうから、狼の遠吠えがきこえる。

消えいりそうな小さなたき火のまえで、バルキスは、じっとその歌声に耳をかたむけていた。もうすぐ、バルキスがいままで考えたこともないような戦いがはじまる。組織対組織。その一方は、一国の軍隊だ。もちろん、狼たちが勝つにきまっている。そう信じてうたがわない。それでも、なんとなくからだのおくがざわめいてねむれないのは、やはり死に対するおそれがあるからだ。死の神《タナトス》は、だれにでも平等だ。アーチェが子どもだからといって、バルキスに大願があるからといって、よけてとおってはくれない。

夜明けまえのマグダレの谷《エルド・マグダレーナ》。三つの天幕《タント》はしずまりかえり、いつもとはちがう空気につつまれている。それは、狼たちが寝しずまっている静けさではなく、きたるべきときにむかって、じっと息をひそめているという感じだった。バルキスにはよくわかった。百戦錬磨《ひゃくせんれんま》の戦士たちは、死の神のまえに、しずかにひざを折っているのだ。

その緊張と純粋が、この空間に満ちている。

カサリと音がした。アーチェが立っていた。クプクプもいっしょだ。

「ねむれないのか？」

バルキスはささやいた。アーチェはバルキスの手をとり、そっと自分の胸にあてた。ドキドキしていた。

「ジードに誓ったんだ。がんばるって。でも……ぜんぜんねむれなくて……。こわいとかそういうんじゃないけど、なんかドキドキして……。やっぱり、おれ、こわいのかな？」

バルキスは、アーチェの肩をだいた。

「いいんだ。こわくて。おれもこわい。狼たちだって、みんな、こわいんだ」

「狼たちも？」

「そうさ。死ぬかもしれないんだぞ。こわくなくてどうするよ。ただ狼たちは、そこからにげないだけなのさ」

小さな胸はふるえる。自分の死ではなく、ひとの死をおそれる。無敵の英雄とわかっていても、ひとりひとりは生身の人間だ。ジードが死んだらどうしよう、オクが死んだらどうしようと、そう思うとアーチェの小さな心臓はしめつけられる。でも、そこから目をそむけてはいけないのだ。いま、狼たちが、だまって死の神に運命をゆだねているように。

バルキスもまた、にげるわけにはいかなかった。ドオブレとの戦いをまえにして、ここでは死ねない。だがここまできた以上、戦いをさいごまで見とどけたい。場合によっては、霊剣《アグラー》を手に、帝国軍兵士と一戦をまじえなくてはならないかもしれない。それでもいい。見えないあすに、バルキスの胸もまたふるえた。

第四章　そして英雄の胸のなかで

1

その日も、マグダレの谷は快晴だった。

かわいた風が、砂ぼこりとともに岩の森をふきぬけてゆく。ナグロウスカへとつづく街道も、いつもとかわりなくしずかで、ときおり、月末に荷馬車がいそがしそうに走っていった。赤茶けた岩の盆地には生きものの気配はなく、ひたすら不気味な静《せい》寂《じゃく》のなか、風の音だけがきこえていた。

旅人がふたり、谷の入り口までやってきた。そのときそのよこを、厳重な警備にまもられた、まっ黒い馬車の一団が、地響きもすさまじくとおりすぎていった。馬車の側面には、血のように赤い化け蜘蛛《ゴルゴロス》の紋章《もんしょう》がえがかれている。

「帝国の輸送団《インペリオ・ベイクロ》だ！」

「おいっ、谷にはいるのはやめよう。マグダレの狼が、あれをねらってくるかもしれんぞ」

「そ、そうだな。戦《いくさ》にまきこまれたらたいへんだ。どこかで時間をつぶそう」

そういって旅人がひきかえそうとしたとき、

「うおおお――っ!!」

と、岩の森のむこうから、すさまじいさけび声と、馬が大地をゆるがす大音響がとどろいた。

「うわあっ、やっぱりはじまった！」

「ひゃあ――っ、くわばらくわばら!!」

旅人は大あわてで、もときた道を走り去った。

2

「きた！　マグダレの狼だ！　やっぱりきた!!」

「ワナにかかりおった、バカめ!!　大弓隊、両翼《りょうよく》に展開せよ!!　狼どもを串刺しにしてやれ!! 第三、第四号車は大弓隊をまもれ!」

「戦闘配置!!」

馬車の側面が大きくひらき、矢をつがえた大弓隊があらわれた。シクパナ中の大弓をかきあつめられるだけかきあつめ、大弓の大部隊を編成し、槍隊、弾弓器《バル》隊で守りをかため、白兵戦でとどめをさす。切り札に火薬隊と、これだけそろえば鬼に金棒だと、勝つ気満々の作戦隊長だったが、両がわの岩山から雪崩《なだれ》のごとくおそいかかったマグダレの狼たちは、じつに百名近くもいた。かつてない大軍だった。隊長も兵士たちも、それを見てとびあがった。

「なんだこの数はっ……いままで見たこともないぞ!! いったい……マグダレの狼は、いったい何人いるんだ!!」

まっ青になった隊長が「戦闘開始」の合図をだしそびれ、輸送団はアッという間に、狼どもにアリのようにたかられてしまった。怒号《どごう》と剣のぶつかる音、そして矢がとびかう。

右往左往する帝国軍兵士のあいだを、猫のようにすりぬけ、オクが大弓隊の馬車へ爆薬をなげこんだ。兵士たちは、弓をほうりなげてにげだした。

「うわああ――っ!!」

ドオン!!　馬車がつぎつぎと爆破され、兵士たちの隊列がたちまちみだれる。

弾弓器をかまえた兵士隊が、岩かげからねらいをさだめていた。その上に、ハギスひきいる力じまんの狼たちが、強大な丸太ん棒をつぎつぎとふらせた。兵士たちは武器をなげだし、にげまどった。

「わっはっはっはっ!!　このハギスさまと力男《ゴライアス》たちにかかれば、帝国のもやしどもなど赤子も同然!!」

と、大みえを切るハギスにファレグが声をかけた。

「武器をひろうのをわすれるなよ、ハギス!」

「……へイへイ」

大男たちは背中をまるめて、帝国軍がほうりだした剣や弓をひろってまわった。

狼たちと帝国軍いりみだれての戦いのなか、オフィエルが、オクの爆薬とはちがう火薬のにおいをかぎつけた。蛇面人身種《ウバナンダ》は、熱でものを見る目とするどい嗅覚《きゅうかく》をそなえているのだ。

「あの郵便車!　爆薬をつんでいる!」

「火薬隊か」

フェルは、呪札《じゅさつ》の束《たば》をとりだした。

「散《ガンド》!!」

なげられた呪札は、たちまち黒い鳥の群れとなり、郵便車におそいかかった。

「うわっ……な、なんだ!?」

爆薬を用意して待機中だった帝国の兵士たちは、とつぜんとびこんできた鳥の群れにひっかかれつつかれ、あわてて車をすてた。

作戦隊長はじりじりと追いつめられて、青息吐息《あおいきといき》だった。

「くそおっ、やっぱりこんな、数だけの作戦じゃだめなんだ！　ミスパルの奴が、自信ありげにいうもんだから……」

「隊長！　応援をよびにいきましょう!!」

「う、うむ。よし……」

と、そのとき、背後に白い大きな人影があらわれた。

「ひっ！　た、隊長!!」

作戦隊長がふりむくと、そこには目を赤く血走らせ、口もとのキバもおそろしげな獣人《じゅうじん》すがたのベトールが立っていた。ベトールは、作戦隊長に魔声《ヴォワ》でもってささやいた。

「これ以上抵抗しても、むだだぞ……」

まるで地獄の底からよぶようなその声でいわれると、ほんとうにからだ中から一気に力がぬけた。作戦隊長は、その場へへなへなとすわりこんでしまった。

3

バルキスとフップは、アーチェとクプクプ、そしてジードとともに、夜があけたばかりのシクパナの街にいた。

ジードがミスパルを追うことになり、そのおともにアーチェとバルキスをえらんでくれたのだ。アーチェは、ことばもでないくらいうれしかった。マグダレの狼の仕事を手伝うことをゆるされたばかりか、敵《かたき》をうつチャンスまでもらえたのだ。アーチェは、誓《ちか》いをあらたにしていた。なにもできないかもしれないけれど、ミスパルがやっつけられるそのさまを、しっかり見とどけよう。狼の一員《エルマーノ》として行動しよう、と。このたった数日間で、アーチェは大きく大きく成長していた。

総督府の城壁の内側から、さわがしい声と物音がする。

「ちょっくら、ようすを見てくるわ」

そういってバルキスは、城壁をつたう蔦《つた》に手をかけると、ヒョイヒョイとのぼっていった。

「バルキス、すげ――っ！　さすが、神聖鳥の仲間《シモルグ・アンカ　エルマーノ》だあ」

アーチェは目をパチクリさせたが、ジードは、のどのおくでクックとわらった。

「本人だよ」

「え？」

「神聖鳥本人さ」

「え？　バルキスがっっ!?　ホ、ホントなのか、フップ!?」

アーチェはフップにつめよった。

「え～～と……」

フップは、頭をかきかき苦笑いした。

城壁の上から広場をのぞくと、帝国の輸送車が何台もとまっており、そのあいだを兵士たちがいそがしくうごきまわっているのが見えた。そのなかで、酒だるをつんだ二頭びきの荷馬車が一台、裏門へむかっている。馬をひく農夫は、まちがいなくあのミスパル高官《メウガル・ミスパル》だ。あんなにエラソーにふんぞりかえっている農夫が、どこにいるだろうか。バルキスは、アーチェたちのもとへヒラリとおり立った。

「裏門からでてくるぜ！　酒屋にばけてるつもりらしいがね」

「つみ荷は？」

「酒だるが四つ」

「さて……。輸送団がやられ、ミスパルがはこぶ金剛石もとられりゃ、奴の面目《めんぼく》はまるつぶれだ。失脚はまちがいない……が」

「なにか気になるのか、ジード？」

「どうも、いまひとつ気にいらない。なにか、ひっかかるんだよなあ。ミスパルの奴が、なにかかくしてるみたいでな……」

「そんな頭が奴にあるかね」

「それがわかると、仕事もやりやすいんだが……。まあ、いいか」

ジードの話をききながら、アーチェはなにやら考えていた。

「おれが調べる！　こい、クプクプ！」

と、いうがはやいか裏門のほうへすっとんでいった。

「あ、まて、アーチェ！」

総督府の裏門があき、小さな荷馬車がでてきた。農夫ふたりは、帽子を深くかぶっていて顔はよくわからないが、その態度でミスパルと部下であることがすぐわかった。

荷馬車が出発しようとしたそのまえに、一ぴきの犬がとびだしてきた。部下が「わっ」と、思わず手綱をひく。大きな灰色の犬は馬のまえにすわりこむと、優雅なしぐさで耳をかいた。

「このバカ犬！　シッシッ！」

ミスパルと部下がクプクプに気をとられているすきに、アーチェが荷馬車のうしろへしのびより、酒だるのあいだへ身をひそませた。小さなアーチェのからだは、酒だるのかげに、すっぽりとかくれてしまった。

「あのバカ……！」

バルキスは、おでこをピシャリとたたいた。

「まあ、やらせてみるさ」

ジードは苦笑いした。バルキスはフップにいった。

「いけ、フップ！」

「アイ！」

フップはひょいひょいととんで、荷馬車の下へもぐりこんだ。

「あのガキはなにものだ、バルキス？　んー？　ベトールやオフィエルがいってたぞ。人間のにおいがしない、とな」

ジードは、ふふんとわらった。

「いやあ、ハッハッハッ」

バルキスは、わらってごまかした。

荷馬車はシクパナの峠をこえ北上しはじめた。バルキスとジードは馬にのり、しんちょうに尾行した。

やがて荷馬車は街道をそれ、よこ道へとはいってゆく。マグダレの谷の東がわには、巨大な渓谷《けいこく》が口をあけており、その谷底をエハッド川がながれている。だから谷を迂《う》回《かい》するには、西がわの狼吠山《ゼーブ・モントス》をこえるしかないのだが、この山が、高低差の大きい、上り下りがえんえんとつづくたいへんな難所で、谷をゆく倍からの労力と時間がかかる上、こちらにはほんものの狼がでるとおそれられていた。

けわしい山道をゴトゴトと、荷馬車が進んでゆく。陽射《ひざ》しが強くなると、立木もまばらな山肌《やまはだ》が、じりじりと焼けるようだった。ただでさえ緊張してはりつめているアーチェのからだは、からだ中の水分が蒸発したようにカラカラだった。だが、がんばっているのは自分ひとりではない。アーチェは、荷馬車にぴったりとついてくるクプクプを見た。あつさにハッハと舌をたらしながらも、クプクプはまったく荷馬車におくれをとらない。アーチェは、力強くうなずいた。それに荷馬車の下にはフップが待機していて、万が一にそなえているのだ。

　荷馬車は、なにごともなく山道を進んだ。そしてようやく峠にさしかかったころ、

「そろそろしかけないか」と、バルキスが少々じれてきたときだった。荷馬車がとまった。バルキスとジードは、すばやく岩かげに身をかくした。部下は、やっと休憩かと大きくため息した。そのよこで、ミスパルが長剣をぬいた。

「上官殿《メウガル》？」

「しまつせねばならんものがいるのでな」

　アーチェは、ギクリとした。つぎの瞬間、

「ぐわ――っ!!」

　岩肌に悲鳴がこだました。バルキスもジードも身がまえた。

　バシャアッと、アーチェのいる酒だるのあいだへ血しぶきがとんできた。アーチェは、思わずさけびそうになるのを必死にこらえた。

「じ、上官殿《メウガル》……なにを……？」

　自分のからだからふきだす血を見ながら、部下はキョトンとしていた。アーチェもフップも、いったいなにがおきたのかわからなかった。

「おまえは、裏切りものなんだよ。間者殿《レモラ》」

「ち、ちがう。わたしは、間者なんかじゃ……」

「マグダレの狼の間者であるおまえは、この作戦をはじめから知っていた。そして金剛石をうばってにげた。わたしは、総督府にそう報告するつもりだ」

　血にまみれた部下は、がくぜんとして目をみはった。

「あなたは……さいしょから……」

　ミスパルは、わらってうなずいた。

「この作戦は、さいしょから成功などしないんだ。いまごろ輸送団も、マグダレの谷で狼どもに狩られているだろう。こんな作戦は、奴らには通用せんさ。わたしは作戦の発案者としての責任をとり、退役するつもりだ。もちろん、退職金はなしだ。引責《いんせき》辞任《じにん》だからな。ま、退職金のような、はした金はいらないさ。この金剛石があればな」

　そういってミスパルは、酒だるのおがくずのなかから革ぶくろをとりだした。なかには、まばゆいばかりの大つぶの金剛石が、どっさりはいっていた。

「この金剛石と、いままでたくわえてきた財産があれば、死ぬまでぜいたくができる！　ハハハハ!!」

　その高笑い。アーチェの家族をみな殺しにしたときの、あの悪魔のような笑いだった。アーチェは、ふるえがとまらなかった。だがそれは恐怖ではなく、怒りだった。アーチェは、怒りにふるえたのだ。馬車の下で、フップもすべてをきいていた。

「これが、ジードの気にかかってたことだったんだ！」

無念の形相《ぎょうそう》すさまじく、部下は酒だるのあいだへドオとたおれた。血まみれの死体が目のまえへたおれてきたので、アーチェは思わずとびあがってしまった。

「だれだ、おまえは！」

ミスパルは、アーチェに剣をつきつけた。

「ガイア・ソ——ド!!」

ふたりのあいだにとびこんできたフップが、ミスパルの剣をはねとばし、フップとアーチェは、それっと荷馬車をとびおりた。あわてて剣をひろったミスパルの目のまえに、バルキスとジードがいた。

「よう、高官殿《メウガル》。こんなところでお仕事かい？」

「こいつ……金剛石をよこどりするつもりなんだ！　あのひとを殺して罪をなすりつけて!!」

「作戦の失敗も、作戦のうちだったんだよ！　失敗の責任をとって引退して、ためこんだお宝でぜいたくするんだって！」

アーチェとフップが報告した。

「よくやった、アーチェ、フップ。なかなかの諜報《ちょうほう》ぶりだったぞ」

ジードにほめられて、アーチェとフップは顔を見あわせてわらった。

「やはりきたか……。おまえたちは、マグダレの狼だな」

ミスパルは、顔色は少々青ざめたようだが落ちついていた。その態度に、バルキスは妙なものを感じた。まだなにか……ある!?　ミスパルは、荷馬車にとびのると、酒だるのひとつをさしてさけんだ。

「近づくな！　これは火薬だぞ!!　ほんものの狼よけのものだが、おまえたちにつかってやってもいいんだぞ!!」

バルキスのこめかみが、ピクッとひきつった。

「やってみろよ。てめーもふっとぶぜ」

「ヒヒ……そうはいかん。わたしには、バラ色の生活がまっているんだからな」

ミスパルは、手にもった筒《つつ》に火をつけた。パシッと、なにかが空へとんでいった。

「信号弾!?」

ミスパルは、死体をけおとして荷馬車を走らせた。

「あっ、まちやがれ！　この……」

バルキスはオラージュを走らせた。しかし、

「深追いするな、バルキス!!」

というジードの声に、オラージュがピタリととまった。

「だ——っ!!」

バルキスは前方になげだされた。ちょうど、峠のむこうがわへ落ちていった。

「あー、またやった!」

フップがかけよる。

「いでで……クソ女め〜〜!」

「バルキス!! あれ見て!!」

フップがさけんだ。峠から見わたすと、ミスパルが荷馬車を走らせるさき、灌木《かんぼく》や立木のあいだにわらわらとうごく人影が見えた。バルキスは目をうたがった。

「兵隊だ! すげえ数だぞ!!」

「シクパナの帝国軍か? いつの間に?」

「いや……シクパナからの派兵なら絶対わかるはずだ、この数なら……。これは……

まさかナグロウスカからきたのか!?」

ジードとアーチェも、峠からこの大軍を見おろしていた。

「ジ、ジード……」

アーチェはジードを見た。ジードはだまっていた。

「ミスパル殿！」

兵士のひとりが、荷馬車にかけよった。

「おお、シェバ殿。やはりマグダレの狼があらわれましたぞ！」

「我々への出兵要請は英断でしたな。あとは、このナグロウスカ第一歩兵隊におまかせを！」

ミスパルは、バルキスたちを見てわらった。

「ひとりのこらず、とらえよ！　拷問《ごうもん》にかけ、狼どものことをあらいざらい吐《は》かせてくれる！」

兵士たちはみな、殺気に満ちていた。

シクパナの帝国軍がマグダレの狼に、いかに手を焼いているかは、ナグロウスカにもつたわっていた。ナグロウスカの兵士たちにとっては、自軍が狼どもの首をとり、帝都にナグロウスカの存在を誇示する絶対のチャンスであったのだ。

重歩兵隊後方には大弓隊がひかえており、バルキスたちにピタリとねらいをさだめている。にげるそぶりを見せようものなら、たちまち矢の雨がふるだろう。

兵士たちの「やる気」が、ひしひしとバルキスにつたわった。

「そうか……！　こいつは、シクパナも知らない、ミスパル独断の工作なんだ……！　奴は、自分のところへ狼がきたときのために、ひそかにナグロウスカの軍隊を待機させていた。すべては、より安全に、確実に、金剛石をよこどりするため……。作戦が失敗したことも、独断でナグロウスカの軍隊をうごかしたことも、すべて引責辞任でチャラにして、あとは悠々自適《ゆうゆうじてき》の生活ってわけだ」

そのわるがしこさに、バルキスは冷や汗がたれる思いだった。

「きっと、ずいぶんまえから考えてた作戦なんだろうなあ」

ジードが、しみじみといった。

「なにをのんびり感心してんだ、ジード！　さっさとにげなきゃヤバイぜ！」

しかし、ジードはふっとわらった。

「ミスパルのまえでしっぽをまいてにげちゃ、マグダレ《ヴォルテ・マグダレーナ》の狼の名がすたる。な、アーチェ」

「う、うん。でも」

兵士たちが、じりじりと近づいてきている。

「まあ、見てな」

ジードは、ひとつ大きく深呼吸した。そして、空にむかってほえた。

「ウオオオオ――ッ!!」

まるで、狼の遠吠えのような吠え声。バルキスもフップもアーチェも、そしてクプクプもびっくりした。しかしさらにおどろいたのは、ジードの吠え声に対し「へんじ」がかえってきたことだ。

「ウオオ――ッ！」

「ウオ――ッ!!」

まさに、狼の吠える山《ゼーブ・モントス》の名のとおり、山全体がほえているような、すさまじい声がとどろいた。

「お、狼だ!!」

兵士がさけんだ。一ぴき、また一ぴきと、茂《しげ》みのなかから、木かげから、岩あなから、灰色の大狼がすがたをあらわした。

「灰色狼《ヴォルテ・チノ》だ！　魔神の使いだ!!　やっぱりいたんだ!!」

「まさか……おれたちを見張っていたのか!?」

狼のなかでももっとも頭がよく、また凶暴だとされ「神の犬」とよばれるそのすがたを見ただけで、兵士たちはふるえあがった。さらに、狼たちにかさなるように人影が立ちはじめた。その数はみるみるうちにふえ、あっという間に、ナグロウスカの大軍におとらぬ人数となった。男たちは、さまざまな服装に覆面すがたで、馬上からひとを見おろすそのふんいきは、これは……。

「マグダレの狼《ヴォルテ・マグダレーナ》!!」

ミスパルは、目をみはった。

「バカな……こんな人数！　狼どもは、大半が谷にいっているはずだ。こっちにくるのは、ほんの数人のはず！　こいつらは……こいつらは、いったいなんだ!?　狼どもは、何人いるんだ!!」

ビリビリとした殺気が帝国軍をつつんだ。神の犬たちは、おそろしげなうなり声をあげ、キバをむき、いまにもとびかからんばかりである。兵士たちは、一歩もうごけないでいた。

「す……すごいね、ジード！　これ、みんな狼の仲間!?　いままでどこにいたんだ??」

アーチェは、あっけにとられていた。

「ここは、狼吠山《ゼーブ・モントス》。狼がいるのがあたりまえだろ!?」

と、ジードはわらった。バルキスは、ピンときた。

「そうか……ここが、狼どもの本拠地《セントロ》か！」

この山全体が、マグダレの狼の巨大な基地なのだ。「神の犬」を見張りにおいて。

マグダレの谷は「仕事場」のひとつでしかないのだ。

「シェバ殿、なにをひるんでおられる！　数の上ではこちらが有利ですぞ。みごと、狼どもをうちとってみせましょうや!!」

狼どもとにらみあったままうごけないでいる帝国軍に、ミスパルはけしかけた。だが内心は、ナグロウスカに大軍をたのんでおいてよかったと、心底冷や汗をかいていた。一方、狼たちも戦闘開始の合図をまっている。合図を？　だれの？

「…………」

バルキスは、ゆっくりとジードを見た。ジードは、不敵な笑みをうかべていた。その口もとの、人狼《バーヴォルテ》のような犬歯は、まるで……。

「狼王……」

ジードが、高々と剣をかかげた。

「かかれ《アンダーレ》!!」

「うおおお――っ!!」

合図にはじかれたかのごとく、狼どもが怒濤《どとう》のように攻めこんだ。

「マグダレの狼《ヴォルテ・マグダレーナ》、頭目《アルーフ》、狼王《ロボ》ジード……！」

バルキスもフップも、そしてアーチェも目が点になった。ジードは、犬歯のよこからぺろっと舌をだした。

「ジードが……狼王!!」

アーチェはふるえた。胸が、カーッと燃えるようだった。うれしくてうれしくて、さけびだしたい気持ちだった。

「アーチェとフップは安全なところにいろ。バルキス、ふたりをたのむぞ」

そういうとジードは、アーチェをのこして馬をおりた。

「オラージュ、バルキスのいうことをきいてやれよ」

ジードは、オラージュにキスをなげた。バルキスをのせたオラージュは、ちょっと不満そうにブルルッといなないた。

4

ナグロウスカの帝国軍は、狼どもにほぼかこまれていた。鎧《よろい》と楯《たて》、槍《やり》と剣で完全武装した重歩兵隊だが、でこぼこした地形での攻防は、その装備の重さが、たちまち兵士たちの体力をうばってしまった。おまけに、狼どもの先陣をきっておそいかかってきたのが、ほんものの灰色狼だったのだ。腕にかみつかれたがさいご、そのキバは鎧をつきやぶって骨をくだいた。

狼たちは、まず大弓隊をねらった。大弓隊をまもっている重歩兵隊に灰色狼がとびつき、隊列がみだれたところを剣士たちが突破した。

「抵抗する奴に容赦《ようしゃ》はしねえぞ!!」

そうさけぶと、剣士たちは大弓をつぎつぎとたたっ斬った。大弓隊という援護をうしなった兵士たちは、狼たちが馬上から射かける矢や槍をふせぐのが精いっぱいだった。狼たちの、凹凸のはげしい地形からくりだす変幻自在《へんげんじざい》の攻撃にとてもたえられず、陣形ははしからボロボロとくずれていった。

千々《ちぢ》にみだれる帝国軍のなかに、ぽかっとあいたすき間をついて、剣士たちをしたがえたジードが敵陣深く斬りこんだ。ゆく手をはばむ兵士たちをけちらすその手綱さばき、剣さばきは、マグダレの狼の一騎当千《いっきとうせん》の騎馬剣士たちのなかでもずばぬけていて、まさに息をのむほどである。この傑出《けっしゅつ》した才能が、ひとをひきつけるのだとわかる。ジードが敵の大将の首根っこをおさえるのに、そう手間はかからないだろう。

マグダレの狼たちは、すべてわかっていたのだ。あのミスパルが、なにかをしかけてくるだろうと。マグダレの狼の知と力は、ミスパルのあさ知恵などはるかに凌駕《りょうが》する強大なものだったのだ。

バルキスたちは、小高い岩の上に避難し、ジードたちの戦いぶりを見ていた。

「すごいな……！」

バルキスはため息をついた。狼たちひとりひとりの力のすごさ、それを何百とかかえる頭目《アルーフ》の存在そのものに胸をうたれる。生まれも育ちもちがう男たちが、たったひとりに命をささげるということ。さまざまな力が結集したときの、力の大きさというもの。バルキスが考えてもみなかったことだ。「大きな力」が、そこにある。支流をしたがえる川の本流のように、力はそこにあつまってくる。やがてそれは、より大きな力となって轟々《ごうごう》とながれてゆくのだ。

「あぶない！」

フップがさけんだ。槍がアーチェめがけ、とんできた。バルキスの霊剣《アグラー》がひらめき、槍はアーチェの目のまえで、スパッとまっぷたつになった。つづいて茂みのなかから、帝国軍兵士がひとりとびでてきた。バルキスはヒラリととんで兵士の肩にのると、霊剣の柄で兵士の頭を思いきりぶんなぐった。兵士は声もあげずひっくりかえった。

「いっちょあがりっと」

「す、すげーっ、バルキス！」

下っぱ兵士など、盗賊神聖鳥《シモルグ・アンカ》の相手ではない。しかし、その身のこなしは、アーチェを感動させるにはじゅうぶんだった。

「おれも、たたかいたい……」

アーチェはため息まじりにいった。アーチェの胸のなかでは、勇気と力がいままでの百倍ぐらいにふくらんでいた。バルキスはわらった。

「ま、あのなかにまじるにゃ、ちょっとはやいかな」

そのとき、アーチェの目がミスパルの荷馬車をとらえた。

「ミスパルがにげる！　あそこ!!」

「えっ、どこだよ？」

バルキスもフップもキョロキョロした。土ぼこりをけたてててたたかう両軍のなかでは、フップの眼力でもミスパルは確認できない。アーチェがミスパルを見つけられたのは、神のみちびきだったのか。

「にがさないぞ、ミスパル!!　おまえをにがしてたまるか!!」

と、思うよりはやく、アーチェは馬を走らせていた。クプクプがあとにつづく。

「アーチェ！」

またたく間に、アーチェは灌木《かんぼく》のむこうへ走り去ってしまった。

「バカ！　もどれ!!」

「どうしよう、バルキス!?」

「追うしかないだろ。あいつ、なにしでかすかわからんぞ！　……オラージュ！」

バルキスは、オラージュに真剣に語りかけた。

「たのむ……オラージュ！」

つんとすましていたオラージュは、ブルルッと首をひとふりすると、ダッとかけだした。

ミスパルは戦場からコソコソぬけだすと、脱兎《だっと》のごとく馬を走らせた。

「こんなぶっそうなところにいて、ケガでもしたらたいへんだ！　はやく金剛石を安全な場所へかくさねば、ヒヒヒヒ！」

そのとき、灌木のなかから一頭の馬がおどりでた。馬の背には、アーチェがしがみついていた。

「おまえはさっきの……！」

ミスパルと目があった瞬間、アーチェは頭がまっ白になった。信じられない力がでた。

「にがさないぞ、ミスパル!!」

アーチェは、走る馬の背から荷馬車へとびうつった。ドッと、酒だるのあいだに落ちる。

「こ、このバカ！　なにをするか!!」

「こんなもの!!」

アーチェは、金剛石のはいった酒だるをひっくりかえした。しかし、それは火薬のはいったたるだった。ザアッと、床いちめんに火薬がまき散らされた。

「こっちか!!」

アーチェは、つぎのたるにとびついた。

「このガキ!!」

ミスパルは、アーチェに斬りかかった。そこへ、クプクプがとびこんできた。

「ウオウ!!」

クプクプは、ミスパルに体あたりした。

「この……」

ミスパルの剣がひらめいた。ギャン!!　という悲鳴《ひめい》とともに、血がとび散った。

「クプクプ!!」

火薬のなかへドッとたおれたクプクプは、胸を斬りつけられていた。

「おまえもだ、ガキ!!」

ミスパルの剣が、まさにふりおろされんとしたとき、フップのガイア・ソードが空中をとんできた。ギ――ン!! ガイア・ソードが、ミスパルの剣をふっとばした。

「アーチェ!!」

オラージュにのったバルキスとフップが追いついたのだ。フップは荷馬車にとびうつるとさけんだ。

「ガイア・ソード!」

すると、ガイア・ソードはふたたび空中をとんできた。それを受けとって、フップはアーチェとクプクプをかばって立った。

「おいらの兄弟《コンパーレ》に手をだすと、承知しないぞ!!」

バルキスが、荷馬車をひく馬にとびうつり、手綱《たづな》をひいてとまらせた。

「お、おまえたちはなにものだ? マグダレの狼にしては、わかいようだが……」

ミスパルは、観念したように両手をあげた。

「てめーは、しゃべんな!」

バルキスはミスパルに霊剣《アグラー》をつきつけた。

「クプクプ！」

血をながし、ぐったりしているクプクプをアーチェはだきしめた。

「だいじょうぶ。いま、手あてをしてあげるから」

フップは、クプクプの傷を見た。ただひとりのこった家族を傷つけられて、アーチェの胸のなかは、嵐のようにあれくるった。アーチェはミスパルをキッとにらむと、なぐりかかった。

「よくもクプクプを!!」

「よせ、アーチェ！」

バルキスの注意がアーチェにうつったその瞬間、ミスパルは、かくし持っていた短剣をバルキスの背中へつき立てた。

「ぐっ……!!」

血しぶきがとび、バルキスは荷馬車の下へころげ落ちた。

「バルキス!!」

フップとアーチェは、まっ青になってバルキスにとびついた。

「ヒャハハハハ!!」

そのすきに、ミスパルは荷馬車を走らせた。フップは、バルキスの傷をすばやく見た。

「だいじょうぶ！　アーチェ、この布で傷をおさえといて。おいら、薬草のある場所を知ってるから、とってくる!!」

「まて……フップ……！」

と、バルキスはフップをとめようとしたが、マスターの命が最優先のフップは、ピュンッとつむじ風のようにいってしまった。

荷馬車が遠のいてゆく。クプクプをのせたまま。アーチェは荷馬車を見つめていた。そのよこ顔に、深い深い影が落ちる。

燃えさかる炎にのみこまれた故郷。やさしくあたたかい家族。かわいい弟の顔がよぎってゆく。湖でおよいだ。森で木の実をひろった。うつくしくうつろいゆく季節。にぎやかな港の路地裏を、必死に生きぬいた日々。ゆかいな仲間たちがいた。いつでもクプクプといっしょだった。寝るのも。食べるのも。泣くのも。わらうのも。

「アーチェ……」

苦しい息の下から、バルキスは声をかけたが、アーチェにはとどかなかった。アーチェはしずかに立ちあがった。

「ごめん、バルキス」

なにをいいたいのか、すぐにわかった。とめられないと、わかった。だがとめなければ。アーチェをいかせてはならない。いま、いかせたら……。

「敵《かたき》はいつでもうてるぞ、アーチェ！　いまはまつんだ！」

アーチェは、こくんとうなずいた。しかし、ふたたび顔をあげたとき、そこにはもうそれまでのアーチェはいなかった。

「おれ、あいつだけは、にがすわけにはいかないんだ。それに、クプクプをほうっておけない……」

アーチェは、にっこりとわらった。小さな、でも、ほんものの戦士がそこにいた。

悪魔のようなミスパル。家族を殺し、故郷をうばい、港《ナバーレ》のひとたちをいじめ、苦しめ、自分の欲のために部下も仲間も裏切り、そしてバルキスを、クプクプを傷つけた。どれだけ悪事をかさねれば気がすむのだろう。このさき、あの男はどれほどひとびとを苦しめつづけるのだろう。だれかが、とめなければ。

「オラージュ」

オラージュは、すぐにアーチェのもとによってきた。

「まて……いくな！　アーチェ!!」

さけぶと血がボタボタと落ちた。からだがいうことをきかない。アーチェは、あの小さなお守りを、バルキスになげてよこした。

「できたらジードに……狼王《ロボ》に受けとってもらって！」

そういうと、アーチェはオラージュを走らせた。もう、ふりむかなかった。

「アーチェ……バカヤロ――ッ!!」

バルキスの声が、青い青い空にすいこまれていった。

オラージュはすばらしい脚力を見せ、たちまち荷馬車に追いついた。それを見たミスパルは、舌打ちした。

「ジードのところへもどれ！」

アーチェは、オラージュの首をパシッとたたくと、荷馬車へとびうつった。オラージュはそこで立ちどまり、しばらく荷馬車を見ていた。

クプクプは、火薬のなかによこたわったままだった。アーチェは、クプクプをだきしめた。クプクプはうれしそうに、しっぽをぱたぱたさせた。

「いっしょにいこうな、クプクプ……！」

たくさんの喜びと悲しみを、クプクプとわけあってきた年月。そしてこの数日間は、なんて、しあわせだったことだろう。バルキスとフップ、あこがれつづけたマグダレの狼たちと、狼王ジードがいた。その手にふれ、思いをつたえ、ともに夢を見たあの瞬間をわすれない。マグダレの谷《エルド・マグダレーナ》にしずみゆく赤い夕日。そのむこうにある夢に手はとどかなかったけれど、アーチェには、愛するひとびとから託《たく》された使命があったのだ。そういったバルキスのことばが、いま、胸にしむ。

「犬をつれもどしにきたのかい、ボーヤ？」

ミスパルは短剣を片手ににやついた。アーチェは首をふった。

「いっただろ。おまえをにがさないって」

アーチェのその表情に、ミスパルは一瞬ひるんだ。まっすぐ見つめる青い目に、すいこまれそうな感じがしたからだ。

アーチェのポッケには、ジードにもらったマッチがあった。あこがれの狼王からもらったアーチェの宝物だ。

「おまえは、おれの家族のところへあやまりにいくんだ。だいじょうぶ。おれが案内してやるから」

アーチェは、マッチをすった。

カッと、赤い光が走った。

ドーーン!!　地響きは、戦闘中の狼たちにもつたわった。

「なにか爆発したぞ！」

「北東の方向だ、ジード！」


「バルキス！」

フップが、薬草を山とかかえて帰ってきた。バルキスは、荷馬車が消えたほうを見つめたまま無言だった。

「空から爆発が見えたよ」

手あてをしながらフップがいった。バルキスはふるえた。お守りをギュッとにぎりしめる。

「なぜ……アーチェが死んで……ドオブレみたいな奴が生き長らえるんだ？」

これが運命なのか。そういってしまえば、アーチェは自分の運命を、みごとまっとうしたかもしれない。だが、はかない。あまりにも。アーチェの未来を、これからさきの幸福を思うと、残念でならない。残念で、くやしくて……悲しくて……。

「終わりのないものなんてないんだよ、バルキス」

フップは、ふるえるバルキスの顔を両手でそっとつつみ、胸にだいた。

「海も、空も、大地も、いつかはなくなる。神さまだって、力をなくして消えるときがくるんだ。それは、一日で咲いて散ってしまう花とおなじ。一日か千年かのちがいはあっても、命の価値はかわらないんだ。死をなげいてはいけないよ。死は、生とおなじ輪の上をまわる兄弟《コンパーレ》だ。つぎの命への入り口なんだ。アーチェの魂《たましい》は、死という入り口をくぐって、つぎの人生へうつっていったんだよ」

命の輪はまわる。生から死へ、死から生へ。未来へ、未来へと命をつむいでゆく。

そして、悠久《ゆうきゅう》の時間の海のなかで、また会える。きっと。

いつか見た、あのなつかしい笑顔に。

5

「受けとってやってくれ……」

バルキスは、ジードにアーチェのお守りを手わたした。ジードは、しばらく赤いふくろを見つめていたが、やがて自分の首へかけた。それからバルキスをだきしめ、左右のほおに口づけた。狼が、仲間《エルマーノ》とみとめた証《あかし》である。英雄の胸は、ひろくたくましく、どこまでもあたたかかった。バルキスは、しばらくジードの胸にだかれたままごけなかった。

「見えるか、アーチェ……？　おまえは、いまマグダレの狼の隊員《エルマーノ》とみとめられたぞ。狼王のキスを受けるのは、ホントはおまえのはずだろ⁉　バカヤロー……！」

無謀と、ひとはいうだろうか。そんなことをしても、だれもよろこばぬと、ひとはいうだろうか。

だが、きみの苦しみを、悲しみを、怒りを。そしてきみの誇りを、だれがわかるというのだろう。

「よくたたかった」

ファレグがバルキスをだきしめた。それは、アーチェへのことばでもあった。それから、オクやフェルやベトールら狼たちが、つぎつぎとバルキスに握手をもとめてきた。

「帝国をぶっつぶして、アーチェの敵《かたき》をとるぜ」

「いつかきっと、すべての子どもたちが平和に暮らせるときがくる。おれたちがそうしてみせる！」

アーチェを思い、狼たちのことばにも、さらに力がこもった。

悲しみがとけてゆく。ゆっくりと、あわのように、アーチェとクプクプ。ふたりの戦士は、英雄たちの胸のなかで生きてゆくだろう。そうして、今度はアーチェが、子どもたちのあこがれのひと、その伝説となるのだ。

フップは、アーチェとクプクプの髪の毛をいれた小びんを見ていた。あのとき、フップのからだ中をひたひたと満たした気持ちを思いだす。あれは「うれしい」とも「たのしい」ともちがう。あれは「幸福感」だった。フップは、はじめて幸福を感じたのだ。この小びんのなかには、アーチェとクプクプの思い出とともに、フップのしあわせもつまっていた。フップは、小びんを胸にだいた。しっかりと、胸にだいた。

第五章　幻の都《エル・シオン》

1

マグダレの谷《エルド・マグダレーナ》に、きょうもかわらずかわいた風がふく。大きな戦《いくさ》があっても、ミス・パル高官《ガル・ミスパル》がいなくなっても、あいかわらずシクパナにみつぎものはつき、帝国の輸送団がそれをはこんでゆく。岩山の上で街道をゆく輸送団を見ながら、バルキスはジードにいった。

「マグダレの狼ほどの力があれば、帝国からシクパナをぶんどれるんじゃないか？　シクパナをなくせば、帝国にとっちゃ大打撃だぜ」

だが、ジードは首をふった。

「おれたちゃゲリラにすぎないんだよ。バルキス」

「どういう意味だ？」

「たしかに、おれたちには力がある。輸送団をおそい、討伐隊《とうばつ》をやっつけ、周辺の通信基地や武器庫をつぶしてきた。これからもそうするつもりだ。だがな、おれたちはそれで手いっぱいなんだよ。それ以上の『こと』をおこす器《うつわ》はないんだ」

このことばに、バルキスはショックを受けた。

「あんたがそれをいうのか？　あれだけの兵隊をひきつけて、たばねて、うごかす狼王のあんたが？　器じゃないって!?」

ジードはうなずいた。

「ヴォワザン帝国という敵に、面とむかって宣戦布告するには、おれたちはまだ役不足だ。どんなに民衆に支持されていても、正規軍じゃない。周辺諸国はおれたちをみとめていない。それはつまり、支援が得られないということだ。もちろん、あきらめてるわけじゃない。おれたちがもっとでかくなって、どこかちゃんとしたうしろだてができて……。たとえばエトナあたりが支持してくれれば……」

ジードの目は、ずっとずっと遠くを見ていた。いつか、だれもがみとめる力となってヴォワザンをたおし、あたらしい国をつくる。これが、狼たちの夢だった。彼らはその夢にむかって、まだ歩きはじめたばかりなのだ。

岩の上にひとり腰かけて、バルキスは長いあいだ考えこんでいた。

「そうなんだ……。ドオブレひとりたおしても、帝国はのこるかもしれないんだ」

アーチェを死においやったミスパル。ひとびとを苦しめ、傷つけ、肥大した帝国のもとでぬくぬくと私腹を肥やす悪党ども。そんな奴は、帝国にはまだごまんといるのだ。

「つぶさなきゃ……！　こいつらをのこらずたたきだして、あたらしい国をつくらなきゃ、またアーチェのような子どもができちまう」

アーチェのしあわせをねがっていた。きっとしあわせになれると思っていた。きっと。

家族を、故郷を、夢を、未来をうばわれても、なお輝きをうしなわなかった、あの青い瞳をわすれない。さいごにわらった笑顔を。けっしてふりむかなかった小さな背中をわすれない。

「帝国そのものをたおさなきゃならないんだ。だけど、どうすればいい？　ドオブレはあすにでも、世界制覇にむけてうごきだすかもしれないんだ。そうなったら、ヴォワザンはまわりの国をどんどん吸収していって、どんどん大きくなっちまう。どうすればいいんだ？　狼たちが成長するのをまっていられねえよ……！」

マグダレの谷《エルド・マグダレーナ》に日がしずむ。また一日が終わり、そして、またあたらしい未来がやってくる。この未来を生きる子どもたちのために、すべての愛するひとびとのために、なにをすればいいのだろう。

「国をつくろうよ、バルキス！」

ハッと顔をあげると、フップがにこにこわらっていた。

「なに？」

「だから、国をつくるんだよ！　ジードがいってただろ。帝国にケンカを売るには、もっと大きな力がいるって。ひとつの『国』が、帝国に宣戦布告したとなったら、マグダレの狼もほかの組織とか国とかも参戦しやすいだろ⁉　そしたらそれは、どんどん大きな力になって、帝国に対抗できるようになるよ！」

「そりゃそうだろうが……」

フップは、両手を大きくひろげた。

「だから、おいらたちがその『うしろだて』になればいいんだよ！　バルキス国さ‼」

「バルキス国⁉」

話のあまりの大きさに、バルキスはまだピンとこなかった。

「いまやらなきゃ。そうだろ、バルキス!? どこかが帝国にケンカを売るのをまっていられないよ。そうだろ!? 帝国をつぶしたいと思ってるたくさんのひとたちをあつめよう! おいらたちが中心になろうよ!!」

フップのことばは、いつになくあつかった。バルキスが圧倒されるほど。

「そ、そんなことが……」

「できるよ! おいらにまかせて、マスター!!」

そういうフップは、「魔王」とよばれた顔をしていた。

2

よく朝、マグダレの狼たちにわかれをつげ、バルキスとフップは西へむかって旅立った。

「もっとここにいて、乗馬の腕をみがいていけよ」

ジードはそういって残念がったが、オラージュのつぎにいいという馬を一頭くれた。

「西にツテがあるんだ。いい話をもって帰ってくるぜ」

バルキスとジードは、かたい握手をかわした。

シクパナから西へ西へと進んでゆくと、そこには広大なゾラ砂漠がある。フップは、バルキスをそのゾラ砂漠へみちびいた。野をこえ谷をこえ、じょじょに乾燥してゆく大地を進む。

　やがてバルキスの目のまえに、マグダレの谷とよくにた岩の盆地があらわれた。この盆地のむこうはもう、見わたすかぎりの砂の海、熱砂のゾラ《サハラ・ゾラ》である。断崖に立つと、盆地の底から砂まじりの熱風がふきあがってきた。ここにいたるまでも、かわいた大地がえんえんとつづいていた。もう何日も、ひとのすがたどころか動物の気配さえない。ここは世界の果てなのだ。

「ここにはね、バルキス。むかし、むか――し、超古代文明があったんだ」

「超……？　古代文明……⁇」

　フップは、魔法のふくろ《キビシス》から金色のカギを一本とりだした。

「パルーシア人は、自然を愛する超すすんだ文明人だった。えーと、あ、あった。ここだ」

　フップは地表の砂をはらった。そこにはカギあながあった。フップは、そこにカギをさしこんだ。

「だけどある日、隕石《いんせき》がふってくるってわかったから、べつの星へ移住しちゃったんだ。パルーシア人は、そのとき自分たちの都《みやこ》を地下へしずめていった」

フップはカギをまわした。カチン、とかわいた音がした。フップは大きく両手をあげた。

「うしなわれし都よ！　我にそのすがたを見せよ!!」

ドッ!!　と、足もとから衝撃がきた。馬がすこしおびえた。

ド……ドドド……。かわいた大地がうなりをあげる。と、つぎの瞬間、バルキスは信じられない光景を見た。盆地の下から、巨大な建造物が、つぎつぎとうかびあがってきたのだ。

ひときわ大きな、宮殿らしき建物を中心に、放射状にのびた大通り《ブロード》にそって、大小さまざまな段々づくりの城が、砂を滝のように落としながら、つぎからつぎへとそびえ立った。城のほかにには、広場や水路、野外劇場なども見える。

もうもうたる砂ぼこりにむせながらも、バルキスは冷や汗がでた。「魔王」とおそれられたフップの力を、あらためて見せつけられた思いだ。いったいこの小さな神霊《ジンニー》は、どれぐらいの力を秘めているのか。

地響きと砂ぼこりがおさまると、そこにパルーシアの都があった。赤茶色のレンガを、正確無比にくみあげたうつくしい城が二十あまり。広場には、太陽の運行をえがいた色タイルがしきつめられ、いたるところにもうけられた噴水が水をふきあげていた。

「水が……もう!?」

「パルーシア人は、水の技術《テクノロギア》にすぐれてたんだ。世界には、こんな超古代文明が、まだたくさんあるんだぜ。……さて。空とぶじゅうたん——っ!」

フップは空とぶじゅうたんにとびのると、都の空へとびだした。

「パルーシアの都は、水と緑と花のうつくしい都だった」

フップは、空の上からたくさんの種をまいた。

「そ——れ！　緑よ芽ぶけ、花よ咲け！　あたらしい都を精いっぱいかざるんだ!!」

種は、地に落ちたその瞬間から芽ぶき、バルキスが見ている目のまえで、わさわさと都をおおっていった。たちまち風がすずしくなる、緑と花のにおいが鼻をくすぐる。うしなわれた都がよみがえった。通りに、広場に、城の露棚《テラス》にあふれしたたる緑、それをいろどる百花繚乱《ひゃっかりょうらん》。清流は、水路を、噴水をさらさらと満たし、城の壁からは白糸のような滝がいくつも落ちていた。

「どうぞこちらへ。王よ！」

バルキスは、都の中央の王城に案内された。高い天井、神殿のような荘厳な石づくりの内部。緑と花にあふれた露棚からは、うつくしい都が一望できた。バルキスは、ただぼうぜんとするだけだった。ことばもなかった。

「さあ、つぎは王の兵隊だね！　世界が注目するような、無敵の軍隊!!」

「ど、どうするんだ!?」

フップは、小さな白い石ころをとりだした。

「ヴァクヴァイラ・イエブ・カデシュトゥ……。石の砦《とりで》よ、汝《なれ》におりきたる主《あるじ》をむかえよ！　その骨となり肉となりて、主をまもる器《うつわ》となれ!!」

フップの呪文にこたえ、石はむくむくと成長し、たくましい人間のすがたとなった。

「自動人形《ゴイエレメス》!!」

「ふつうの自動人形は、呪文を魂《たましい》としてうごくんだけど、これにはほんものの魂をいれる。すると、呪文の魂でうごく人形より、ずっと強くて優秀な人形になるんだ！」

「ほんものの魂って……だれの？」

フップは、バルキスを指さした。

「バルキス、バルキスは、中部大陸最高といわれた大主教セディールの孫だよ。その名において召喚《しょうかん》すれば、霊界中のお坊さんがかけつけてくれるよ!!」

「…………」

「人形のなかのお坊さんたちの魂は、おいらがまもる！　ドオブレの獣人兵士《ソルダ・ベート》なんかに負けやしないぞ!!　たたかおう、バルキス!!」

バルキスは、しずかにうなずいた。

たたかおう。マグダレの狼たちを、各地の反帝国組織を、中部大陸をうごかして、ヴォワザンをたおす巨大な流れをつくるため、その先陣を切ろう。

バルキスは、胸がどきどきしていた。轟々《ごうごう》とうねる運命をまえにして、足がすくむ思いだった。しかし、バルキスにはフップがいる。そして、これからさき、ぞくぞくと集結するであろう戦士たちがいる。そのすべての力をあわせ、ドオブレを、ヴォワザン帝国をぶっつぶす!!

フップは、パルーシアの都全体を結界《けっかい》とし、その中央、王城《アルカサル》の屋上にバルキスを立たせた。バルキスはフップのみちびきにしたがい、両手を空にむかって高くあげ、霊界へよびかけた。

「永遠の回廊を歩きし旅人よ！　神の御《み》もとにつどいし同胞《どうほう》たちよ!!　オルムランデ、メルヴェイユの大主教セディールの卑属《ひぞく》、バルキスの名において我はよぶ。平和をみだし、ひとびとの命をおびやかす野獣ドオブレを調伏《ちょうぶく》せんがため、集結せよ、同胞たちよ!! 我に力をかしたまえ!! 聖戦に勝利を!!」

風がやんだ。空気が、キ――ンと、すきとおってゆくのがわかった。

バルキスの足もと、フップの結界から、パルーシアの都全体から、七色の光があふれだした。まるで噴水のように。バルキスは、ひざまで光につつまれた。

からだがあつい。なにかの力が結界中に満ちている。それが、バルキスの血をたぎらせた。

「くるよ! バルキス!!」

フップが、うれしそうにさけんだ。バルキスは、思わず天をあおいだ。真昼の太陽よりもさらに光り輝く光が、ドッとふってきた。その光が、バルキスのからだをつきぬけた。

『うおおおお――っ!!』

声にならないその雄叫《おたけ》びは、たくましい「意思」だった。バルキスのよびかけに応じ、力強くたのもしい魂たちが、激流となっておしよせてきたのだ。

「……ああっ!!」

七色の光の洪水《こうずい》のなかで、バルキスはめまいをおこしそうだった。

はっと気づくと、光は消えていた。バルキスは目をパチクリさせた。視界のはしっこがまだチカチカしている。

「さあ、王よ」

フップがバルキスの手をひいていった。

王城《アルカサル》から見おろすパルーシアの都が、見わたすかぎり成長した自動人形《ゴイエレメス》たちでうめつくされていた。

「……!!」

バルキスはことばをうしなった。人形たちはバルキスのすがたを見るや、いっせいにこぶしをふりあげ、歓声をあげた。

「聖戦に勝利を!!」

きてくれた。こんなにもたくさんの助っ人が、はるばる霊界からかけつけてくれた。

バルキスはふるえた。ひざから力がぬけて、いまにもその場へへたりこんでしまいそうだった。

フップが、そっとよりそってきた。バルキスは、フップを力いっぱいだきしめた。

そして感謝した。この小さな、偉大なる神霊《ジンニー》と、祖父セディールと、僧たちの魂に。

3

ゾラ砂漠に朝日がのぼった。きらめく朝の光をあび、パルーシアの都をうめつくした僧兵たちの、青いマントが目にしみいるようにうつくしかった。

「バルキス、ヴォワザンが挙兵《きょへい》したよ！　西へむかって侵攻してる‼」

フップが情報を持ってきた。

「ねらいは、ジーヴェリア国だろう。西の王都エレアザールへの足がかりをつくる気だ」

バルキスとフップは、うなずきあった。

「いくぜ、フップ……！」

「アイ、マスター‼」

数万の兵士たちを見おろす王城の露棚《テラス》で、バルキスは高々と右手をあげた。

「わが国『幻の都《エル・シオン》』は、ここに帝国ヴォワザンへの宣戦を布告する‼」

熱砂の海に、戦士たちの雄叫びがとどろいた。

あとがき

「夢を持つこと」は、とても大切なことだ。

夢にむかって夢中でとりくんでいるなにかが、君にはあるだろうか?

ほんのちょっとまえのこと。世の中が、まだあまりゆたかではないころ。ひとびとには大いなる夢があった。ほしいもの、したいことがたくさんあって、その夢にむかってどんどこつき進むことができた。まわりになにもないかわりに、夢だけは山ほどあったのだ。

そしていつの間にか、ひとびとはすっかりゆたかになり、ゆたかになったぶんだけ「夢」もうすらいでしまった。いまは、ひとびとの身近になんでもある。ものも情報も、あふれんばかりにある。あまり努力しなくても、なにもかもすぐ手にはいる。だからひとは、遠くのものにむかって「つき進む」ことをしなくなった。身近なものでまんぞくし、それがかなわないときは、すぐに「キレて」しまう。

たくさんのものがあふれているいまの時代、「あれがしたい」「これがほしい」を「夢」とはいわない。

君に「夢」はあるか？　君は「夢」を見るか？　たくさんのものと情報にかこまれ、たいした努力もしないでなんでもすぐ手にはいって、「あぶないことはしなくていい」「苦しいことはしなくていい」「悲しい思いはしなくていい」とあまやかされ、悲しみや苦しみと同時に、夢みるよろこびまでうしなってはいないか？

夢にむかって、苦しいことをのりこえることが喜びなのだ。

夢にやぶれ、悲しむことも必要なのだ。

「すぐ手にはいるなにか」ではなく、自分の力をふりしぼれるもの。あぶないことも、苦しいこともいとわず、夢中になれるもの。「夢を見るもの」は、とてもしあわせだ。

君に「夢」はあるか？

さて、バルキスが、自分の戦いをするときがきた。ドオブレひとりではなく、帝国そのものをたおす大いなる夢。その夢のため、バルキスはたたかう。命をかけるにふさわしい夢だからだ。帝国との総力戦がいよいよはじまる。エル・シオンと、そこに集結する戦士たちの戦い、そしてバルキスとドオブレとの一騎討ち。バルキスたちの夢のゆくえを、しっかりと見まもっていてくれ。

エル・シオン❸

聖なる戦い

第一章　鳥の王として

1

路傍《ろぼう》の花よ　いまは踏《ふ》みあらすことをゆるせ
おまえがそこに咲いていたことを　わたしはわすれない
そして戦《いくさ》が終わったら　わたしは種をまこう
おまえたちの種を道々にまいてゆこう
そこに花畑ができるように
そこで子らがあそべるように

「きたよ！　エル・シオン連合軍だよ‼」

こどもたちが、顔をまっ赤にして走ってきた。村人たちは、手に手に花束だの食料だの日用品だのを持って、総出でまっていた。

やがて丘のむこうから、白い軍服に青いマントすがたの王の兵士をせんとうに、エル・シオン連合軍が行軍してきた。村人たちは、みな、とびあがってよろこんだ。

「白き戦士《ソルダ・ブランカ》!!」

「万歳《ビーバ》、白き戦士！　万歳!!」

熱狂的な声援を送りながら、人々はつぎつぎと兵士に贈りものをわたした。

王の兵士につづいて、軍服もさまざまな各地からの参戦者が行軍する。

「マグダレの狼《ヴォルテ・マグダレーナ》だ——っ!!」

こどもたちが大さわぎした。

「狼王《ロボ》！」

「狼王ジード!!」

「かならず帝国をぶっつぶしてくれ！　王の軍隊《ツァヴァ・レギオーネ》よ!!」

人々が、ひときわ大きくどよめいた。親衛隊にまわりをかためられた、茜の鳥《ウォレンティア》の仮面をつけた戦士が、威風堂々《いふうどうどう》と行軍してゆく。

「鳥の王《レギウス・マヌーク》だよ！　エル・シオンの国王さまだ!!」

村人は拳をふりあげた。

「万歳《ビーバ》！　鳥の王、万歳!!」

「万歳！　エル・シオーン!!」

鳥の王は、村人にむかって右手をあげた。人々がさらに熱狂する。「万歳」のかけ声は、行軍が村を通過し、ふたたび見えなくなるまでつづいた。


イオドラテ大陸の歴史に名高い大戦。「中央戦争《グエッラ・エル・セントロ》」がはじまった。

大陸中央部を支配する一大帝国ヴォワザンに対し、エル・シオン連合軍をはじめとする各地の反帝国軍による連合軍が戦いをいどんだのである。

かつて、残忍王《ざんにんおう》ドオブレは獣人兵士《じゅうじんへいし》たちをひきい、嵐のごときすさまじさで大陸中央部の国々を攻めほろぼした。その目的は、オルムランデ国に封印《ふういん》されていた「魔王」を我がものにすること。しかしそれがかなわなかったドオブレは、ヴォワザン帝国を建国し、大陸中央部に圧政《あっせい》をしいた。はむかう者は殺され、重税でしばられ、聖職者を皆殺しにされた人々は信仰すらままならなかった。その恐怖と絶望にしずんだ生活が六十余年にわたりつづいてきたのだ。唯一の救いといえば、マグダレの狼《おおかみ》に代表される反帝国分子の活躍だった。人々は彼らの戦いに未来を夢みるしかなかった。

ところが、それまで地図にものっていない砂漠《さばく》の果《は》ての知られざる小国エル・シオンが、とつぜん数万の兵をひきいてヴォワザンに宣戦布告をしたものだから、人々のおどろきはまさに驚天動地だった。

「エル・シオンってな、きかない名前だねえ」

「でもすごいよ、すごいんだよ！　ケルサヤの帝国軍なんか、あっという間だよ！　あっという間にやっつけたんだから!!　おれは見てたんだ!!　ケルサヤの人たちも、目が点になってたよ!!」

街道ぞいの宿場町の酒場で、南からきた男がエル・シオン軍の話を口からあわをとばしながらしゃべりまくっていた。

「エル・シオン国は鳥がシンボルらしくてさ、国王の名前も鳥の王ってんだよ。ずいぶんわかい王さまのようだが、とにかく強い！　あの王の軍隊は、まさに無敵さ!!」

南から進軍してきたこの謎《なぞ》の小国の、なにが人々をおどろかせたかというと、国王鳥の王《レギウス・マヌーク》ひきいる王の軍隊《ツァヴァ・レギオーネ》の強さだった。どことなく僧兵を思わせる白いいでたちの王の兵士たちは、その見かけの上品さからは想像もできない勇猛《ゆうもう》果敢《かかん》さで、各地の帝国軍に怒濤《どとう》の攻撃をしかけ、撃破、撃破、撃破の連続だった。解放された帝国植民地の人々は、狂喜乱舞《きょうきらんぶ》した。

「あんな強い軍隊は見たことないよ！　あのヴォワザン帝国軍を、まるで虫みたいにけちらしたんだから!!」

　自分たちの生活を圧し、自由をうばい、恐怖と絶望でがんじがらめにしていた帝国軍が、いともかんたんに撃滅させられるさまは、人々をよろこばせたばかりか勇気をふるい立たせた。各地で対帝国戦に参戦する者が、我も我もと名のりをあげたのだ。その中には、反帝国の筆頭として名高い、マグダレの狼たちもいた。

　無敵の軍隊をひきい、一大帝国に戦いをいどんだエル・シオンのわかき王鳥の王《レギウス・マヌーク》のすがたに、人々は「戦神《サンタ・アレース》」を見た。茜の鳥《ウォレンティア》の仮面をつけ、海の青《カルーラ》のローブを風になびかせ、王の兵士《トロイ》の戦いぶりを見まもる鳥の王のすがたは神々《こうごう》しく、天からつかわされた者のようだった。帝国をたおすために、神がつかわした神の軍隊。人々はエル・シオンの戦いぶりに熱狂した。

　だがその奇跡の国エル・シオンが、神霊《しんれい》フップが魔法でもってつくりあげた文字どおり「幻《まぼろし》の国」であり、戦神鳥の王も、バルキスが演じる架空《かくう》の人物であることを、だれも知らない。

　エル・シオン国に住民はひとりもいない。王の軍隊があるだけだ。そしてその兵士たちも、すべて生身の人間ではなく、フップがつくった自動人形《ゴイエレメス》である。人形《ひとがた》に成長させた石に魂をいれ、人間そっくりにうごかしているのだ。王の兵士をうごかす魂とは、バルキスが祖父セディールの名において、天界より召喚《しょうかん》した僧たちの魂である。セディールは、中央大陸最高といわれた大主教であり、フップの封印をまもってドオブレに殺された高僧であった。僧たちは敬愛するセディールのため、多くの同胞を手にかけたドオブレをたおすため、天界より馳《は》せ参じてくれたのだ。自動人形というのは、からだにきざまれた術者の印《しるし》が傷つけられないかぎり、剣で斬られようが槍でつかれようがたおれることはない。これが、無敵の軍隊といわれるゆえんであった。

2

シクパナの帝国軍は、エル・シオン連合軍に攻めまくられ青息吐息だった。街の郊外の防衛線をあっという間に突破されたかと思うと、帝国軍はあれよあれよと町中を後退させられ、立てこもった総督府の砦《とりで》も、連合軍にアリのようにたかられている。おちるのは時間の問題だった。

「帝国軍もドオブレの時代は強かったんだろうが、いまはそうでもないようだな。とくに地方の軍隊はな」

街をかこむ城壁の上から戦況を分析しつつ、ファレグがいった。

「無敵神話が、またひとつふえるな」

茜の鳥《ウォレンティア》の仮面の下で、バルキスがわらった。

「オー、ラ、ラァ！　門がやぶられたよ!!　それーっ、つっこめっ!!」

フップは、うれしそうにピョンピョンはねた。

怪盗神聖鳥《しんせいちょう》として、貴族のお宝をかっさらっていた十八歳のバルキス。神霊《ジンニー》のフップを目ざめさせてしまったあの日から、その運命はなんてとつぜんに、なんて大きくかわってしまったことだろう。いまバルキスは、鳥の王《レギウス・マヌーク》としてエル・シオンの王の兵士と、マグダレの狼をはじめとする連合軍兵士の戦いぶりを見まもっている。ここでこうしていることが、いまでもウソのような感じがする。

自分の夢や未来について、真剣に考えたことなどなかったバルキスだが、故郷《ふるさと》の愛する人々をまもりたいと思ったとき、はじめて自分にも夢があるのだと知った。そしてマグダレの狼たちと出会い、命をかけて戦う者、信念をつらぬいて死んでいった者を目のあたりにしたとき、自分のやるべきことを知った。だがそのとき同時に、バルキスは自分があまりにも「こども」で「無力」であることも痛感したのだ。一大帝国であるヴォワザンをむこうにまわし、十八歳のバルキスがどうやって戦えばいいのか。

「でも、おれにはフップがいた……」

バルキスは、かたわらによりそうフップを見た。魔法のかばん《キビシス》をたすきにかけた、黒い瞳の神霊。五、六歳の見た目そのまんまのおさない魔法使いだけど、そのうちにひそむ強大な力は、エル・シオンという国をまるまるひとつつくりあげた。ドオブレが、オルムランデをほろぼしてまで手にいれようとした「魔王の力」。その力を秘めた神霊が、バルキスをこうよぶ。「ご主人さま《マスター》」と。

運命の不思議によってむすばれた神霊と主人。ふたりは力をあわせ、いま、とほうもない野望にむかって一歩一歩あるいている。それは、あたらしい国の建国。帝国をたおし、平和な国をつくること。愛する人々が、安心して毎日わらっていられる国をつくること。

「そのためには……ドオブレ、なんとしてもてめえをやっつけなきゃな！」

ドオブレのことを思うと、バルキスの眉間《みけん》にしわがよる。老いと病《やまい》で死んだも同然だったドオブレは、実の孫ドランフルのからだをのっとり、よみがえった。あの残忍な魔道士は、ずっとずっとドランフルのからだをねらっていたのだ。ドオブレは、復活した「魔王」を見るや、喜々としてさけんだ。

「魔王の心臓は我の手にある。とりもどしたくば、くるがいい！」

約五百年まえ、封印される際にぬかれたフップの心臓が、めぐりめぐってドオブレの手にあったのだ。心臓がドオブレのもとにある以上、フップは、けっきょくはあの残忍王の命令にしたがわざるをえなくなる。そのとき、世界が地獄にしずむのだ。バルキスはフップのため、自分の野望《ゆめ》のため、なんとしてもドオブレと対決し、心臓をとりもどさねばならない。エル・シオンの建国は、そのための第一歩だった。

「わあ、ジード！　かっこいいっ!!」

フップがとびあがった。

砦の細い階段を、愛馬オラージュにまたがりかけのぼったマグダレの狼王ジードが、屋上に帝国軍兵士たちを追いつめていた。人馬一体のその手綱《たづな》さばき、剣さばきは、いつ見てもほれぼれする。

運命的な出会いをしたバルキスとマグダレの狼たち。一地方のゲリラというには、あまりにも強く、大きな軍隊。それら一騎当千《いっきとうせん》の強者《つわもの》どもをひきいる狼王ジードの強烈なカリスマに、バルキスもひきつけられてしまった。そして、なにより強い戦士であり、みなに慕《した》われる大きな器《うつわ》の持ち主であるはずのジードの「おれたちは、ゲリラにすぎない」といったことばが、バルキスとフップをしてエル・シオンをつくらしめたのだ。

「ドオブレひとりじゃなく、帝国そのものをたおすんだ」

バルキスは、それまでとはちがう大きな戦いの中に、身をなげる決意をした。

「おれたちが、打倒帝国の戦いの『本流』となろう。そしてマグダレの狼たち『支流《しりゅう》』をあつめて、帝国をたおすでっかい流れをつくるんだ！」

バルキスとフップのねらいどおり、エル・シオン連合軍に、まっさきに参戦の名のりをあげたマグダレの狼たち。つねに戦いの先陣をきる狼王ジード。ジードの右腕であり兵法の天才のファレグ。敵兵を一撃必殺で射ぬく狙撃兵《アルカス》は、黒魔道騎士《カドシュ・ニグレード》のフェル。あちこちで爆薬を爆破させているのは、猫目族《ねこめぞく》のオク。半獣人《モルフォーラ》のベトールや蛇面人身種《ウパナンタ》のオフィエル、力じまんのハギスなど、狼の隊員《ヴォルテ・エルマーノ》には、じつにさまざまな戦士たちがいた。さらに狼たちは、ほんものの灰色狼を百頭ちかくもつれていたので、帝国軍兵士たちは、それを見ただけでもふるえあがった。マグダレの狼たちがくわったことで、エル・シオン軍の強さといきおいは一気に高まったのである。

「おお、女戦士《アマゾネス》は獣人兵士《ソルダ・ベート》とやりあっているな。いや、強い。彼女らは、じつに強いねえ」

ファレグは感心していった。マグダレの狼をくわえ快進撃をつづけるエル・シオン連合軍のもとへは、遠くロンバルドからも参戦希望者がやってきた。

「神聖なるロンバルドをあらす野獣どもを、たたきつぶす機会をまっていた。聖戦に参加したい」

そういってバルキスのまえにひざをおったのは、ロンバルドの女戦士カリーシュ族の族長《おさ》ファビュラだった。

「あのときの、狼たちを見る女たちの目といったらさ！」

バルキスは思いだし笑いした。女たちのきたえあげられた美しいからだを見て、思わずつばをのむマグダレ《ヴォルテ・マグダレーナ》の狼の男どもを、女戦士たちはそれ以上のギラギラした目で見ていた。

「カリーシュの女たちにとって、男は『狩りのエモノ』だからな。彼女らは敵と戦い、たたきふせてあいての歯をひっこぬき、それを首飾《くびかざ》りにするのが楽しみなんだ」

ファレグは苦笑いした。バルキスもわらった。

「また獣人兵士《ソルダ・ベート》どもの歯を、首飾りにするんだろうなあー」

バルキスは、喜々《きき》として戦っている女戦士たちを見てため息をついた。

「世界ってひろいよな……」

連合軍に続々と集結する出身もさまざまな戦士たちを見るにつけ、バルキスは思う。人も文化も、なんて多様なのだろうと。こうして、王として後方で戦いを見まもっていると、ときどき不安になる。自分の知っている世界などほんのすこしで、こえねばならぬ考え方のちがいや習慣のちがいがあちこちにあって、それらをすべて解決できる力が、果たして自分にあるのだろうかと。これからさき——。

「バルキス、見て！　帝国旗《ていこくき》が燃えるよ!!」

フップがさけんだ。シクパナ総督府にかかげられた帝国旗に火がつけられたのだ。

「おちたか……」

ファレグが、ため息まじりにいった。そのとき、町中から歓喜の声がわきあがった。

「万歳《ビーバ》！　エル・シオン!!」

「万歳！　マグダレの狼!!」

シクパナは、マグダレの狼の地元。ゲリラにすぎなかった狼たちが、エル・シオン連合軍の正式な戦士として帰ってきた。そしていま、シクパナを解放したのだ。狼たちを英雄《エル・シド》と慕ってきたシクパナの人々の喜びは、ひとしおのものがあった。

「感慨深いだろ、ファレグ」

バルキスとファレグは握手をかわした。

「お前とフップのおかげだ。感謝する」

「いよいよ帝都が近づいてきたね、バルキス」

バルキスとフップはうなずきあった。

「連合軍の戦力も充分なものになった。帝国軍にひけはとらん」

ファレグは胸をはった。

「お前の王さまぶり《レオーネ》も、だいぶサマになったしな」

フップが大笑いした。

「ファレグには、バレバレだったよねっ！」

「おれには、王さま役なんてむりなんだよ！　根っからの下町育ちなんだから」

エル・シオンの真実は、マグダレの狼たちにだけは明かされていた。

そもそもマグダレの狼が参戦してきたとき、バルキスは、百戦錬磨《ひゃくせんれんま》にして人生経験ゆたかなジードやファレグをだませるとはとうてい思っていなかったし、そのとおりアッという間にばれてしまった。ふたりに謁見《えっけん》したときのバルキスの王さまぶりが、まるでなってなかったのである。

「王たる者の立ち居ふるまいは、一朝一夕《いっちょういっせき》にはできんものなんだ」

と、自身貴族出身のファレグはいう。フップは、大げさに肩をすくめた。

「それだけじゃないもんね。バルキスってば、天幕《タント》のそとでジードに、バルキスってよばれたらへんじしちゃうんだもん。おいら、あきれかえっちゃったよ」

「しょーがないだろ！　すっげーキンチョーしてたんだよ!!　あいてはジードとファレグだぞ。謁見が終わってホッとしたんだよっ!!」

「意外と小心者だよね！」

フップとファレグはわらった。


バルキスは、マグダレの狼たちにこの物語のすべてを話した。フップが伝説の魔王であること。バルキスがドオブレをたおすわけ。エル・シオンが生まれたいきさつ。狼たちはみな息をのみ、顔を見あわせていた。魔術のことをよく知る黒魔道騎士《カドシュ・ニグレード》のフエルは、フップの力がよくわかるのか青ざめていた。

「エル・シオンはにせものの国なんだ。……すまない」

あやまるバルキスによりそって、フップはしんぱいそうに狼たちを見ていた。そのすがたは、とても一国をもつくる強大な力を持つ魔王だとは思えなかった。

「だが、エル・シオンがここまで帝国軍をうちやぶってきているのは事実だ」

半獣人《モルフォーラ》のベトールがいった。

「エル・シオンという国があるらしいと、だいぶ認知されてきている」

蛇面人身種《ウバナンダ》のオフィエルもいった。ジードがクククとわらった。

「世界をだまくらかそうたぁ、豪気《ごうき》な話だなあ、オイ」

つられてみんながわらいだす。

「いっそのこと、だましとおすか」

ファレグもわらった。

「ありがと――っ、みんな!!」

フップは、とびあがってよろこんだ。

「これまでの作戦はどうしていたんだ、バルキス？　なかなかいい展開だったが、おまえが考えていたのか？」

ファレグの問いに、バルキスは僧兵をふたり、まねきいれていった。

「僧《フラター》ハメッシュと僧エセルだ。ふたりは生前、アマルアガム大僧院の僧兵軍の参謀だったんだ。作戦は三人で考えていた」

「アマルアガム大僧院といやあ、いまでも最強の僧兵軍をかかえてることで有名だ」

「ウロボロス僧会の最右翼《さいうよく》」

狼たちがざわめいた。これ以後、ファレグと僧兵ふたりが立てる作戦はことごとく成功し、エル・シオン連合軍不敗神話をつくってきたのだ。

「ほんとうに……みんながゆるしてくれて、ほっとした」

あの瞬間を思いだすたびに胸が熱くなる。マグダレの狼が参戦しなければ、一国をつくった意味がない。この戦いには、狼たちの力が是が非でも必要なのだ。彼らの団結力、組織力。戦術と経験。そしてなによりも、狼王《ロボ》ジードのカリスマ。それは帝国ヴォワザンをたおすことそれ以上の、バルキスの野望《ゆめ》に不可欠なものだった。こうしてマグダレの狼は、鳥の王《レギウス・マヌーク》の側近として軍全体の指揮にあたることとなったのだ。

そして、ついにシクパナが陥落《かんらく》した。ヴォワザン帝国は、経済上もっとも重要な拠点をうしなったのである。

「帝国旗が……燃える……」

バルキスは、ファレグとはまたちがった感慨でもって燃える帝国旗を見つめていた。エトナ国やヤルデン国など、周辺諸国の支援もあいついでいる。

「おれたち本流は、確実に大きくなってる。強くなってる。でも、これからが本番だ。本番は、このさきにあるんだ」

シクパナの人々の歓声が、バルキスの胸にいっそうせまる。シクパナの、オルムランデの、そのほかのすべての人々の思いを背おい、バルキスたちの戦いはいよいよはげしくなってゆくのだ。

3

満天の星が、まぶしいくらいだった。手をのばせばふれられそうな気がする。

バルキスは、天幕のそとで、ひとり夜空を見あげていた。ふと気づくと、フップがよりそっていた。

「ねむれないの、バルキス？」

バルキスは大きくため息をついた。

ここまで夢中でやってきた。とほうもない夢。命がけの夢。事実これまでの戦いの中でも、命を落とした者がいる。それはあたりまえのことだ。戦争なのだから。屍《しかばね》をこえてゆかねば、勝利に手はとどかない。それを承知で、みな戦うのだ。だがそんな張りつめた気持ちのまま半年以上がすぎて、バルキスはすこしつかれていた。自分ではじめたこととはいえ、あまりにも目まぐるしい日々、緊張の連続だった。

「なんか、神聖鳥《シモルグ・アンカ》だったころが、なつかしくてな……」

オルムランデの夢をみる。なにも考えず、好き勝手ばかりしていたあのころ。ずいぶん遠くなってしまった故郷。下町のみんなは、サヴェリはどうしているだろう。

「バルキスは、もう鳥の王《レギウス・マヌーク》だもんね」

ふとしたとき、自分はいま、なにをしているのだろうと、思うことがある。あまりにも大きな運命の中に立って、これからのことを思うと気が遠くなりそうになって、それが不安にかわることがある。たのもしい仲間にかこまれて、彼らが的確に、迅速《じんそく》にはたらいてくれて、自分はここにいなくてもだいじょうぶなんじゃないかと、思うことがある。

フップは、そんなバルキスのよこ顔をじっと見つめていた。それから、バルキスのからだをぎゅっとだきしめた。

「えへへ」

フップはわらうと、魔法のかばん《キビシス》をゴソゴソした。

「**夢まくらく———ん!!**」

それは、きれいな青色をしたまくらだった。

「夢……まくら？」

「これはね、あいたい人と夢をつなげるまくらなんだよ」

「夢をつなげる……」

「ちなみに青いのが夢まくらくん、男用。赤いのが夢まくらちゃん、女用。バルキスにあいたい女の人なんていないから、夢まくらくんだね」

「なに決めつけてんだよっ」

「だって、サヴェリにあいたいんだろ？」

フップが、にっこりわらった。

「顔にかいてあるよ」

バルキスは苦笑いした。フップのいうとおりだった。故郷を思いだすとき、いつもまっさきにサヴェリの顔がうかぶ。怪盗神聖鳥《しんせいちょう》のお宝をさばく、一流の裏の仕事人《ネゴシオン》。やばい橋をともにわたってきた、たよりになる相棒であり、人生の先輩であり、よき友人であり、一番の理解者だった。あの一こしかない目玉が、あのダミ声がなつかしい。あいたい。バルキスは夢まくらくんを頭に、寝床によこになった。フップがよりそう。

「おやすみ、バルキス。いい夢を……」

バルキスは、白い霧《きり》の中に立っていた。その霧がじょじょに晴れてゆくと、そこにくつの修理に取り組んでいるサヴェリがいた。そう、このすがたこそバルキスになじみのもの。なんでも修理屋のサヴェリ。修理の順番をまつ、さまざまなものであふれたせまい部屋。小さなあかり。鉄さびや炭のにおい。バルキスは、胸がしめつけられるようだった。

「お、バルキス!?」

サヴェリがバルキスを見た。

「サヴェリ」

「バルキス……！」

サヴェリは、大きな両手でバルキスの肩をわしづかみにすると、背中や腕をバシバシとたたいた。

「これは……夢か!?　夢だよな？」

「ああ。夢だよ」

バルキスは、くすっとわらった。サヴェリは、そんなバルキスをじっと見つめた。いいたいことが山ほどあるといっている一こしかない黒い目。

「なんにもいわずにいっちまいやがって……。女どもが泣いてたぞ」

そういうサヴェリの目こそうるんでいる。あのとき、街が黒魔術の呪《のろ》いからとかれた日。朝日を背に立つ神聖鳥《シモルグ・アンカ》のすがたに、だれよりも感激したのはサヴェリだった。

そして、大きく成長したバルキスの旅立ちを、だれよりも理解したのもサヴェリだった。夢の中とはいえ、ひさしぶりにあうバルキスのすがたに、胸が熱くなる。

「元気か?」

「うん」

「いまはどうしてる? あいかわらず盗人か?」

「おれ、いま帝国と戦ってるんだよ」

「ほぅ!? そりゃ豪気な話だな」

サヴェリは大笑いした。バルキスもわらった。

「わらってもいいから、話をきいてくれよ。サヴェリ」

バルキスは、フップと出会ってからのことをすべて話した。フップのこと、マグダレの狼のこと、そしてエル・シオンのこと。サヴェリは本気にしたかどうか、フンフンときいていた。信じてくれなくてもよかった。きいてくれるだけでよかった。バルキスは、さいごにこうしめくくった。

「帝国をブッつぶして、あたらしい国をつくるんだ」

「あたらしい国って、どんな国だ?」

「あんたや女たちやチビどもが、もっとわらっていられるような国さ」

サヴェリはうなずいた。

「そいつぁ、いいな。おまえならやれるだろう、きっと。なんつったって神聖鳥《シモルグ・アンカ》は、オルムランデの英雄《エル・シド》だからな」

夢の中の話でもいい。サヴェリは、バルキスがオルムランデにいたころとすこしもかわっていないことがうれしかった。すこしもかわってはいないが、オルムランデにいては持ちえない大きな夢を持って、それにむかってつき進んでいることが全身からつたわってくる。それがうれしかった。サヴェリはバルキスをガッシとだきしめ、背中をバンバンたたいた。

「元気でがんばれよ、王《レオーネ》さま」

背中がいたい。まったくかげんをしない無骨なはげましかただ。バルキスは胸が熱くなった。あのとき「英雄」とよばれることに恐怖した自分をだきしめ、肩をたたいたサヴェリ。「にげていいんだ」といってくれたことをわすれない。今度は「がんばれ」といってくれた。サヴェリは信じているのだ。バルキスの力を。英雄たる神聖鳥の力を。バルキスは、サヴェリを力いっぱいだきしめた。

「かならず王城《アルカサル》にオルムランデの旗を立ててみせるぜ！」

海《バハル》から、風がくる。むかしとかわらぬ南の風。この風にふかれながら、みんなと声をつむぎ歌をうたえる日。その日を夢みる。

聖歌《サエタ》をうたおう　兄弟《コンパーレ》よ
たとえ幾千万の山をこえ　谷をわたってゆこうとも
故郷の歌はおまえのもとにとどく
海《バハル》の風　緑なす丘
舟は帰ってくるだろう　ただひとつのこの港へ
なつかしい故郷へ　我らの夢見た　光の国へ

夜が明けた。鳥たちが朝の歌をうたいあっている。

バルキスは寝床に半身をおこして、その歌声に耳をかたむけていた。背中に痛みがのこっているような感じがする。

「おはよう、バルキス。サヴェリにはあえた？」

フップが、大きな目でバルキスを見ていた。バルキスはくすっとわらった。

「ああ。あいかわらずだった」

そういうバルキスの顔は、さっぱりとしていた。フップもわらった。

「帝都は目のまえだ。決戦は近いぞ」

表情がキュッとひきしまる。

「いくぜ、フップ」

「アイ、マスター！」

4

オルムランデの下町。なんでも修理屋の看板のかかる古びた家の、小さな窓をあけると、わずかばかりの朝日がさしこんでくる。サヴェリは、その窓から晴れた空を見あげた。

「おめえの夢をみることはたまにあるが、ゆうべはなんだか、ホントにそこにいるような気がしたぜ、バルキス」

サヴェリはわらった。

「帝国と戦ってる……か。おめえならそうしてるかもな。魔王がどうのこうのってのはよくわからねえが……。おめえが、だいぶまえにシクパナにあらわれたときいたよ。

……じつはな、バルキス。おれたちも戦ってるんだぜ、帝国とよ」

エル・シオン連合軍が帝国軍をけちらすたび、各地で反帝国の気運が高まった。地下運動が活発化し、民衆も目に見えて帝国に反発しはじめた。そしてここオルムランデでも、サヴェリを中心とする住民たちが、帝国に反旗《はんき》をひるがえしたのだ。納税、労役の拒否に、もともとあまり力のないオルムランデのヴォワザン総督府は、はじめこそ武力で対抗しようとしたものの、エル・シオンの快進撃で帝国が混乱している中、応援をたのむわけにもいかず、そもそもオルムランデのような、うま味もなにもないド田舎《いなか》の雀《すずめ》の涙ほどの利権をまもるため命を張るのもバカバカしく、住民たちとは「話しあい」で問題を解決しようとしていた。あくまでも帝都が落ちつくまでの時間かせぎなのだが、住民たちの「打倒帝国、植民地解放」の意志はかたく、武力衝突も辞《じ》さずの姿勢に、総督府がわは押されっぱなしで、その旗色は日ましにわるくなる一方だった。住民たちは、話しあいでヴォワザンがでていってくれればいうことはないが、いざ戦争となったときのために、そまつだが武器をそろえるなど、日々戦じたくにいそしんでいた。

その中心人物が、サヴェリだった。バルキスが英雄として帝国に立ちむかったすがたは、住民たちに、とりわけサヴェリの胸に熱いものをのこした。それは「平和への渇望《かつぼう》」だった。自分たちのため、そしてこどもや孫たちのために、平和に暮らしたい。平和をとりもどさなくては。その思いが、いま戦う勇気となって、みなをふるい立たせていた。

「サヴェリ、お客さんだよ」

「客？」

広場で話しあいをしているサヴェリのもとに、こどもが白いマントすがたのわかい男をつれてきた。

「失礼……。ちょっとたずねたいことがあって。この子が、なんでもあなたにきけと」

男は、おだやかにほほえんだ。よくとおる声。長い黒髪をうしろでたばね、白いマントの胸もとの、濃紺に赤い目玉の印が、どことなく魔道士を思わせる風情をしている。

「わたしは、シグマ。旅の者だ。ある人をさがしている」

「サヴェリだ。さがし人の名は？」

「古い話で申し訳ないが、街はずれのメルヴェイユ寺院にアリエトという少女が……いまはもうおばあさんだが、いたのをご存じないだろうか」

「アリエト!?」

薬師《イユンクス》のアリエトは、バルキスの母親である。医者のいないこの街で、薬草と魔術からつくる彼女の薬や化粧品は、人々から深く愛された。

「アリエトは、ちょっとまえに死んじまったよ」

「そうか……」

シグマは灰色の目を伏せた。

「あんた、アリエトのなんだい……」

そこまでいって、サヴェリはふと思った。このシグマという男、なんだかどことなく親しみやすいふんいきをしている。どことなく知った顔のような……。

「あんた、シグマ……魔道士《マグス》か？　年は見た目どおりじゃないんだろ!?」

「ああ、まあ一応は」

「ひょっとして……バルキスの父親か!?」

「バルキス？」

「アリエトのこどもだよ。十八歳の男の子だ」

「彼女にこどもが……！」

シグマの表情が、ぱっと輝いた。バルキスの父親が、フォンという放浪魔道士であったことはサヴェリも知っていた。魔道士はよく偽名《ぎめい》をつかうし、高等魔道士なら実年齢と見た目が一致しない場合が多い。

「バルキスは、いまどこに？」

シグマの問いにサヴェリはちょっと考え、それからシグマを広場のすみへつれていった。

「じつはゆうべ、妙な夢をみてなあ……」

サヴェリはシグマに、バルキスが話したフップのことやエル・シオンのことをつたえた。シグマは大きくうなずいた。

「すべては事実のようだよ」

「ほんとうか⁉」

「わたしは、メルヴェイユ寺院あとで透視をしてみた。男の子がふたり見えたよ。五、六歳の子がその魔王で、もうひとりが……そうか、あの子がバルキスか……」

「バルキスが……エル・シオンの王さまだと⁉　あいつ……ホントに帝国をブッつぶす気か」

サヴェリのごついからだがブルブルッとふるえた。

「豪気な話だ……。豪気な話だな、オイ！」

愉快《ゆかい》だった。サヴェリは、腹の底からわらえてきた。バルキスをあらためてだきしめて、背中をバンバンたたいてやりたくてたまらなくなった。

「いますぐにでも、助っ人にいってやりてえがよ……」

サヴェリはオルムランデをはなれるわけにはいかない。バルキスが帝国をあいてに戦っているとなればなおさらだ。オルムランデからヴォワザンを追いだすまでは、ここで戦わねば。

「わたしがいこう」

と、シグマがいった。サヴェリの表情が輝いた。

「いってくれるか。あいつをたすけてやってくれるか」

シグマは大きくうなずいた。サヴェリはシグマの手をとり、力をこめた。

「ありがてえ！　……って、あんたもちょっとは親らしいことをしなきゃな。いままでほったらかしだったんだから。まあ、バルキスが生まれたことを知らなかったってのは、しょうがねえよな。あのころの薬師《イユンクス》のアリエトっていやあ、いい女で有名だったから。いいよったのは、あんただけじゃないだろうし……」

サヴェリはむかしを思いだしてニヤニヤした。

「アリエトは薬師をしていたのか」

シグマは、感心したようにいった。

「は？　あんたがくどいたころは、アリエトは薬師でバンバンかせいでたときだろ!?」

「あ――……」

シグマはとてもこまったように、頭をかいた。

「あれ？　バルキスの親父《おやじ》じゃねえのか、あんた？」

「あ――……。関係なくはない、とだけいっておこう」

「なんだ、そりゃ？」

第二章　拳をあわせろ、友よ！

1

ヴォワザン帝国帝都グライエヴォ。ベルベル山岳地帯のすそ野にひろがる緑の大魔海ヘルラデを背にするこの都には、森の海よりときおり深い霧《きり》がやってくる。

その日も都中に霧が立ちこめ、王城アバドン宮殿は、昼間だというのに夕刻のような暗さにかげっていた。正面に立つふたりの衛兵は、霧のただようひっそりとしずまりかえった街の、陰鬱《いんうつ》な景色にうんざりしていた。と、霧のむこうから黒い馬車が一台、ゆるゆると近づいてきた。その馬車はとてもしずかに、すべるようにやってくると、正面まえで音もなく止まった。

衛兵たちがけげんそうに見る中、馬車から濃《こ》い紫のローブすがたの者があらわれた。

その者は、正面への階段をゆっくりとのぼってきた。ローブにまとわりつく霧をさくように進むすがたは、じつに優雅に、そしてじつに不気味に見えた。衛兵たちの目のまえにきたその者は、頭からすっぽりとかぶったヴェールから、目だけをだしていた。その金色の瞳を見て、衛兵たちははじめギョッと身をすくめたが、その者がかまわずふたりのあいだをとおろうとしたので、衛兵のひとりが思わずどなった。

「勝手にはいるな、こいつ‼」

衛兵が、その者のヴェールを乱暴にひっぱった。バサッと、それはみごとな金髪が肩までたれた。その者は、背は非常に高い女だった。輝くばかりの金の髪、金の瞳の目もとには血のような紅《べに》をひき、おなじく血のような赤い唇もあやしく、女は息をのむような美形だった。しかも、ひっぱられた拍子にはだけたローブの下は、一糸《いっし》まとわぬ全裸だったのだ。衛兵たちは、とびあがるほどおどろいたが、女はべつにあわてもせず、艶然《えんぜん》とほほえんでいた。くらくらするような美しい笑顔だった。

「そ、そうか。商売をしにきたんだな、おまえ。それじゃ、裏門へいかなきゃだめだぞ」

衛兵のひとりが、鼻の下をのばしていった。女はほほえみながら、その衛兵に顔をよせると、あまい吐息をふっとふきかけた。衛兵はうっとりした。が、つぎの瞬間、その顔色はみるみる紫色になり、衛兵はのどをかきむしった。

「ぐっ、ぐああっ!!」

「ど、どうした、オイ!?」

もうひとりが声をかける間もなく、衛兵はその場へドッとたおれ、こときれた。

「アハハハハ!!」

女が高笑いをした。じつにゆかいそうに。

「こ、この女……なにをした!!」

のこった衛兵が、女にむかって槍《やり》をふるった。ガシッ！　と、女は片手で槍を止めた。すごい力だった。

「えっ!?」

と、衛兵が思う間もなく、女のふれたところから槍がボロボロとくさりはじめた。

「えっ？　えっ？」

衛兵が目を白黒させているあいだに、腐《くさ》れはたちまち衛兵の手をつたい、からだ中にひろがりはじめた。

「あ、あれ……？」

なにがおきたのかわからぬまま、衛兵は骨までくさって死んだ。

「ククク……」

女がゆかいそうに見ているまえで、腐れは床から壁をはい、正面をおかした。巨大な鉄の扉がまたたく間に赤茶け、ボロボロとくずれ落ちた。

「どうした、なんだ!?」

衛兵たちが宮殿奥からとびでてきたが、たちまち腐れの中へのみこまれてゆく。腐れは宮殿の廊下をおかしながら、奥へ奥へとひろがった。その中を、女はゆうゆうと進んだ。

「た、たすけてくれ!!」

「なんだ、この女はなんなんだ!?」

衛兵たちは混乱し、にげまどった。そのとき、廊下の奥からまっ赤な火の玉が女めがけ、ゴオッととんできた。

ボオォン!!　宮殿の廊下で大爆発がおこった。だが炎は一瞬でおさまり、廊下はまっ白な蒸気に煙った。黒こげになった腐れが、ジュージューと煙をはいている。

「ふ、腐敗《ふはい》が止まったぞ！」

衛兵たちは安堵《あんど》した。しかし、白い蒸気のむこうから、無傷の女が悠然《ゆうぜん》とあらわれた。

「この女……焼けコゲひとつついてない!!」

衛兵たちがとびあがったとき、廊下の奥から皇帝ドオブレがやってきた。

「ドオブレさま!!」

「危険です。この女は……」

あわてる衛兵たちを制し、ドオブレは女のまえで止まると深々とひざをおった。

「黄金《ルビオ》のベルゼブル」

衛兵たちがあっけに取られるまえで、皇帝は女の手をうやうやしく取り、口づけた。

「黄金のベルゼブル。賢者の石《エリキサ》のように美しく、魔鉄《ゴルゴネイオン》のようにおそろしい、我《われ》の導師よ」

「首尾《しゅび》よくわかがえったか」

「御身《おんみ》の導きの賜物《たまもの》」

「右腕をどうした」

「死してなお、我に刃《やいば》をむけた、あっぱれな復讐者にくれてやった」

「酔狂《すいきょう》なことだ」

ベルゼブルはわらった。

来賓《らいひん》の間《ま》にとおされたベルゼブルは、ソファに足をなげだしてすわった。

「で？　魔界からわざわざおれをよんだわけは？」

「オルムランデの魔王の伝説は事実であった」

「ほ！　それはそれは」

「これで、我の世界制覇の野望《ゆめ》がかなう」

ベルゼブルは、大げさに肩をすくめた。

「くだらん！　おまえはまだ、地上の征服などという酔狂な夢をおっているのか。そんなものは、魔道の探究にくらべればガキのお遊びだ」

ドオブレはしずかにわらった。

「魔人《ガルラ》である御身にとっては、地上のことなど取るにたらぬ問題ではあろうが、人間界に生きる我には、世界制覇こそ我の可能性を追求する道なのだ」

「おまえの可能性なら、おれがひきだしてやる。さっさとおれとともに魔界へこい。おまえなら上級の魔人になれるものを」

「いずれはそうするつもりだ」

「ハ！　さきにどうしてもその用事をすませたいわけか。まったく、人間界というのは雑事《ざつじ》が多くていかんな」

魔人あるいは仙人《アヴァロン》とは、魔界（仙界）における人形《ひとがた》の生物である。もともと魔界

（仙界）に生まれた者と、修業によって魔界（仙界）にはいった者の両方をさすが、人形といっても、魔人ならばその髪の毛の一本一本、はく息そのものが呪《のろ》いのアイテムというふうに、からだの構造などは人間とまったく異なっている。彼らは魔術（仙術）を探究することにより、いずれは「神」となるべく、生涯を魔道（仙道）にささげるのだ。

「おれになにをしろというのだ？」

「エル・シオンという小国が、連合軍とともに帝国に戦《いくさ》をしかけてきた」

「ほう」

「幻想都市《エル・シオン》とは、ふざけた国名だ。空中楼閣《コンロン》をきどっているつもりか」

ドオブレは鼻でわらった。

「戦況はどうなのだ？」

「帝国が劣勢《れっせい》だ。背水の陣でのぞむ決戦が目のまえだ」

ベルゼブルは高らかにわらった。

「なかなかやるではないか、エル・シオンとやらは！　それこそ、魔王とおそれられたおまえと獣人兵士どもをむこうにまわして！」

「エル・シオン連合軍をひきいているのが、オルムランデの魔王とその主人であろう」

　ドオブレの表情は余裕だった。

「おりこみずみか」

「とうぜんだ。魔王の主人はまだこどもであるが、この戦いぶりに我は感服している。一国をつくり各地の反帝国軍をあつめるというのは、なかなかいい作戦だ。あれらの思惑どおり、連合軍は強さと大きさを増して帝国軍を追いつめてきた。ここまではあっぱれだ。だが、帝国をつぶしてもらっては困る」

「魔王の力を手にいれてから、やりなおせばいいではないか」

「これは、めんつの問題なのだ。大帝国は、不沈《ふちん》の砦《とりで》でなくてはならぬ」

「くだらん！　まったく人間というのは、どうして名誉《めいよ》や体面にこだわるのだ」

　ベルゼブルは、美しい眉《まゆ》をキュッとよせた。

「ヴォワザン大帝国は、決戦の場でエル・シオン連合軍を完膚《かんぷ》なきまでにたたきのめし、その名はふたたび大陸中にとどろきわたる。そしてそれは、世界制覇への序曲《じょきょく》となるのだ！」

「なるほど。はで好みのおまえらしい演出だな」

「これまでのエル・シオンの戦いを見るのはゆかいであったが、決戦の場はそうはゆかぬ」

ドオブレの緑の目がつめたくわらう。ベルゼブルもつめたくわらった。

「ホゥ……なにかゆかいな趣向があるのだな。きかせろ」

2

中央《グェッラ・エル・セントロ》戦争の雌雄《しゆう》を決する最終戦は「ツインギード会戦」として歴史にきざまれている。自領深くせめこまれた帝国軍が、帝都死守のための最終防衛線としてえらんだのが、ツインギード平原であった。ここを突破されれば、帝都がおちるのはまちがいのないヴォワザン帝国軍と、一気にけりをつけたいエル・シオン連合軍が、最大の軍勢をひきいて激突する。

帝国軍の戦力はおよそ三万。だが長いあいだ平和ボケしていたために、兵士ひとりひとりの能力も士気もそう高いものではなく、それが連合軍に押されに押されまくった最大の原因であった。

「……が、ツインギード戦はそうもいかないぞ」

と、ファレグがいった。

「あのドオブレの獣人兵士《ソルダ・ベート》が、おそらく全員出張ってくるだろう。やつらは手ごわいぞ」

作戦会議の席では、決戦にそなえての話しあいが綿密におこなわれていた。作戦を立てるファレグと僧兵ふたり、バルキスやジード、マグダレ《ヴォルテ・マグダレーナ》の狼の主な面々はそれを検討し、頭にたたきこみ、それぞれの部隊を指揮せねばならない。

エル・シオン連合軍は、さまざまな戦力の混合軍である。密集方陣を中心とする帝国軍に対して、連合軍は混合軍である特徴《とくちょう》をいかし、地形にも変幻自在《へんげんじざい》に対応できる戦術を練《ね》る。槍隊、重装騎兵、軽装騎兵、歩兵と、各兵種がそろっている戦力をまとめあげるのは、狼王ジードの仕事だ。戦いに参加する兵力が増すにつれ問われるのは、それをあつかう指揮官の技量である。兵士たちの目的は打倒帝国と一致してはいるものの、ちがう人種があつまるところ、かならず意見や考え方のちがいから、さまざまなみぞやあつれきが生まれる。それはときとして、混合軍にとって致命的な弱点となるのだ。エル・シオン連合軍の参戦者たちの、ことばや考え方の壁をこえさせ、打倒帝国の旗のもとに一致団結させたのは、己《おのれ》を滅《めっ》し、ひたすら鳥の王《トロイ》につかえる王の兵士の高潔なすがたと、戦闘の総指揮官たる狼王《ロボ》ジードの強力なカリスマだった。

ジードはどの戦闘においても、つねに最前線で戦った。その卓越《たくえつ》した馬術、剣術が、また一騎当千の狼どもをしたがえるすがたが、ほかの多くの戦士たちを魅了した。

「拳をあわせろ《アコール・フェッロ》！　友《ヒターノ》よ!!」

ジードの拳《こぶし》が天をつくと、肌《はだ》の色も目の色もちがう者たちが、一糸みだれず拳をつきあげる。雄叫《おたけ》びが大気をふるわせる。「団結せよ《アコール》」のことばが、まるで目に見える形となってそこにあるようだった。バルキスは深くうなずく。

「これだよ。あたらしい国、理想の国をつくるには、これがいるんだよ」

バルキスもまた、この戦いを通じて多くを学んだ。僧たちからは、精神世界の話をきき、ファレグには戦術を教えられ、ジードには戦い方を指南され、またさまざまな戦士たちとも交流し、轟々《ごうごう》と音を立てる世界をかえる流れの中で、怪盗神聖鳥《シモルグ・アンカ》はすこしずつほんものの鳥の王《レギウス・マヌーク》となるべく、努力をおしまなかった。

バルキスはこの戦いがはじまって、魔王たるフップの力はほとんどつかっていない。たしかに戦いをはじめるきっかけをつくったのはフップの魔法だが、バルキスたちにとってほんとうに必要なことは「自分たちの力」で帝国をたおすことである。なにもかもフップの力ですませてしまうのは、ドオブレのやりかただ。夢をかなえるのはフップの役目かもしれないが、夢をたもつのは人の力である。帝国をたおし、あたらしい国をつくるのがバルキスの夢。そのためにフップの力をつかっても、それからさき、その国をうごかしていくのは、バルキスやジードや、大勢の人間なのだ。「人の力」を強めねばならない。「人の力」をきたえねばならない。バルキスは、なによりもそのことを肝《きも》に銘《めい》じていた。それはエル・シオンをつくったときの、フップのとほうもない力を目《ま》のあたりにしたときに、まっさきに感じたことだった。この力におぼれたら、自分もドオブレになる——バルキスはそう思い慄然《りつぜん》とした。「フップ」という力は、なにかの偶然か神さまのいたずらによってこの世に落ちてきたもの。けっして人間のためのものではない。バルキスはそう考えていた。

「おれは『人』として生きる。神の力はいらない」

それは、フップとはじめてあったときに考えたことでもあった。フップと力をあわせてドオブレをたおす決意にはかわりないが、バルキスはいまこそそのはじめの考えに立ちかえり、フップをけっして、人を魔王にかえる手先にしてはいけないと思うのだった。

バルキスのその思いは、事情を知るマグダレの狼《おおかみ》たちにもよくつたわった。だれひとり「フップに全部やってもらおう」という者はなく、とくに魔術をあつかうフェルや、自然の気をあやつる妖精族のベトールやオクらの共感をよんだ。彼らは、強大な力におぼれ自分が自分ではなくなる恐怖と危険をよく知っている。「力」をあやつるには、なによりも自分をあやつる精神力がいることをよく知っているのだ。おれたちの夢をかなえるのは、おれたち自身だ。みながそう考えていた。それが、彼らの強さだった。

フップはといえば、つねにバルキスのかたわらによりそい、主人をまもる役に徹《てっ》していた。そのほかには、水や食料、薬草などの補給を手つだった。幕営地《ばくえいち》の地脈を見て水をさがすのは、フップの重要な仕事だった（もちろん竜脈《りゅうみゃく》の杖《つえ》をつかって）。

3

「ツインギード戦には、おれもでるぜ。いいだろ、ジード」

バルキスは、長剣をくるくるとまわすと、さやにおさめた。短剣しかあつかったことのないバルキスは、ジードに長剣での戦いかたを教えてもらっていたのだ。

「王さま《レオーネ》は本陣ですわってるものだ。第一、ケガでもしたらドオブレと戦えないぞ」

「だっておれ、いままでずーっとうしろで見てるだけだったもん。ちょっとは戦いたいよ。長剣を実戦でつかってみたいしさー」

バルキスは、フップのようにほっぺたをプクッとふくらませた。本来バルキスは、みずからうごくのが性にあっているのだ。本陣ですわる王さま役は自動人形《ゴイエレメス》にかわってもらって、自分は戦いたいとずっと思っていた。ジードは苦笑いした。

「まあ、中央部隊の後方にならば混じってもだいじょうぶかなあ。でもケガしたらなあ……」

なやむジードを、バルキスはエサをまつ子犬のように見ていた。そのふたりの顔を見ながら腕を組んでいたフップは、

「そーだ！　いいものがある!!」

と、魔法のかばん《キビシス》をガサゴソした。

「これをわすれてたよー」

フップはバルキスとジードのまえに、美しい濃紺の布を取りだした。それは、うすいシャツだった。独特の美しい群青色《ぐんじょういろ》に染めぬかれ、黒い記号のようなものが、びっしりとえがかれている。

「なんだ、これ？」

「戦闘服さ！」

「戦闘服？　これが？　ただの布っきれじゃねえか」

「チッチッチッ」

フップは、ひとさしゆびを左右にゆらした。

「バルキス、着てみて」

バルキスは上着をぬぎ、紺のシャツを着てみた。

「これでいいのか？」

「うん。じゃあ剣をかして」

フップは、バルキスのまえで剣をかまえた。

「いくよ。うごかないで、よけちゃだめだよ」

「よけちゃだめっていわれてもなぁ……」

「え――――い!!」

フップが一気につっこんだ。

「うわっ……!?」

バルキスもジードもびっくりした。長剣がバルキスの胸をつらぬいたのだ。

「おいっ……!!」

ジードがかけよろうとしたつぎの瞬間、バルキスをつらぬいた長剣が、バルキスの背後にガランと落ちた。

「えっ!?」

　バルキスは思わずふりむいた。つらぬかれたはずの胸に傷はないし、正面からさした剣がなぜ背後に落ちたのか、さっぱりわからない。まるで剣が、バルキスのからだをつきぬけてとおったとしか思えないような……。

「えへへっ」

　フップがニコニコわらった。

「どうなってんだ？　これは魔法の服なのか⁉」

　目をまるくするふたりに、フップはこっくりとうなずいた。

「いまから千五百年ぐらいまえ、ベルベルの山のてっぺんに、デューン人の空中都市があったんだ。デューンの都は、超魔術帝国だった」

　バルキスとジードは、またよくわからない話がはじまったぞというふうに顔を見あわせた。

「デューンの魔術文明は空間と次元《じげん》の研究がさかんで、けっきょくはそれでほろびちゃうんだけど、この戦闘服は研究の成果のひとつなんだ。数霊《ゲトマリア》をきざんだ布を一ぺん一ぺん組みあわせてつくることで、魔力がはたらくようになってる。服そのものが魔法陣《ルンド》なんだ。この魔法陣は空間をゆがませて、剣や槍をつきぬけさせちゃうんだよ」

「武器がとおりぬける……」

ジードが、スラリと剣をぬいた。

「頭をうごかすなよ、バルキス」

ジードは、バルキスにけさがけに斬りかかった。剣がバルキスの左肩にあたったその瞬間、強力な力が剣をひっぱった。

「うおっ……!!」

ジードの手から、あっという間に剣がひきぬかれ、バルキスの肩へすいこまれたかと思うと、背後にガランとはきだされた。バルキスもジードもヒヤリとした。

「すげーっ……! うちにはフェルがいるから、たいがいの魔術は見なれてるつもりだが、こんなのはじめてだぜ」

「デューンの魔術はすごかったんだよ。自分たちがほろびちゃうぐらいすごかったんだ」

「諸刃《もろは》の剣《つるぎ》ってわけだ」

「ちなみに、このきれいな紺色は『月下の群青』とよばれたデューンの王家の色。バルキス、青色好きだもんね。ちょうどいいでしょ」

うれしそうにわらうフップの黒髪を、バルキスはクシャクシャとかきまわした。

「ま、これ着てるからってケガしないってわけでもないが、着てないよりゃマシか」

ジードは、ふっと小さくため息をついた。

「でてみるか、バルキス」

「よっしゃ――っ!!」

バルキスとフップは、だきあってよろこんだ。

「ご主人《マスター》さまをまもれよ、フップ。ドオブレと戦うのはおまえたちなんだからな」

「アイアーイ、まっかせといて!」

フップは、小さな胸を大きくたたいた。

4

参戦希望者の中には、金でやとわれる傭兵《ようへい》もたくさんいた。エル・シオン連合軍には、フップが持ってきた財宝や、周辺諸国からの支援によって豊富な資金があり、戦場から戦場へわたり歩く傭兵たちの経験と情報は必要だったが、個人の資質がピンからキリの傭兵の雇用には、細心の注意がいった。傭兵ひとりひとりにファレグのきびしい目がむけられた。

「バルキス、ジード。傭兵の中におもしろいやつがいるから見にこいってさ」

オクが、バルキスたちをよびにきた。

その傭兵ふたりは、ファレグの天幕にとおされていた。バルキスたちがいくと、フエルやベトールら、何人かの狼たちがもうあつまっていた。ふたりの傭兵はいすにどっしりと腰をかけ、とても落ちついて見えた。ふたりともすその長いコートすがたに、ゴーグルと仮面で顔をかくしている。ほっそりしたからだつきといい、とても戦場をわたり歩くやとわれ兵隊には見えなかった。どちらかというと、放浪魔道士《トルヴァドーレ》といった感じだ。ファレグが、バルキスたちを紹介した。

「連合軍最高指揮官のジードと、こちらがさっき話したバルキスとフップだ」

「えっ？　おれたちのこと話しちゃった……の、ファレグ？」

バルキスとフップはファレグを見た。ファレグはウインクした。

「はあ、なるほどなあ。こやつが、かの名高きマグダレの狼の頭目《とうもく》かいな。いや、こら思ってたより若造やわ」

黒いゴーグルに黒いコートすがたの男がいった。第三の目《クロテ・マティ》をかきこんだ仮面をつけた男は、バルキスをゆびさした。

「セディールの孫や！　霊相《れいそう》がにてるわ。ほんで、こっちが伝説の魔王かいな。まぶしゅうて、よう見えんな」

「このしゃべりかたは……ペルソナ僧!?」

ペルソナ僧とは、ウロボロス僧会における自然魔術《マギア・ナトゥーラ》をおさめる高僧、霊智行僧《グノースティコイ》の中でも、最高位の僧たちのことである。東の王都メソドに総本山《そうほんざん》をおくウロボロス僧会の、あまたの僧の中で、国王の側近中の側近たる、大僧正になる資格を持つとくべつな存在なのだ。ゆび一本で世界中のウロボロス僧をうごかす大僧正は、国王以上の権力者であるといわれている。その修行の第一歩は自己からの脱却《だっきゃく》であり、彼らはみなおなじ仮面をつけ、ペルソナことばといわれる独特のことばをしゃべる。

「元ペルソナ僧の、オストラムとヴァールだ。参戦してくれることになった」

「おまはんのおじいちゃんはな、そらぁえらいお人やったんやで、バルキス。ペルソナ僧になっとったら、まちがいなく大僧正にまでのぼりつめてたで。けど、自分は地元で、地元の人のためにはたらきたい、いわはってなあ」

と、赤いコートのオストラムは、まるであったことがあるようにセディールのことを話した。いや、実際あったかもしれない。高等魔道士は長生きするものだからだ。

「オルムランデの魔王の話がホンマやったって知らんかったわあ。てっきりただのお伽話《ときばなし》や思てた。なるほど、こんなんドオブレに好きにさせたらあかんわなあ」

仮面のヴァールは、フップを見て大きく首をふった。

バルキスたちは、あきれるばかりだった。ペルソナ僧といえば、一般人にとっては雲の上の人のような高貴な存在であり、専門の寺院で、一生を魔術の研究にささげる彼らを、そとの世界で見かけることはほとんどないからだ。

「え、えらいお坊さんが、こんなとこでなにしてんの？」

「ハハ！　じつはわしら、落ちこぼれや」

「落ちこぼれ？」

「修行してるうちに、ペルソナ僧はむいてへんてわかってなあ。ぬけさしてもろた」

「それで……傭兵？」

「わしらの力は、魔術の求道《ぐどう》やのうて実戦むきなんや。力つこて、うごきまわってるほうが性に合うとる。わしは、自然魔術全般というよりは、火の精霊とえらい相性がようてな。それ一本にしぼった」

と、オストラムがゆびをちょこっとうごかした。とたんに、バルキスの顔のよこで、小さな火がポッと燃えた。

「うわ、あちっっ！」

バルキスは、ほっぺをおさえてとびあがった。

「火霊使《バルログ》いだね」

フップが、まるい目をクリクリさせた。

「火炎魔人……」

狼たちがざわめいた。

「一個小隊ぐらいは、その場でふっとばしてみせるで」

黒いゴーグルのむこうの目がわらった。

「ヴァールは？」

「わしか。わしの得意技は、天通眼《てんつうがん》や」

「透視能力者《レイヤー》！　どこまで見えるんだ？」

バルキスがせまった。

「対象によるわ。そうや、おまはんら、魔王の心臓をさがしてるんやったな」

「さがせるのか？」

「わからん。ドオブレは手ごわい魔道士やからな、きっと結界《けっかい》でぐるぐる巻きにしてるで。さがしてはみるけどな」

バルキスは、無言でうなずいた。フップが、その手をぎゅっとにぎる。バルキスもフップの手をにぎりかえした。大きな力を秘めた小さな手。なんとしてもツインギードの決戦に打ち勝ち、アバドン宮殿にのりこんで、フップの心臓をとりかえさねばならない。宮殿の内部がなにもわかっていないまま、天通眼の持ち主があらわれたのは、天の助けなのか。

「魔道士《マグス》が助っ人にきてくれるのは、ありがたいことだ」

天幕のそとで狼たちが話しあっていた。

「大陸中央は、魔道士の数が極端にすくないからなあ」

「ドオブレおかかえの獣人兵士《ソルダ・ベート》の中には、剣法に魔力のある魔剣士がいる。こいつがこわい。魔的防御をしていないと、太刀風だけでやられちまうからな」

と、黒魔道騎士《カドシュ・ニグレード》のフェルはいった。

「魔剣士といえば、あいつがきてるはずやで。あいつ、なんやったかな、名前」

天幕からでてきながらオストラムがいった。

「ハトゥールかいな」

「そやそや、ハトゥールや。いまもそう名のってるかは知らんけどな」

「そいつは魔剣士か？」

「そうや。放浪魔道士《トルヴァドーレ》で魔剣がつかえる。あいつも戦《いくさ》好きなやつでなあ。わしら、よう戦場でいっしょになんねん。ここへはまだきてなかっても、絶対くるで」

「ヴォワザンがわにつく可能性は？」

「それはないな。戦バカやけどアホちゃうから。どっちにつけばええかぐらいわかっとる」

仮面の下の口もとがわらった。魔道士のくせに傭兵などをやっている者どうし、いい戦友なのだろう。

5

夕日が空を染めている。うねうねとつづく丘を風がなめてゆく。草が波立ち、さわさわとさわさわと、心地よい音がする。この丘はもうツインギード平原へとつづく丘陵地帯の一部だ。決戦の場は、目のまえである。

連合軍兵士たちのあいだにも、しずかに緊張が高まってきている。酒をのみ、うたっておどって陽気にすごす者、黙々《もくもく》と瞑想《めいそう》にふける者、さまざまだ。フェルら魔術の心得がある者たちは、元ペルソナ僧戦士と熱心に話しこんでいる。オクは、カリーシユの女戦士ファビュラとすっかり仲よくなったようだ。女たちは男談義に花を咲かせている。ジードやファレグは、作戦の最終打ち合わせに余念がない。この中を歩いていると、みんなの緊張と純粋がからだ中につたわってくる。死の神《タナトス》のまえにだまってひざをおってはいるが、自分はかならず勝つと信じている戦士たち。すばらしい仲間とたのもしい助っ人にかこまれて、バルキスは幸せだった。

黄昏《たそがれ》の草原。黄金の波打つ草の海を見ながら、はるかな故郷の海を思う。

ここまで、きた。

長い道のりではなかった。マグダレの狼たちとあってからは、あっという間だった。このみじかい時間で、世界がかわるせとぎわまできている。それがいまでも信じられないと思う気持ちが、心のすみっこにまだある。

「でも、きたんだよな。そのときが。そしておれの戦いは、まだもうひとつさきに……」

バルキスは、セディールの形見の霊剣《アグラー》をにぎりしめた。夕日にそめられたバルキスのよこ顔。サヴェリが見たら、なんというだろう。

「なんだか、ずいぶん男っぷりがあがったなあ、オイ」

きっとそういうにちがいない。フップはくすりとわらった。

「なんだ、いたのか。フップ」

「えへへ」

フップは、バルキスにぎゅっとだきついた。

「おいら、役に立ってる?」

ご主人《マスター》さまからあまり命令のくだらない神霊《ジンニー》は、ちょっとしんぱいそうにいった。

「役に立ってるよ」

バルキスはわらった。小さなからだをだきあげると、フップはやわらかいほっぺを猫のようにすりつけてきた。

いつも、思う。自分にとってこの小さな神霊は、いったいなんなのだろうと。こうしていると、ほんとうにただのおさない子どものようで、子猫か子犬のように純粋に慕《した》ってくるすがたを愛《いと》しいと思う。だがその口から放たれる呪文は、竜巻《たつまき》をおこし、水や風をあやつり、一国をもつくってしまう力を持つのだ。自分は、どうしてこの神霊と出会ってしまったのだろう。

フップはひとことですませてしまう。それが、運命《リトン》さ。

運命の輪をまわす目かくしをした運命《ウ》の女神《ルズ》。淡々とまわる運命の輪の悲劇も喜劇も、自分ではどうすることもできない。できることといえば、運命にむかってまっすぐ立つことだけ。そこからにげないことだ。

それでもバルキスは思うのだ。くりかえし、くりかえし、運命の不思議を。それはきっとこれからさきも、すべての夢がかなってすべてが終わってからも、くりかえし思うことだろう。もしかすればそのときになってはじめて、自分にとってフップはなんだったのか、その答えがわかるのかもしれない。

「そうだ。こないだから、なにかあまいものが食いたいと思ってたんだ」

と、バルキスがいった。

「めずらしいね。バルキスがあまいものほしがるなんて」

「南の島のさ、めずらしい果物《くだもの》で熟《う》れごろのやつを、チョイととってきてくれよ」

フップは、ニッコリとわらった。

「アイア――イ！　まっかせといて!!　空とぶじゅうた――ん!!」

魔法のかばん《キビシス》からとりだした空とぶじゅうたんにのると、フップはピュンッとつむじ風のようにとんでいった。

はじめてあったときのことを思いだす。バルキスが食べものといったら食べものを山のように、水といったら竜巻のような水をだしたフップ。あのころにくらべたら、おさない神霊もだいぶ魔法の使いかたをおぼえたようだ。人間ぶりっこもさまになってきた。いまはただ、このかわいい魔法使いをドオブレの手からまもりたい。それがすなわち、バルキスの夢をかなえることにほかならないのだから。その夢がなかったら……。

「そしたら……フップ、おまえは……」

「おまたせ──っ!!　ロンバルドの果物だよ──っ!!」

というフップの声とともに、天から果物が山のようにふってきた。

「どわ──っ!!」

バルキスは、たちまち果物の山にうもれてしまった。あまったるいにおいに、のどがつまりそうになる。

「バカヤロ──ッ！　こんなに持ってきてどーすんだよ！　こういうときは二、三こでいいんだ、二、三こで!!」

「つい張り切っちゃった、えへへ」

フップはぺろりと舌をだした。果物は兵士たちにくばられ、よろこばれた。

そして、決戦前夜。それはおこった。

6

「バルキス！　フップがたいへんだよ!!」

ジードと話しこんでいるバルキスのもとに、オクが血相《けっそう》かえてとびこんできた。あわててかけつけてみると、オストラムの腕の中でフップがぐったりとしている。顔色はまっ青で、まるで毒をのんだみたいに全身が小さくふるえている。

「ど、どうしたんだ?」

「オストラムとフップの心臓の話をしてたんだよ。そしたら、きゅうに苦しみだして……」

オクはいまにも泣きだしそうだ。

「クー・ナーム。感染呪術《かんせんじゅじゅつ》だ」

フェルがいった。

「感染呪術!?」

「本人の持ちもの、たとえば服やたいせつにしてる小物なんかに呪いをかけると、本人につたわる呪術だよ」

「そうや。ドオブレがフップの心臓に呪いをかけとんのや。それがいま、本人につたわっとるっちゅーわけや」

ヴァールは、フップの顔に手をかざしながらいった。

「……ああ、見えるで。赤い、きれーな宝玉やな」

「そうだ、それだよ！　フップの心臓だ！」

天通眼《レイヤー》は、時間も空間も見とおす力。ヴァールはいまこの場にいながら、帝都グライエヴォのアバドンの宮殿の中を見ているのだ。

「これは……礼拝堂やな。床にでっかい魔法陣《ルンド》が、生贄《いけにえ》の血でかかれとる。心臓はそのまん中におかれとる。いや～……みごとな魔法陣やわ～。こんなごっついの見たことないわ～。これ、ほんまにドオブレがかいたんかいなあ～」

バルキスたちは、不吉な胸さわぎにどよめいた。どう考えても、ドオブレが満を持してフップに呪いをかけたとしか思えない。けっして戦況が不利な中の苦しまぎれではないのだ。ドオブレがこの時期をえらんだのは、さいしょから作戦のうちだったのだ。

フップは、小さなからだを苦しそうにふるわせてバルキスを見た。大きな瞳には、涙をいっぱいためている。青ざめた唇がなにかいいたそうだった。そのすがたは、フップがおさないこどもであるだけに、なおいっそういたいたしく、オクはたまらなかった。

「なんとかならないの？」

オクは、オストラムにすがった。

「心臓があっちにあるかぎり、呪いをとくことはできん」

「なんとかならないでもないぜ」

と、フェルがいった。

「なにか方法があるのか」

ジードの問いにフェルはうなずいた。

「フップを封《ふう》じてしまえば、すくなくとも呪いの放射はあびずにすむ」

「封じる？」

「封じる！　その手があったか」

ヴァールは、ポンとひざをうった。オストラムもうなずいた。

「そやな。どの道この子は、封じられたもおなじや」

「そうか、それがドオブレのねらいか」

ファレグが、なっとくしたようにいった。

「でも……封じるっていったって、五百年まえ、こいつを封じるのに、ものすごく苦労したってきいたけど」

「ちゃうちゃう。封じるの種類がちゃう。五百年まえみたいに本格的に封じるのを『強制的にねむらせる』としたら、いまは『本人に仮眠をとってもらう』んや」

「仮眠……そうすれば、フップは苦しまずにすむのか」

「そうや。それで結界《けっかい》の中にいれたったら、もう安心や」

「どうする？　わしの中へいれるか？」

ヴァールがオストラムにいった。

「そうやな。おまはん、あんまりうごけへんしな」

「なに？　なんの話だ？」

「『身固め』ゆう呪いがえしの法を知っとるか？　呪われた人をだきしめて、呪いをはねかえす方法や。霊位《れいい》の高い肉体は、そのものが強力な結界になるんやで。フップはもともと霊体やからな、からだの中へいれてしまえるんや」

「フップを……ヴァールの中にかくすのか!?」

「そうや」

バルキスはフップを見た。フップは苦しみながらも、ずっとバルキスを見ていた。

バルキスは、フップの小さな手を取った。

「きいてたな、フップ。ねむれば苦しみを感じずにすむんだってよ」

「でも……でも」

「いいから、いまはねむっとけ。だいじょうぶだから」

フップの目から、大つぶの涙がこぼれた。神霊《ジンニー》は主人《マスター》をおいていけない。それは神霊にとって、つらく悲しいことなのだ。

「だいじょうぶだって。いっただろ、おまえの心臓はかならず取りもどしてみせるって。心臓を取りもどして、この呪いをといて、やつのトドメはおまえにさせてやるよ」

バルキスはそういってわらった。ジードがバルキスの肩をだいた。

「おまえのご主人《マスター》さまはおれたちがまもるよ、フップ。安心しろ」

その気持ちは、みなおなじだった。狼たちの心がフップにつたわった。

「でも……王の兵士《トロイ》をまもってるのは、おいらなの。おいらの力が、自動人形《ゴイエレメス》を無敵にしてる。おいらがねむっちゃうと、傷ついた人形たちは再生できなくなるんだ。それに、もし魔剣とかで斬られちゃったら、人形の中のお坊さんの魂《たましい》が傷ついちゃうかも……」

フップは苦しそうにしゃくりあげた。オストラムが、フップの背中をやさしくなでた。

「それなら、わしらがひき受けるで。人形の中の魂は、わしらがまもろ。人形の再生はできんが、魂に力は送れる。万が一にも魂が傷つかんよう、霊陣《れいじん》を張ろ。それで安心や」

フップはほっとして、息をついた。それからフップは、バルキスを見あげた。なにかいいたげに。バルキスはうなずいた。

「いいよ。おれの中にこいよ、フップ」

ヴァールたちがおどろいた。

「ええのんか、バルキス!?　たしかにおまはんは、セディールの孫だけあって霊位は高いけど、ちゃんとした修行はつんでへんやろ」

「結界になるゆーんは、しんどいことなんやで。フップの存在をささえなあかんねからな。おまはんにとったら、異物が心の中にはいっとるのとおなじことなんやから」

ふたりのいうことは、バルキスにはよくわかった。しかしフップの主人として、バルキスはそうしたかった。

「いいのか、バルキス？」

フェルが、もういちどたずねた。バルキスはうなずいた。フェルはジードを見た。ジードもうなずいた。ヴァールとオストラムはため息をついた。

「しゃーないな。たのむでホンマ……」

オストラムはそういいつつ、バルキスにフップをわたした。バルキスの胸の中で、フップは苦しそうにいった。

「いいの、バルキス？　ホントにいいの？」

「いいんだ。そういっただろ」

バルキスは、やさしくいった。フップはうれしそうにわらうと、バルキスの首にだきついてきた。そのすがたが、じょじょに小さくまるく胎児《たいじ》のようになり、やがてバルキスの胸の中へ消えていった。狼たちは目をみはった。バルキスは、とたんにからだがズシンと重くなり、思わずよろめいてしまった。

「おっと……！」

ジードがバルキスをささえた。

「だいじょうぶか」

「ああっ……だいじょうぶだ。なんかきゅうに、からだが重くなったような気がして……」

「ほらな。いわんこっちゃない」

ヴァールが肩をすくめた。

「おいで、バルキス。今夜はひと晩かけて瞑想《めいそう》や。ちょっとでも精神力を安定させなな」

「よろしくおねがいします、おふたかた。総大将が精神不安定だと、軍の士気《しき》にかかわりますのでね」

ファレグがわらった。

「手のかかる王《レオーネ》さまや」

オストラムたちもわらいながら、バルキスをつれていった。のこった狼たちは、複雑な心境だった。やはりドオブレという男は、ひと筋縄ではいかないことがよくわかった。さいごの決戦を明日にひかえ、その戦いがいままでのようにはいかないこと。そして、バルキスが果たしてドオブレと戦えるのか気がかりだった。

パン！　と、ジードが拳《こぶし》を平手でうった。

「準備は万端。あとはやるだけだ！」

狼王《ロボ》ジードはわらった。みんなもとたんに笑顔になる。そう。準備は万端ととのえた。作戦も練った。物資も充分。戦力もそろっている。もともと自分たちの戦いに、魔王の力はくわわっていない。その考えはバルキスもおなじだ。自分たちの力で戦いぬき、勝利を勝ち取る。これが、エル・シオン連合軍の戦いなのだ。

第三章　開戦《アンファング》

1

その日、ツインギード平原は快晴だった。かわいた風が、草の海をふきぬけてゆく。

歴史にその名をきざむツインギード会戦。攻めるエル・シオン連合軍と、むかえうつヴォワザン帝国軍の雌雄《しゆう》を決する最終戦の幕が切って落とされた。連合軍の兵力は三万五千、うち騎兵が約三千。最終防衛戦をまもる帝国軍兵力は三万、うち騎兵は約六千。

帝国軍の総司令官は、老将トネール。ドオブレにからだをうばわれるまえの、皇太子ドランフルの戦術の師であり、平和ボケした帝国内では、反帝国分子《ぶんし》討伐《とうばつ》に生涯をかけていた根っからの軍人である。連合軍とは、兵士ひとりひとりの資質のちがいから押されまくられ、ついに最終戦にまでもつれこんでしまったが、みずから騎士《きし》を名のるトネールは、とくいの騎兵戦《きへいせん》を堂々と展開しようと、山間部《さんかんぶ》ではなく平原での戦いを選んだ。

しかし、ツインギードでの攻撃ポイントをさきにとったのは連合軍であった。ファレグらは、主力である中央部隊を高地におき、騎兵を左右からくりだして帝国の側面をつく戦法をとった。

一方の帝国軍は、騎兵を前面に、歩兵を中心とする第二陣を後方においた。高所というポイントを連合軍にとられたため、攻撃型の陣形を組んだのだ。第一陣のせんとうに立つのは、ドオブレの長年の右腕たる獣人兵士ガルニエ。ガルニエが雄叫《おたけ》びをあげると、帝国軍全軍の獣人兵士たちがそれにこたえ、覇気《はき》は大地をゆるがせて、帝国軍兵士ひとりひとりをふるい立たせた。

連合軍がわの獣人兵士たちもだまってはいない。

「ウオオオ――――ッ!!」

ベトールの魔声《ヴォオワ》が、大気をふるわせた。これにこたえ、獣人兵士たちが、王の兵士たちが、マグダレの狼たちがつれている灰色狼たちまで、いっせいに雄叫びをあげた。

中央部隊の後方にいるバルキスは、ビリビリと全身をつつむ緊張がいっそう高まるのを感じた。口の中がカラカラだ。

「いよいよだ……いよいよはじまった……!!」

バルキスの馬サラサが、乗り手の緊張を感じてか落ちつかないようすだ。

「サラサをなだめてやれ、バルキス」

ジードが声をかけてきた。

「ああ……っ」

バルキスは、サラサのからだをポンポンとたたいた。

「こわいか？」

「もー、口ン中カラカラだ」

「そーそー。神経をとぎすませておけよ」

ジードは、さすが余裕の笑顔だった。その笑顔を見ると、バルキスの心も落ちつく。

「だいじょうぶだ。みんなを信じろ」

バルキスは自分にいいきかせた。フップがねむっている胸もとに、そっと手をあてる。オストラムらのいうとおり、霊的な修行をつんでいないバルキスには、心の中に他人を受けいれることは、想像以上に負担のかかることだった。バルキスの全身が「異物」に対してイガイガした反応をおこしている。とても落ちつかない気持ちだった。夕べはひと晩中、ヴァールの指導のもと、即席精神修行をした。

「心をゆるめて、その余裕の部分でフップをつつむんや」

と、ヴァールはいった。そのイメージはうまくできたと思う。

「さあ、いくぜ。フップ」

バルキスは心の中でフップによびかけた。

2

ツインギードの草の海を切りさいて、帝国軍第一陣の猛攻がはじまった。

ドドドドドオオォッ!!　雷鳴のごとくとどろきわたるひづめの音。獣人兵士隊ひきいる帝国軍騎馬軍団が、連合軍中央へ波状攻撃をしかけた。

「うおお――っ!!」

それはかつてないほどの迫力だった。そしてこれこそが、大陸中央部を攻めほろぼしたヴォワザンの真のすがたなのだと、連合軍兵士たちは息をのむ思いだった。

帝国軍騎馬隊の馬上より、雪崩《なだれ》のようにふりおろされる剣と槍と、連合軍歩兵隊の剣と槍が、火花を散らして激突した。白刃《はくじん》がぶつかりあい、血しぶきがとぶ。たおれてもたおれても、戦士たちはひるむことなく攻防をくりひろげた。

その連合軍最前線でひときわ勇猛に槍をふるうのは、カリーシュの女戦士たちだ。獣人兵士たちの猛攻をものともせず、女たちはすばらしい槍さばきで、敵の急所を一撃必殺、つぎつぎとうちたおしてゆく。

「いい感じだ。中央部隊はよくがまんしている」

参謀の僧《フラター》ハメッシュはまんぞくげだった。ファレグもうなずいた。しかし、

「なんかおかしーなあ」

と、ヴァールがつぶやいた。ヴァールは、天通眼で帝国軍の動きを透視していた。

「なにか気になることが？」

「わからん……。わからんからおかしいねん。帝国軍にも魔道士《マグス》が何人かおる。おもに総大将をまもっとるみたいや」

「その魔道士がなにか？」

「うーん……。なんか違和感があんねんなあ。こう……全体的に。なんやろなあ」

ヴァールは、いすから立ち上がった。

「わし、ちょっとオストラムと見てくるわ。フェルとオクを借りるで」

「なにをさぐりにいくんです？」

「それがわからんのが問題やな。作戦は、このままつづけよか」

太陽が南中しかけていた。

ここで、連合軍と帝国軍のあいだに、狼王《ロボ》ジードひきいるマグダレの狼部隊がとびこんだ。百頭もの灰色狼が、帝国軍を撹乱《かくらん》する。

「グオオオッ!!」

「う、うわあっ!!」

灰色狼は馬をたおし、ほうりだされた兵士たちにおそいかかった。そのおそるべきキバは、鎧《よろい》などたやすくつきやぶった。騎馬戦ならば、帝国軍重騎馬隊にひけをとらぬジードらマグダレの狼たちが、変幻自在の馬術で帝国軍陣形を切りきざんでゆく。そのスキに、連合軍中央部隊の兵士たちは、歩兵から騎馬隊へと早がわりし、距離をとって帝国軍に矢をはなった。これを見て、帝国軍総大将のトネールはがくぜんとした。

「な、なにぃ!?」

ファレグは、トネールが騎馬戦をとくいとし、歩兵をかろんじる傾向があることを知っていて、わなをかけたのだ。連合軍の歩兵を実数以上に見せかけ、トネールの油断をさそったのである。帝国軍は、マグダレの狼部隊と連合軍騎馬隊にかこまれてしまった。いかな強力な騎馬隊も、槍がとどかなければ攻撃のしようがない。連合軍騎馬隊は、そこにつづけざまに矢をあびせかけた。

「おのれ……！　こしゃくな!!」

トネールはみずから馬を駆《か》ると、腹心の親衛隊をひきつれて連合軍に突進した。老いたりといえど、馬術と剣術の名手であるトネールの勇猛果敢《ゆうもうかかん》なすがたは帝国軍兵士の士気《しき》を高めた。

「きさまの首だけは、是が非でもうちとらねば、このトネール、死んでも死にきれぬわ！　愛弟子《まなでし》であったドランフルをうしなったいま、みずからもこれがさいごの戦場であろうと腹をくくっているトネールは、ドランフルの最大の敵であったマグダレの狼の頭目、狼王《ロボ》ジード!!」

「きたぞ、バルキス!!　覚悟はいいか！」

「お、おう!!」

バルキスは、長剣をにぎりなおした。ジードの騎馬隊とトネールの親衛隊が激突した。

「うおお――っ!!」

殺すつもりでかかってくる敵の攻撃を、何度もかいくぐってきた神聖鳥《シモルグ・アンカ》だが、戦争となるとケタがちがう。立ちこめる殺気で息がつまりそうだった。その中でバルキスは、自分のからだがおぼえている動きを信じて、本能のまま、うごくにまかせた。フップをかかえているバルキスには、いつものようにはねまわって攻撃する余裕がない。ここは防御に徹《てっ》した。そのバルキスを、狼たちがそれとなくかばってくれた。

灰色狼たちに馬をたおされてほうりだされた帝国軍兵士を、連合軍兵士の槍がおそう。老将トネールは、うしろにひかえた第二陣をうごかそうとした。しかし、援軍はうごかなかった。

「どうした？　なぜうごかん!?」

3

ヴァールとオストラムはフェルとオクをつれて、戦場のそとがわでヴァールのいう「なにか」をさがしていた。

「さがしもんがなにか、わからへんいうのはツライなあ」

オストラムは、神経を集中しながら、ゆっくりと歩いた。

「なにか変だった、フェル？」

オクの問いに、フェルは首をふった。

「ドオブレがどれほどの魔道士《マグス》なのか知らないが、いまいる帝国軍が魔法の軍隊とは思えないね。たしかに魔力をつかえるやつは何人か混じってるけど、もともと魔術ってのは、たいがいが一点集中型なんだ。特定のあいて、目のまえのひとり、せいぜい二、三人にのみ魔力を放射する。こんなでかい戦場じゃ、焼け石に水だろ⁉　大規模に魔術をかけるには結界《けっかい》を張らなきゃな」

「結界か……」

ヴァールがつぶやいた。

「だけど結界っていうのはデリケートなものだからなあ。なまじっかな魔道士じゃ、とてもこんな中で結界なんて……」

そこへとつぜん、オフィエルがやってきた。

「ヴァール殿！」

オフィエルは全身血だらけだった。オクがかけよる。

「オフィエル、ケガを……！」

「だいじょうぶだ、オク。それよりもヴァール殿、お耳にいれたいことが。ファレグから、なにか妙な違和感の原因をさがしておられるときいて……」

「そうや。なんか心あたりがあんのんか？」

「それが……戦闘中に、奇妙なにおいをかいだのです」

「におい？」

すぐれた嗅覚《きゅうかく》の持ち主である蛇面人身種《ウパナンダ》のオフィエルはいった。

「はい。それは、ここではにおうはずのないにおい。ヘルラデの森の、瘴気《しょうき》のにおいです」

「魔都《クーロン》のにおいか！」

オストラムが手をうった。ヘルラデの森の奥には、魔界への入り口のひとつがひらいている。そこには陰《いん》の気がうずまき、魔界からの瘴気が立ちこめ、それにひかれた魔物たちがあつまり、ひとつの街を形づくっているのだ。それが、魔都《まと》クーロンである。ヘルラデの森に暮らすオフィエルの村には、森の奥からときおり魔界の瘴気のにおいがただよってくるという。

「どうしてこんなところで魔界のにおいが？」

オクは首をかしげた。

「それはどこや。案内してんか！」

オフィエルたちがいたのは、連合軍と帝国軍のあいだの左端である。ヴァールは、そのあたりをくまなく霊視した。

「変な感じがする。変な感じがするでえ」

「あれ！　あそこ、変じゃないか？」

フェルがゆびさしたほうをヴァールが見た。オフィエルやオクにはまるでわからないが、ヴァールには、草のあいだから小さな黒い霧《きり》が立ちのぼっているのが見えた。

「陰気や！」

その場所に全員があつまった。そこには、大地に拳大の印《いん》がきざまれていた。

「この印が陰気をはきだしてるんや」

「こんなちっさな魔印《マルカ》やのに、こんなに陰気がでてるやなんて……。アカンで、みんな。さわったらアカン！」

ヴァールは不吉な予感におそわれた。そしてハッとして、この魔印に焦点をあわせて戦場全体を透視してみた。すると、連合軍と帝国軍のあいだの空間をかこむように、この魔印がきざまれていた。

「これは……これは結界か!?」

ヴァールは、がくぜんとしてさけんだ。

「アカン!!　これはわなや!!」

4

帝国軍の第二陣が出撃しなかったため、第一陣とトネールひきいる親衛隊は力つき、敗走せざるをえなかった。

「いまだ!!　全軍追撃せよ!!」

エル・シオン連合軍に、総攻撃の命令がくだった。にげる帝国軍にむかって、連合軍が雪崩をうって突進する。だが、連合軍が帝国軍陣内に突入しようとした、まさにそのとき――。

ド――ン!!　すさまじい衝撃が連合軍をゆるがせた。馬がおどろき、立ち止まる。

「なんだっ……!?」

カ――ッと、連合軍の足もとから光がはなたれた。それは、連合軍をほぼかこんでいた。

帝国軍陣内から、ひとりの美しい女が進みでた。女は両手を高くかかげてさけんだ。

「百倍重力《ヘカトン・ヴァロス》!!」

ドオオーーーン!! 衝撃が、ふたたび連合軍をおそった。カリーシュの女たちが、ベトール ら獣人兵士たちが、王の兵士が、そしてバルキスが、ジードが、すさまじい圧力で大地にたたきつけられた。

「うおおお!!」

見えない力がからだを押しつぶす。馬や灰色狼たちはあわをふいて苦しみ、兵士たちはカエルのように大地に張《は》りつけにされた。ギシギシと骨がきしむ。筋肉がしぼりあげられる。

「こ、これは……!?」

本陣のまえで、ファレグは立ちつくした。

「わなや！　わなやったんだ!!」

ヴァールたちが、本陣へかけもどってきた。

「ヴァール殿！」

「帝国軍陣内まえにでっかい結界つくっといて、連合軍が総攻撃するの、まっとったんや!!」

ファレグは、がくぜんとした。

「こんなでっかい結界、見たことないぜ。それにこの魔力……」

フェルは、まっ青だった。全身に鳥肌が立っている。

「人間のしわざとちゃうな」

ヴァールとオストラムはうなずきあった。

「アハハハハ!!」

連合軍のありさまを見て、女は高笑いした。

「みごとにはまりやがった！　人間とは、なんと、たわいないものか、アハハハハ!!」

そのまえにガルニエとサーガラがやってきて、深々と頭をさげた。

「黄金《ルビオ》のベルゼブル」

ベルゼブルは、命からがら敗走してきた老将トネールにいちべつをくれると、いった。

「おとり役ごくろうだったな、老兵よ。やつらはもううごけない。帝国の勝利だぞ」

トネールは目をむいた。

「な、何者だ、きさま……。わ、わしの護衛ではなかったのか！　これは……すべて作戦だったのか!?」

ベルゼブルは、美しく、つめたくわらった。

「ふざけるな！　このような卑劣《ひれつ》な手、わしはみとめぬぞ、女!!」

トネールはベルゼブルにつかみかかったが、ベルゼブルはその顔をひとふきした。

「ぐっ、ぐおっ、ぐおお――っ!!」

老将は毒の息をすいこんで、その場でこと切れた。ベルゼブルはふたたび両手をあげ、喜々としてさけんだ。

「さあ、獣人兵士どもよ！　聖別されたおまえたちは、結界にはいってもだいじょうぶだ。いけにえの肉を斬れ!!　骨をくだけ!!　血の雨をふらせろ!!　皆殺しだ!!」

それを合図に、獣人兵士たちがゆっくりと、うごけない連合軍兵士たちのもとへせまった。そのせんとうに立つサーガラがブンと剣をふるうと、王の兵士たちのからだがつぎつぎとふっとんだ。

「ああ――!!」

バルキスには、そのようすがひどくゆっくりと見えた。見えない力に押しつぶされ、ゆび一本うごかせないバルキスの目のまえで、人形《にんぎょう》たちがバラバラとくずれてゆく。

「ああ……ああ!!」

胸が張りさける。すべてがここで終わってしまうのかと、血をはくような思いがする。

「フップ……!!」

バルキスは、思わずフップにたよりたくなる気持ちをけんめいにふりはらった。

「だめだ、だめだ、だめだ、だめだ!!」

サーガラは、人形たちをふきとばしながら、ゆうぜんと進んだ。剣のおこす太刀風《たちかぜ》が、人形も馬も人も、容赦《ようしゃ》なく切りきざんでゆく。ジードは目をみはった。

「あれが……魔剣か！」

ドドドドドン!!　そのサーガラの足もとで、炎が爆裂した。つづいてとんできた矢が、獣人兵士たちをつぎつぎとつらぬいた。それを見たベルゼブルは、ゆかいそうにわらった。

「ほう！　これは火霊《バルログ》の火だな。それに魔弓《ウラニオ》か。やつらもいい兵隊をかかえてやがる」

連合軍の本陣まえから、オストラムとフェルがわずかばかりの援護をしたのだ。

「撤退や、ファレグ！　せめてここにおるケガ人をたすけえ!!」

オストラムがさけんだ。ファレグはすばやく行動した。

「なんちゅーこっちゃ！　あれは魔人《ガルラ》やで!!　どうりで人間わざやないはずや!!」

ヴァールは、ベルゼブルを霊視して青くなった。

「魔人？　魔人がなんでこんなとこにおんねん！　異邦人《アージャム》は、人間界に興味ないやろ!!」

「魔人があいてじゃかなわねえよ……！」

そういいつつ、フェルは魔弓《ウラニオ》を射つづけた。

ベルゼブルは、連合軍本陣のほうをむき印をむすんだ。

「ツァール！　ブグルートム　イア　イタカ!!　古《いにしえ》の盟約《めいやく》にしたがい、呪《のろ》われし暗黒の高原レンより、きたれ！　風の王!!」

ベルゼブルの呪文《じゅもん》が大気をふるわせた。たちまちヴァールたち魔道士のからだが粟《あわ》立《だ》つ。

「おお……!?」

バリバリと、快晴の空に稲妻が走ったかと思うと、とつじょとしてわき立った黒い雲から、ひょうまじりの強風が、連合軍本陣にたたきつけられた。

「うわああ――っ!!」

バシバシとからだをうつ風とひょうに、けが人たちが悲鳴をあげた。

「あかん！　これじゃ火種がながされてしまう！」

オストラムは舌うちした。

「魔風の中じゃ魔矢《ウラニオ》もとばない……」

フェルの手から、魔弓がガランと落ちた。オクは、その場へへたりこんでしまった。このままなにもできないまま、ジードや仲間が殺されるのを見ているしかないのだろうか。たたきつける魔風に、体温がどんどんうばわれてゆく感じがする。目のまえがまっ暗になった。

5

バルキスは、おそいくるすさまじい圧力と、なによりも絶望にうちのめされぬよう、必死に戦っていた。

「死ねない!!　こんなとこで死ねない!!」

フップをまもらねば、自分たちが死ぬだけではすまない事態になる。世界の命運がかかっているのだ。

「サヴェリに約束したんだ!!　じいちゃんに約束したんだ!!」

愛する人たちの顔がうかぶ。がんばれといっている顔がうかぶ。遠くなりそうな意識を押しもどしてくれる。そして、大地になげだされたひょうしに、からだの下になった右手が、もうすこしでふところの霊剣《アグラー》にとどきそうなのだ。霊剣を手にすれば、なんとかなりそうな気がした。そうつたえているような気がしたのだ。祖父セディールが。そしてフップが。そのバルキスのもとへ、ガルニエが近づいてきた。

「こいつだ」

野太い、獣《けもの》のような声。ガルニエは、バルキスのまえで剣をふりあげた。

「バルキス……!!」

ジードの目のまえで、ガルニエの剣がゆっくりとふりおろされる。

「なめんなあ――っ!!」

ガシ――ン!! ガルニエの剣をはねとばすと、バルキスは大地にしっかりと立った。

「おお!!」

ジードが、そしてベルゼブルが目をみはった。

「あの小僧。おれの魔力からぬけやがった!」

全身汗だくになりながらも、バルキスは霊剣をしっかりとかまえ、ガルニエをにらみかえした。

「おれのあいては、てめーみてーな三下《さんした》じゃねえ! ザコはひっこんでやがれ!!」

一瞬、このタンカは連合軍兵士の溜飲《りゅういん》をさげた。しかし、この状況がかわるはずもなかった。ガルニエはゆっくりと剣をひろい、ふたたびバルキスのまえに立った。つかれきったいまのバルキスがかなうあいてではない。

そのときだった。ふきすさぶ魔風をものともせず、銀色に輝く一本の矢がとんできた。それは、連合軍兵士たちを魔術にかけた結界のまん中につきささった。

ドーーーン!!　衝撃が、三たび大地をゆるがせた。

「なにぃ!?」

ベルゼブルは目をむいた。結界全体にバリバリと放電が走るや、まるでガラスがこなごなにわれるように、結界が一気に崩壊した。同時に幕をひくように暗雲が去り、ツインギード平原はもとの快晴の青空にもどった。

「おお!!」

魔力のいましめがとけた連合軍兵士たちは、みなとびおきた。

「魔術がとかれたで!!」

「あれは……天矢《マルフート》や!!」

「天矢!?　いったいだれが?」

なにごとがおこったか混乱する連合軍兵士の中、馬にのった男がバルキスのもとにかけつけた。それはサヴェリのもとをたずねてきた、あのシグマという魔道士だった。

「魔人《ガルラ》はわたしがひき受ける！　戦え、バルキス!!」

シグマはそういうと、帝国軍へつっこんでいった。

「だれ？」

と、ジードはきいたが、バルキスは首をひねった。

「さあ――？」

「あれは、シグマ。仙人《アヴァロン》だよ」

「仙人!?」

バルキスとジードがふりむくと、そこに黒髪の剣士風の男が立っていた。

「そこでいっしょになってな。あ、おれハトゥール。よろしく」

「ハトゥール……あ、オストラムがいってた魔剣士……」

ブン！　と、ガルニエの剣が空を切った。バルキス、ジード、ハトゥールの三人がとびのいた。

「あんたをわすれてたよ。ゴメンネ」

バルキスが舌をだした。

「こいつのことはヨロシク」

と、ハトゥールがいった。

「えっ？　魔剣士は魔剣士どうしじゃねえの？」

「魔剣士はこいつじゃねーよ。あいつだよ」

ハトゥールがゆびさしたのは、サーガラだった。

6

あちこちで、連合軍、帝国軍いりみだれての接近戦がはじまった。火使い《バルログ》のオストラムは、爆薬の天才オクと組んで、オクのはなつ爆薬に点火する作戦を展開した。

「これやと、万が一にも魔風に火種をながされずにすむからなあ！」

「借りは百倍にしてかえしてやるわ!!」

ふたりは、押しよせる帝国軍騎馬隊につぎつぎと爆薬をなげつけては、端《はし》からふっとばしていった。ファレグやハギスたちは、本陣をまもった。

「みんな魔術にやられてつかれきってる！　たのむぞ、ハギス!!」

「おれたちは結界のそとにいたからなあ、このとおりピンピンしてるぜ！　力男《ゴライアス》たちは百人力よ、まかしとけ——っ!!」

ハギスたちは丸太ん棒をブンブンふりまわし、敵をなぎたおした。ベトールやオフイエル、カリーシュの女たちも、つかれきったからだをふりしぼり必死の攻防をつづけた。

「仙人《アヴァロン》が、こんなところでなにをしている?」

ベルゼブルがシグマにたずねた。

「そのセリフはこちらもおなじこと。異邦人《アージャム》は、基本的に人間界にかかわりは持たないはずだ」

「人間界になんの関心もないさ。ただ、ドオブレはおれのかわいい弟子なんでな」

「わたしも、身内のためにここにきた」

「仙人と手あわせすることなど、めったにない。おもしろくなりそうだ」

ベルゼブルの霊位があがってきた。足もとから魔風がふく。シグマは、口の端でフッとわらった。ベルゼブルは両手をあげ、天にむかってさけんだ。

「雷撃《ラメド》!!」

カ――――ッと、空がまっ赤に光る。

「死ね――――っ!!」

ベルゼブルは、シグマにむかって両手をふりおろした。

ドオオ——ン!!　真紅の巨大な雷が落ちた。

ハトゥールとサーガラの魔剣どうしがぶつかると、エネルギーの渦《うず》が空気を切りさいた。大地がけずられ、砂ぼこりが舞い、ふたりのすがたは砂の渦の中に見えかくれした。

衝撃力の強い、重い剣のサーガラの攻撃を、ハトゥールは変幻自在の剣でたくみにかわした。太刀風を太刀風で斬る。重いうちこみは受けながす。攻撃は、圧倒的にサーガラが優勢のように見えた。

「どうした、剣士よ！　ひと太刀でもうちこんできてみよ!!」

ハトゥールに連打をあびせながら、サーガラはわらった。

「あんたみたいなデカブツと、まともにやってられねえよ！」

ハトゥールは汗だくだった。その瞬間、ハトゥールの足が止まったのを、サーガラは見のがさなかった。

「フン!!」

サーガラが一気につく。ドバ!!　血しぶきがとんだ。斬りあげた剣に顔面をわられたのは、サーガラのほうだった。

サーガラは、なにがおこったのかわからなかった。ハトゥールは、ニヤリとわらった。

「なん……なんだ!?」


「踏みこみよりも速く後退し、斬りあげる。これが『無足《むそく》』さ。剣術じゃない。武《ぶ》
術《じゅつ》だよ」

「武《ウ》……武術《ウーシュー》……!!」

ドオッと、死神がたおれた。

「すげ……! なに、いまの?」

ガルニエと戦っていたバルキスだが、ハトゥールの戦いに思わず見とれてしまった。

「バルキス!!」

ガシ——ン!! ガルニエの剣を受け止めて、ジードがさけんだ。

「ばかやろう、気をぬくな!!」

「ごめん……!!」

熊のような大男のガルニエあいてに、ジードとバルキスはふたりがかりで戦ってい
た。ガルニエは図体のわりに動きがするどく、しかもそのうちこみをまともに受けよ
うものなら、体重の軽いバルキスなどふきとびそうだった。さすがの剣の天才ジード

も、つかれきったからだが、なかなかいうことをきいてくれない。だがジードは、けっしてあせらなかった。

よこから斬りこんできたバルキスを、ガルニエは渾身《こんしん》の力でふりはらった。

ガ───ン!!　と、バルキスの剣にガルニエの剣がまともにはいり、バルキスの剣がまっぷたつにおれた。が、そのためにガルニエの力がながれた。ジードはその瞬間を見のがさなかった。

ドン!!　ジードは、剣に全体重をかけてガルニエの胸をつらぬいた。

「グオ───ッ!!」

おそろしい叫び声をあげ、もう一ぴきの死神がたおれた。

ド───ン!!　晴れた空から、まっ赤な雷が落ちた。

「おお!!」

「な、なんだ!?」

「魔人《ガルラ》対仙人《アヴァロン》……!!」

バルキスたちは、帝国軍本陣まえを見て息をのんだ。

燃える草の海の中で、シグマはへいぜんと立っていた。そして、フッと小さく息をふくと、炎はウソのように消え去った。

「むぅ……！」

ベルゼブルの顔が、すこしゆがんだ。

「むだだ、おまえはわたしに勝てないぞ」

シグマは優雅にほほえんだ。

「ほざけ!!」

ベルゼブルはふたたび両手をあげた。大気が張りつめる。放電《ほうでん》がおこる。

「草木よ、毒をふけ！　土よ、くされ！　水よ、煮えたぎれ！　四方《しほう》の大地よ、鬼も棲《す》まぬ腐泥《ふでい》と化すがいい!!」

「腐敗の呪文!!」

帝国軍がわの魔道士たちがとびあがった。ベルゼブルの足もとから放射状に、すさまじい速さで腐敗がひろがってゆく。まわりにいた者たちがあっという間にまきこまれ、くさって消えた。しかし、光るヴェールにまもられたシグマのまわりにだけは、腐敗はとどかなかった。

「天界よりきたれ　光と炎　燃える蛇《へび》の力もて　不浄《ふじょう》をはらえ」

シグマの呪文に応じ、空が金色に光った。

「む……!!」

ベルゼブルは空を見あげた。

「浄火《セラピム》!!」

ゴオオオ――――ッ!!　黄金に光り輝く巨大な炎が、雲間からふりそそいだ。

「おお――っ!!」

だれもが息をのみ、立ちつくした。帝国軍本陣まえが、黄金の炎にのみこまれた。

「あれは……あれは、天の炎や!!」

オストラムはぼうぜんとした。

「仙界じゃなく、神界からの召喚《しょうかん》!?　あいつ……何者なんだ？」

フェルたち魔道士は、シグマのけたちがいの魔力に目をみはった。

黄金に燃えさかる天の炎の中で、くさった大地は美しく透明な結晶へとかわっていった。結晶は光をあびて七色に光り輝いた。ベルゼブルはがくぜんとしていた。天の炎に焼かれて、からだから急速に力がうばわれてゆく。

「こ、これは!?　きさま、いったい……」

黄金の光に照らされて、シグマは不敵にわらっていた。

「あいにくだったな、魔人《ガルラ》よ。わたしはおまえよりひと足早く、神界《しんかい》にはいる身なのだ」

ベルゼブルの顔が、みにくくゆがんだ。

「く……くそおっ!!」

パッと、炎が消えた。ふたりが立っていた場所が、巨大なまるい焼け焦げとなっている。だがそこに、ベルゼブルのすがたはなかった。

「にげたか。しかしあのからだでは、とうぶん魔界からでられまい」

その瞬間、バルキスのからだがドクンと波うった。中からなにかがつきあげてくる感じだ。

「どうした、バルキス?」

かけよってきたジードのほうへ、バルキスははじかれたようにたおれかかった。そして、

「ふっかぁ——っ!!」

フップが、空中からおどりでた。

「フップ!!」

「呪いがとけたよ、バルキス——ッッ!!」

フップはバルキスの胸へとびこんだ。しかし、返り血をあび、自分も傷をおって血

だらけのバルキスを見ると、フップは、あたりの帝国軍兵士をにらみつけた。

「おいらのマスターに手をだすな――っ!!」

たちまち小さな竜巻が、敵をなぎたおしていった。

「フップ！」

「バルキス！　バルキス!!」

ふたりは、あらためてだきあった。

「バルキス！」

シグマがやってきた。

「シグマ！　魔人《ガルラ》に勝ったのか!!」

「ああ。もうしんぱいいらない」

「わあ、仙人《アヴァロン》だあ」

フップは目をまるくした。

「おまえたちはドオブレをたおしにゆくがいい。わたしがアバドン宮殿へ道をとおそう。やつは、おまえたちをまっているぞ」

「シグマ、あんたって、いったい……!?」

「その話は、あとだ」

シグマは、にっこりとわらった。

ジードが、ファレグにいった。

「ファレグ、ここはまかせるぞ。ヴァールとフェル、それに王の兵士《トロイ》を一個小隊かしてくれ。いっしょにいって、バルキスの後方援護をする」

「ジード……！」

バルキスはジードを見た。わらった口もとから犬歯《けんし》がこぼれる。

「最終戦には勝った！　のこるはおまえたちの戦いだけだ」

バルキスは、ジードとがっしり手を組んだ。

「ああ——。こうなりゃ勝つっきゃないぜ！」

シグマは剣をとりだし、なにやら空中にかきこんだ。

「おお、あの剣は神鉄《オレイカルコス》をきたえたもんやで。きれーやなあ！」

天通眼《レイヤー》のヴァールには、シグマの剣が七色に光り輝いて見えた。それは、まさしく神の石の輝きだった。神鉄をきたえた剣は、物を、魔物を、空間を、時間をも斬りさく神剣となるのだ。シグマはさいごに、その神剣で空中を楕円形《だえんけい》に斬った。するとそのむこうに、光の世界がひらいた。

「この中を一気にかけぬけろ。アバドン宮殿へ通路《パス》がとおっている」

バルキスはフップを見た。フップもバルキスを見た。

「いくぜ、フップ！」

「アイ、マスター！」

バルキスたちは、光の世界へかけだした。オストラムが光の扉のまえでさけんだ。

「みんな、ぶじに帰ってきいや——っ！　ここでまってるさかいにな——っ!!」

それは、みんなの気持ちだった。

「さーっ、あとひと息だな」

ハトゥールが、剣をふりまわした。

「ハトゥール！　やっぱりきとったか！」

「おう、オストラム！　おれらって、いつも勝ち戦だな！」

ハトゥールがたのしそうにわらった。みんなもつられてわらった。つかれきった戦士たちに、さいごの力をふりしぼる元気がでた。

ジードが早々と勝利宣言をしたとおり、指揮官をすべてうしなった帝国軍は混乱し、あっという間にくずれていった。

ツインギード会戦は、エル・シオン連合軍の勝利に終わったのである。

第四章　終結

1

　バルキスたちが魔法の通路《パス》をかけぬけると、そこはアバドン宮殿の中庭だった。光の扉は、大きな木の下にぽっかりとあいていた。ヴァールがすばやく透視をおこなう。

「兵士は、そんなにおらんな。みんなツインギードにではらっとるんやろな」

「フップの心臓は？」

「見えん。あの礼拝堂には、もうない。ドオブレが、どっかにかくしたんやろ」

「…………」

　バルキスは、なにか考えこんでいた。フップは、その顔をしんぱいそうに見あげていた。

「切り札を持っている以上、ドオブレは、にげもかくれもしないはずだ」

と、ジードがいった。

「そやな。そうすると、やつがおる場所いうたら――玉座の間、三階の大広間や！」

「よし、いくぜ！」

全員がかけだした。走りながら、バルキスはフップにいった。

「思いついたことがあるんだ、フップ」

「？」

2

ツインギード平原に静寂《せいじゃく》がもどった。草の海は、累々《るいるい》たる屍《しかばね》の墓場となった。生前、僧侶であったエル・シオンの兵士たちが、手わけして死者の弔《とむら》いと埋葬をおこなった。

「こわれた人形《にんぎょう》の中の魂《たましい》は、どうなったのです？」

ファレグがオストラムにたずねた。

「天界へ帰った。みんな、ぶじやで。傷ついた魂は一こもあらへん」

「それはよかった」

ケガ人の手あてを終えたシグマがやってきた。

「ごくろうさん。さすが仙人《アヴァロン》や。たいした心霊治療《ヒーリング》やな」

「異邦人《アージャム》がどうしてここへ、シグマ？　あなたは、バルキスゆかりのかたなのですか？」

シグマは、ちょっと苦笑いした。

「わたしがさがしていたのは、バルキスの母親のアリエトだ。彼女はすでに亡くなっていたが、こどもがいるときいて、ここまできた」

ファレグは、シグマはバルキスの父親なのかと思った。

「わたしは、修行して仙界へはいった者だ。しばらく仙界にいたのだが、本格的にあちらで暮らすことになった。そうなれば、もう人間界へおりてこられない。そのまえに、故郷を見おさめておこうと思ってね」

「天の配剤やわー。あんたがこんかったら、連合軍は全滅してたで、ホンマ。たすかったわ。まさか帝国がわに魔人《ガルラ》がおるとはなあ。けど、バルキスのこと気になれへんのか？　いっしょにいったらよかったのに」

シグマは首をふった。

「わたしたちは、人間界のことにあまり手だしできない。あの子たちが、自分たちで決着をつけられないのなら、それはそれまでだ」

「そやな。人間界に神がおったらアカンねや。人間のことは人間でせなな」

「だいじょうぶでしょう!?」

と、シグマはわらった。

「だいじょうぶです」

ファレグが、きっぱりといった。

傷つき、つかれ、ねむりこんでいる戦士たちのほおを、草原の風がやさしくなぶっていった。

3

アバドン宮殿に侵入したバルキスたちは、宮殿兵士とドオブレつきの魔道士の思わぬ抵抗にあい、二階部分で足止めをくらっていた。

「こいつらは、おれたちがひきつけておく。おまえたちはさきへいけ、バルキス、フップ!」

と、ジードがいった。

「おまえなら、一階上へいくぐらいお手のものだろ、神聖鳥《シモルグ・アンカ》殿」

バルキスは力強くうなずいた。

「みんな、気をつけてくれよ！」

「ゆだんするなよ、バルキス！　やつは魔道士《マグス》だぞ！」

フェルがさけんだ。

「こいつらやっつけて、すぐにいくさかいなあ！」

バルキスは、みんなから力をもらった気がした。

「いくぜ、フップ！」

「アイ、マスター！」

バルキスとフップは、窓からとびだした。怪盗神聖鳥にとって、壁をよじのぼることなど朝飯前だ。バルキスはヒョイヒョイと雨どいをつたい、三階の窓から中へはいろうとした。そこに、大きな凶鳥《きょうちょう》がとんできた。

「ギイエ――ッ!!」

凶鳥はきたならしい声をあげ、バルキスにおそいかかった。

「**ガイア・ソ――ド!!**」

フップがガイア・ソードをひと振り、凶鳥を一刀両断にした。羽をもがれた凶鳥は、まっさかさまに落ちていった。

「やるな、フップ！」

フップは、エッヘンと鼻の穴をふくらませた。

4

アバドン宮殿の、玉座の間の大きな扉がひらかれた。

ヴォワザン帝国皇帝ドオブレは、玉座に足をなげだしてすわっていた。

「あっぱれだ、小僧。ついにここまできたか」

この期《ご》におよんでも、ドオブレは余裕の笑みだった。魔王の力を手にいれれば、いまの状況などかんたんにかわるからだ。バルキスは、ドオブレのまえに堂々と立った。

「ああ……ここまできた」

「おや、小さなお供はどうした？」

「あんたに手だしできない以上、ここにつれてきてもしかたないだろ」

「魔王にたすけてもらわずともよいのか？　汝《なれ》ひとりで我《われ》をたおすというか」

「そうさ。勝利は人間の力で勝ち取る!」

バルキスは霊剣をかまえた。ここまできたからには、もうやるしかない。なにも考えず、ただ勝つことだけを信じて戦うだけだ。心臓はバクバクといまにもとびだしそうなバルキスだったが、不思議と頭の中は、清らかな泉のように澄《す》みきっていた。

「この間に心臓をさがしておるのか? むだだと思うぞ」

「むだかどーか、やってみなきゃわかんねーだろっ!!」

バルキスは、ドオブレめがけつっこんだ。ドオブレの両わきから黒いものがドッととびだしたが、バルキスは冷静に剣をふるった。犬のような黒い首が、ドサリと床へ落ちた。

「蠱毒《こどく》……!!」

「わかいだけあって、すばらしい反射神経だな。だが、たかが人間風情《ふぜい》が、我にかなうと思うなよ」

部屋全体が、ざわざわとした不吉な気配に満ちた。部屋のすみの暗がりが生きもののように蠢《うごめ》き、その中から黒い影のような魔犬が、ずるずるとはいでてきた。ドオブレがほくそえんだ。

「果たしてその霊剣で、どこまでやれるかな?」

何十ぴきもの魔犬にかこまれて、バルキスは大きく深呼吸した。

「さっき、フップの助けはいらないっていったけどな――。あれは、ウソ」

バルキスは、ふところから小さな光る玉を取りだし、床にたたきつけた。

カ――ッ!!　と、すさまじい光が、一瞬広間に満ちあふれた。

「むっ……!?」

ドオブレは顔をゆがませた。光が消えると、召喚《しょうかん》された魔犬たちは一ぴきのこらず黒こげのシミとなって床に焼きついていた。バルキスは、ドオブレに光の玉を見せた。

「フップがあつめた『退魔《たいま》の光』だ。人間があつかえるもんじゃないけど、このぐらいの量ならギリギリだいじょうぶだってよ。それでも、すんげー威力だと思わねーか、ええ、だんな!?」

バルキスは、ゆかいそうにわらった。

「異界の力には、異界の力で対抗させてもらうぜ」

「ならば……人間どうしの戦いをしてみるか？」

ドオブレは、うすら笑いをうかべた。

「のぞむところだ……！」

霊剣をにぎる手に力がはいる。ドオブレも長剣をぬく。

ガ――ン!! 鋼《はがね》のぶつかる衝撃が、ビリビリと空気をふるわせた。左腕一本とはいえ、さすが残忍王《ざんにんおう》の名をはせたドオブレのうちこみはすさまじく、まともに刃があうと、つたわる衝撃に全身がきしむようだった。つかれきったバルキスのからだが悲鳴《ひめい》をあげる。

「だぁ――っ！ こんなの何度も受けていられね――よ!!」

心の中でそうわめき散らしながらも、バルキスはひたすら勝機をまっていた。強敵と対峙《たいじ》したときは、けっしてあせってはいけない。

「がまん、がまん、がまんだ！」

ジードの声がきこえた。

「かならず、その時がくる!!」

ガシ――ン!! ひときわすさまじいうちこみをまともに受け、バルキスは思わず、もんどりうってたおれてしまった。間髪《バンジ》いれず、ドオブレが剣をつき立てる。ボン！と、煙が立った。バルキスとくいの睡眠香は、めくらましにはなったが、ドオブレは煙の中に立ってもまったく平気だった。

「ちぇ――っ！ やっぱ、あんたにゃ効きゃしねぇか」

汗だくのバルキスは、心からざんねんそうに言った。

「だいぶ疲れが見えているぞ、小僧。そろそろ決着をつけようではないか」

「同感だね」

ドオブレの剣が、ブンとうなる。バルキスは宙がえりでそれをかわしたが、その着地をねらって、ドオブレが使い魔をはなった。

「散《ガンド》!!」

バルキスは使い魔をかわしたもののバランスをくずし、その場にひっくりかえった。

そこへドオブレが斬りこむ。

「このクソジジ――ッッ!!」

バルキスはとっさに、光の玉をなげつけた。ドオブレは、思わず玉を斬りつける。

カッ!!　と光が炸裂《さくれつ》し、使い魔がたちまち消し炭になった。そしてドオブレも目がくらみ、剣を落とした。

「いま……!!」

バルキスは、ドオブレの剣をけりとばした。

「クッ！」

ドオブレは、すかさず腰の短剣に手をかけたが、そこに短剣はなかった。

「こいつをおさがしかい？」

バルキスがドオブレの短剣を取りだしてみせた。

「いつの間に……」

「盗みはおれの十八番《おはこ》なんだ。かえすぜ!!」

ドオブレの右にまわりこんだバルキスは、短剣をなげつけると同時に斬りこんだ。

「いただき!!」

それはゆるぎない確信だった。右手のないドオブレは、防御と攻撃を同時にできない。その間の何百分の一秒に、バルキスはとびこむことができたのだ。しかし――。

ドン!!　思ってもみない衝撃が、バルキスをおそった。

バルキスの首に、ドオブレの手がガッチリと食いこんだのだ。ドオブレの「右手」だった。右肩から服をやぶり、ばけもののような、みにくくおぞましい腕がはえている。

「これはっ……!?」

バルキスは目をむいた。ドオブレが高らかにわらった。

「切り札は、さいごまで取っておくものだ！」

ドオブレは右手に力をこめた。バルキスの息がつまる。急速に視界がせまくなる。

「くそっ！　これは……予想してなかったぜ……」

「セディールのもとへゆくがいい、小僧。汝の僕《しもべ》は、我が有効につかってやろう。安心せよ」

バルキスは、いまさらながらあせってしまった。どうしていいかわからなくなり、抵抗するのもわすれてしまった。残忍王の緑の瞳が、つめたく光った。そのとき、

「ドオブレ――ッ!!」

とんできた矢が、ドオブレの右肩をつらぬいた。

「ぐおっ!!」

フェルの魔矢《ウラニオ》だった。ジードたちが、宮殿兵士の攻撃を突破してきたのだ。魔矢につらぬかれた右肩から「義手《ぎしゅ》」がドサリと落ちた。しかし、それはムクムクと形をかえ、妖魔となってジードたちにおそいかかった。

「散《ガンド》!!」

フェルが使い魔たちをはなつ。ドオブレはすかさず剣をひろいあげ、ぐったりしているバルキスの胸もとめがけ一気についた。その瞬間、ドオブレの腕は、すごいいきおいでバルキスのからだのほうへひきよせられた。

「なにっ!?」

そのドオブレの腕を、バルキスはがっしりとつかんだ。ドオブレの剣は完全にバルキスのからだをとおりぬけ、背後へ落ちた。バルキスが、ニヤリとわらった。いまこそ、いまこそが、まちのぞんだ勝機!!

「切り札は、さいごまでとっておくもんサ」

苦しげにせきこみながらも、バルキスは力いっぱいさけんだ。

「いまだ!!　いけ、フップ!!」

バルキスの胸もとから、小さな小さなフップがとびだし、ドオブレのからだへとびこんだ。

「なっ……?」

ドオブレはバルキスをふりはらった。

「なんのまねか!　あれは、我には手だしできないのだぞ!!」

「ああ。フップは、あんたにはゆび一本ふれねーよ」

ドドッと、妖魔がたおれ床にくだけ散った。

「バルキス、ぶじか!」

ジードたちがかけよってきた。そのまえで、ドオブレは立ちすくんでいた。その顔は、死人のようにかたまっていた。ドオブレは、はじめて感じるおそろしい予感にとまどっていた。玉座の間の空気が、ピーンと張りつめる。

「どうした……？　どうなってんだ？」

フェルにたずねられたバルキスは、首をふった。

「おれにもわかんねえ。イチかバチかなんだ」

「ぐおっ!!」

とつぜん、ドオブレが胸をおさえて苦しみだした。

「おおっ……おお——っ!!」

そのからだが弓のようにそりかえり、目はうらがえり、口からは血のあわがふきでた。ドオブレは空中をかきむしった。

「おのれ……おのれ!!　ドランフル——ッ!!」

「ドランフル？　ドランフルはドオブレに、からだをのっとられて死んだんじゃないのか？」

ジードがいった。バルキスは首をふった。

「いや、死んだはずないんだ。からだをうばわれただけで、ドランフルは、きっとまだあのからだにいるはずなんだ。だから……だからもし、ドランフルにその気持ちがあるなら……」

バルキスは祈る思いだった。

ドオブレのそりかえった胸もとから、血がドッとあふれた。バルキスたちが固唾《かたず》をのむまえで、ふきあげる血しぶきの中から、赤い玉をにぎった腕がつきでた。

「あ、あれはっ……」

「フップの心臓！　やっぱり…やっぱりドオブレが、からだの中にかくしてたんだ!!」

「そうか！　そうなんや！　自分のからだを結界《けっかい》にしたから、わしでも見えん。おまはんが、フップをかくしたのとおなじや!!」

バルキスとヴァールは、うなずきあった。

「だから思いついたんだ。ドオブレも自分のからだの中にかくしてるんじゃないかって」

胸もとがばっくりと口をあけたドオブレのからだは、ふたつ折りになって血の海へしずんだ。

「おのれ……よもや、おまえにしてやられるとは……!!　無念!!」

あとはことばにならず、残忍王は長いあいだブッブッと、血のあわをふきつづけた。

その顔は無念の形相《ぎょうそう》もすさまじく、もはや人とは思えぬほど、みにくくゆがんでいた。

「ドランフルもおなじ思いだったろうぜ、ドオブレ」

　バルキスは、ドオブレの胸からつきでた手を見ていった。

「じゃ、これはドランフルの腕？」

「うん。そうだよ」

　いつの間にか、そばにいたフップがいった。

「ドオブレにからだをのっとられたドランフルは、死んじゃいなかったんだ。ただ心を閉ざされていただけ。おいらはドオブレのからだの中にはいって、ドランフルによびかけたんだ」

『ドランフル！　ドランフル!!　きこえるね。おぼえてる？　あなたはドオブレにからだをのっとられちゃったんだ。思いだして！』

　意識を閉じ、胎児のようにまるまっているドランフルに、フップは話しかけた。

『よくきいて。あなたはもうたすからない。このからだは完全にドオブレのもので、ドオブレが死んだらからだも死んでしまうんだ。ドオブレの意識だけを追いだすことはもうできない』

魂のよわったドランフルに、このからだをとりもどすだけの力はなかった。たとえからだにもどれたとしても、すぐに死んでしまうだろう。

『でも、おねがい。もしあなたが、ドオブレに一矢むくいたいと思うなら、おいらたちに力を貸して!!』

そのよびかけに、ドランフルはこたえたのだ。彼はのこりすくない魂の力をふりしぼり、ドオブレのからだを内がわからつきやぶった。ドオブレがかくし持っていたフップの心臓をしっかりとつかんで。残忍王の胸もとからつきでた細い手は、ドランフルの魂が形をなしたものだった。

「ありがとう……」

バルキスは、皇太子の手からフップの心臓を受け取った。生きていれば敵どうしとはいえ、バルキスは、わかくしてそして志なかばで、こんなむざんな死にかたをしなければならなかったドランフルの無念を思うと、胸がつまる気がした。

「この腕は、べつに葬ろうか」

ヴァールは、ドオブレのからだからドランフルの腕をひきぬき、帝国の国旗にていねいにくるんだ。フェルは、ドオブレの死体を魔法陣で封《ふう》じた。

「オストラムをよんで、火霊《バルログ》の火で焼いてもらおう」

「そやな。灰ものこらんよう焼いてしもたほうがええわ」

自身がおそるべき「魔王」であったドオブレだけが、けっきょくは、みずからがわなにはめた、じつの孫にうたれたのだ。因果応報という運命からは、いかなドオブレとてにげられなかったのである。

イオドラテの歴史にのこる長い一日が暮れようとしていた。かたむいた陽が、宮殿にななめにさしこむ。

バルキスは、フップに赤い宝玉《ほうぎょく》をわたした。フップは、自分の心臓を受け取った。たいせつに胸にだかれた宝玉は、ゆるゆるとフップの胸へすいこまれていった。

「エヘヘ」

そのうれしそうな顔。ほっぺがまっ赤だ。バルキスの胸も熱くなる。

「やったね――!!　バルキス――ッ!!」

「おお!　やった、やった――っ!!」

ふたりはだきあって、くるくるととびまわったが、バルキスは足がもつれてひっくりかえってしまった。

「つかれた――!」

ジードがわらっていった。

「なーに、いってんだ。これからだぜ、たいへんなのは」

シグマの魔法の通路《バス》をとおって、連合軍兵士がぞくぞくとアバドン宮殿に入城し、城を制圧した。ヴォワザン帝国の歴史に、幕がおろされたのである。

第五章　舟は帰ってくるだろう　ただひとつのこの港へ

1

帝国たおさる――！　このことは、たちまちのうちに世界をかけぬけ、大陸中央の国々は歓喜にわきかえった。

オルムランデでは、ひと晩のうちに軍人も貴族もにげっとび、ついに一滴の血もながさずに革命が成功した。サヴェリは、これからのオルムランデのことを住民たちと話しあいながら、毎日毎日街道に立っては、バルキスの帰りをまっていた。あたらしい国とは、支配されるのではなく、共存していきたい。バルキスは、きっとその橋わたしをしてくれる。サヴェリはそう信じていた。

やがて、帝国支配下の各植民地に「植民地」ではなく、独立した「州」として、あたらしい国に参加してほしい旨《むね》の連絡がとどいた。くわしいことが決まりしだい、使者を送ると。各地の人々は、よろこんでその申し出を受けいれ、使者の到着を心まちにした。ジードたちは休む間もなく、戦争の後始末と、建国へむけての準備に追われた。

2

宮殿の中庭で、バルキスとシグマが話していた。すべての戦いが終わり、バルキスの夢がかなおうとしているいま、フップに冬眠のきざしが見えはじめたのだ。一日中とてもねむそうだ。バルキスは、ある決意をしていた。

「ところであの……」

バルキスは、ちょっとてれくさそうにシグマにたずねた。

「あんたが、おれのおふくろをさがしてたってきいて……。ひょっとしてその……。あんたはおれの――」

「バルキス。その話は……」

「ああ、わかってる。わかってるよ、シグマ」

シグマは、とてもてれくさそうだった。バルキスはべつに、シグマと親子の名のりがしたいとは思っていない。母アリエトは、さいしょから自分ひとりでバルキスをそだてるつもりだったし、父親がいないことを、バルキスはさびしいとか、うらめしいとか思ったことはなかった。それどころか、シグマはバルキスをたすけにきてくれたのだ。それで充分だった。

シグマは、仙界へと旅立っていった。もう二度とあえないそのうしろすがたを、バルキスは長いあいだ見送っていた。そのようすを、ファレグとヴァールがながめていた。

「けっきょく、親子の名のりはしなかったみたいですね」

「シグマがさがしとったんは、アリエトのほうやからな。ひさしぶりに人間界へおりてきたら、オルムランデはほろぼされとった。アリエトのことがしんぱいになったんやろ」

ヴァールのこのことばに、ファレグはなにかひっかかるものを感じた。

「シグマはな、あれはカムナ人や」

「カムナといえば、両性具有《りょうせいぐゆう》の!?」

「厳密にいえば、自分の分身をつくるための子宮を持つ、霊的な雌雄同体《しゆうどうたい》やな」

　ファレグは、思わず眉間《みけん》にしわがよった。

「……バルキスの母親は、まちがいなくアリエトで。その父親は、まちがいなくセデイール主教で……え――っと……」

　ヴァールは、はっはっはっとゆかいそうにわらった。

「アハハッ！」

「なにわらってんだ、フップ？」

「さっき中庭でさあ、フェルとバルキスがしゃべってるなーって思って、バルキスーってだきついていったら、ハトゥールだったんだ。にてるよねー、声とかしゃべりかたとか」

「そうか？」

　バルキスは首をひねった。

「目の色もおなじ青灰色だし。ひょっとして、ハトゥールって、バルキスの父《パ》ちゃん《パ》だったりして！」

「ハハハ！　まったく高等魔道士ってな、どいつもこいつもわかく見えっから、話がややこしくて……」

そういってから、バルキスはなにかひっかかるものを感じ、思わず眉間にしわがよった。

「えーーっと……」

3

役目を終えた戦士たちの出発があいついだ。カリーシュ族ら義勇《ぎゆう》の戦士たちはそれぞれの故郷へ、傭兵《ようへい》たちは報酬を手に手に、つぎの戦場へと旅立ってゆく。

その一方で、命を落とした多くの戦士たちがいた。マグダレの狼も、三分の一の仲間と、半数近い馬と灰色狼をうしなった。彼らは英雄として、シクパナの革命墓地にねむるのだ。

バルキスとフップが花をささげにゆくと、そこにはもうシクパナの人々によって、うまるように花がそなえられていた。

「フップ、おまえいったよな。死を悲しんではいけないって」

「うん」

生と死は、おなじ輪の上をまわる兄弟《コンパーレ》。死は命への入り口。魂《たましい》は、死という扉をくぐってつぎの命へとうつってゆく。そうして命はつむがれてゆく。未来へ、未来へ――。


「生きのこったおれたちは、その未来のために、いまを生きなきゃならないんだな」

「そのとおりだよ、バルキス」

バルキスは、戦死者追悼《ついとう》の碑《ひ》に、そっと花をささげた。戦死者の名前がならんだその一番はじめに「アーチェ」ときざんでもらった。

自分の信念をつらぬき、十二歳で帝国に戦いをいどんだアーチェ。堂々たる戦士だった。アーチェの死が、エル・シオンの、中央戦争《ゲエッラ・エル・セントロ》の、すべてのはじまりといっていいだろう。いまようやく、その死に、その思いにむくいることができた。

「アーチェ。おまえたちのようなこどもが、安心して暮らせる国をつくるときがきたぞ。見てるか？　これからも見てろよ。すぐにあたらしい国が生まれるから……」

「よかったネ……」

フップの黒い瞳がうるんでいた。アーチェは、フップにとってもたいせつな思い出そのものだった。バルキスは、フップをだきしめた。フップがいたからこそ、実現できた夢。アーチェの思いを、バルキスの思いを、すべての人々の思いを、目に見える形にしたのがフップ。その夢の完成が近い――。フップのほっぺに、ぽつりと涙が落ちた。

「どうしたの、バルキス？　泣いてるの？　どこかいたいの？」

フップは、大きな瞳をしんぱいそうにクリクリさせた。

「なんでもないよ。なんでもない……」

なにごともなかったように、海《バハル》からかわらぬ風がふく。だがその風に、もう二度とヴォワザンの帝国旗がひるがえることはないのだ。夢の完成が、近いのだ。

4

建国にむけての、さまざまな準備がととのいつつあった。法律のこと、経済のこと、外交のことなど。ファレグや、元ペルソナ僧のオストラムやヴァール、さらにエトナ国などからも専門家をまねき、平等な国づくりをめざし、話しあいがおこなわれた。

そして――。

「あたらしい国名は『パトゥーリア』や。古語で、故郷という意味があんねん」

全体会議の場で、ヴァールから発表された国名に、みなのあいだからため息がもれた。マグダレの狼たちの中には、故郷をすてた者が多い。彼らにとっては、ここがあたらしい故郷になるのだ。

「首都はシクパナにおくのが一番ええやろ。それでこの場で決めたいのは、国王のことなんやけど」

「国王は、バルキスじゃないの？」

オクをはじめ、みなはてっきり鳥の王バルキスが、そのまま新国王になるものだと思っていた。バルキスはわらった。

「鳥の王《レギウス・マヌーク》は、エル・シオンへ帰るんだよ」

「でも、それじゃ？」

バルキスは立ちあがった。

「鳥の王は、ジードをパトゥーリアの王に任命したいと思う」

みながざわめいた。

「みんな、文句はないだろ？　ジードなら、このあたらしい国をひっぱっていってくれる。ジードなら、安心してまかせられる。そうだろ!!」

狼たちから拍手がおこった。それはすぐに、会議室をゆるがす歓声にかわった。その中で、バルキスとジードはかたい握手をかわした。

ジードのカリスマなくして、この傷ついた、生まれたばかりのパトゥーリアは立ちゆかない。ジードと、そこにあつまる多くの専門家たちなら、すぐにでもパトゥーリアを一人前の国にそだててくれる。バルキスは、ずっとずっとそう思っていた。

パトゥーリアは、すぐれた指導者と、ゆるぎない信頼と、平和への願いでむすばれた国。バルキスが夢みた、光の国なのだ。

5

シクパナの王城に、海と山と森をあしらったパトゥーリアの国旗がはためいていた。

王城の広間では、エル・シオン国王鳥の王による、パトゥーリアの国王ジードへの戴冠式《たいかんしき》がおこなわれていた。マグダレの狼や、エル・シオンの王の兵士、周辺諸国からの来賓《らいひん》などが見まもる中、鳥の王はジードに王冠をさずけた。

「ここに、パトゥーリア建国と、その国王ジードの誕生を宣言する。神の祝福《フェリシダ》を!!」

「神の祝福を!!」

広間の人々が、そして城のそとでは住民たちが、建国を祝い、平和をよろこび、町中が、国中が、歓喜によいしれた。

「めでたい《フェリシダ》!!」

「万歳《ビーバ》!!　万歳、パトゥーリア!!」

それから国王ジードによって、ファレグを筆頭とする各大臣が任命され、エトナなど、まねかれた国々との国交もその場でむすばれた。パトゥーリアは、王国としての第一歩をふみだしたのである。

すべての式典が終わると、鳥の王《レギウス・マヌーク》は王の兵士をひきいて、エル・シオンへ帰還を開始した。シクパナの住民たちは、その通り道に花びらをしきつめ、兵士ひとりひとりに感謝をささげた。

「ありがとう《マハーロ》、戦士《ソルダード》よ!!」

「神の祝福を《フェリシダ》！　鳥の王よ！」

「お気をつけてお帰りを!!　パトゥーリアは、エル・シオンを永遠にわすれません!!」

鳥の王は、手をあげて人々にこたえた。帝国をたおし、パトゥーリア建国を見とどけ、鳥の王は王の兵士とともに、砂漠の果ての祖国へと帰っていった。そして、エル・シオンはこつぜんと消えたのである。これは、イオドラテの歴史の中でも最大の謎《なぞ》のひとつとして、後世にのこることとなった。実際は、パルーシアの都《みやこ》でフップが、鳥の王役をはじめ、すべての人形から僧たちの魂を感謝とともに解放し、魂は天界へ帰り、人形は土にかえった。あとには、だれもいない都だけがのこされたのである。

6

パトゥーリアの首都、シクパナ。

王城《アルカサル》に、ゆっくりと国旗がたなびく。人々のさめやらぬ熱気をはらんだ風が、あけはなした窓から玉座の間をふきぬけていった。

国王ジードと、バルキスがむかいあって立っていた。バルキスのかたわらには、ねむそうなフップがよりそっている。ジードは、ローブすがたも堂々として、王の装束がよくにあっていた。

「オルムランデへの特使は、オストラムとヴァールがひき受けてくれたよ。オルムランデはなにもないところだからなあ。あそこに産業をおこして自立させるのは骨がおれる。なにごとも経験、知識ともゆたかな元ペルソナ僧にまかせることにした。メルヴェイユ寺院も再建したらしいからな」

「いいね《ビヤン》！」

「好きな戦《いくさ》は、とうぶんがまんしてもらう」

ジードとバルキスはわらった。ジードは、バルキスに任命書をわたした。

「オルムランデへの特使の一員として、住民と特使とのパイプ役になってくれ」

バルキスは、任命書を受け取った。

「よろこんで……！」

それからバルキスは、フップを見た。フップは、バルキスを見つめる大きな瞳を、ねむそうにうるませていた。

フップには見えた。オストラムとヴァール、サヴェリらとともに、オルムランデをゆたかにするためはたらくバルキスのすがたが。やがて、オストラムから仕事をひきつぎ、オルムランデ州の代表となるバルキスのすがたが。

オルムランデの農作物はパトゥーリアの国中にあふれ、シクパナとむすばれた街道には、人と物がひっきりなしにいきかう。ゆたかな、平和な、花々のあふれるオルムランデ。バルキスの夢みた、美しい光さす故郷……。

「おわかれだね、バルキス」

フップが、目をしばたいた。

「ああ……」

「たのしかった。ホントに、いろんなことがあったね」

「ああ」

バルキスの腕の中で、フップのからだがだんだんと、猫のようにまるまってゆく。

「バルキスが生きているうちに、またあいたいな……」

「またあおう」

「ホントに？　約束だよ」

「ああ」

「おいら、バルキスにあえてよかった。おいらのマスターが、バルキスでよかった……」

天使のようにわらうと、フップは眠りに落ちた。

もう——、おきなかった。

玉座の間を、海の風《バハル》がふきぬける。教会の鐘《かね》の音がきこえる。

きのうとおなじ昼さがり。でも、もうフップはいない。いないのもおなじだった。

バルキスはフップをだきしめたまま、うごけなかった。ジードは、じっと見まもっていた。フップのバラ色のほっぺに、バルキスの涙が落ちた。

「すまない……フップ……！」

バルキスは、ずっと考えていた。今回はなんとか、ドオブレの魔の手からフップをまもることができた。しかし、このさきドオブレのようなやつがでてこないともかぎらない。

フップは、人間にとっては、すぎた宝物なのだ。

人間が、けっして手だしできないようにしてしまおう――。

「フップ、おまえを……永遠に封《ふう》じるよ」

バルキスはシグマに、フップを仙界につれていってくれるようたのんだが、シグマはそれはできないといった。「異物」を仙界に持ちこむわけにはいかないと。そのかわり、シグマはこういった。

「人間界では、おそらく最高の魔道士を紹介しよう。彼の名は、バビロン。きいたことがあるだろう⁉」

「大白魔道士のバビロンのことか⁉　あの人、やっぱりまだ生きてんの‼」

バビロンは、世界中の白魔道士が「師《シャレム》」とあおぐ、魔道士の中の魔道士である。六百年まえ、東の王都メソドの建国に尽力したといわれ、それからも世界のあちこちにあらわれては、悪霊を封じ、病気をなおし、人々をみちびき、さまざまな伝説の中で「大天使」とよばれ、「神」とよばれつづけてきた。そしていまも生きて、バルベロ山にこもっているとか、世界のどこかを旅しているとかいわれているのだ。

「彼は、生きてバルベロにいるよ。仙界にはいれば、とっくに神になっているだろうに。彼は人間でいたいんだね」

六百年以上も生きてたら、もはや人間とはいいがたいが、とにかくそれほど偉大な魔道士なら、フップのことをたのめる気がした。

「大白魔道士のバビロンが、おまえを封じてくれるだろう。二度と目ざめないように。どんなやつがきても、たとえおれでもとけない封印《ふういん》をしてくれる……」

永遠に封じること。それはすなわち、フップを「殺す」こととおなじだ。バルキスは、その小さな小さなからだをだきしめた。

「ごめん――！　ごめんな、ごめんな、フップ……!!」

黒髪に、大きな黒い瞳。魔法のかばん《キビシス》をさげた、小さな、偉大な神霊《ジンニー》。

わらった顔。泣いた顔。怒った顔が目にうかぶ。いっしょに食べ、いっしょにねむり、いっしょに旅してきた日々。その魔法にこまらされた。その魔法にたすけられた。夢をかなえる力と、夢をもらった。

「ありがとう――」

そういいたかったが、ことばにならなかった。

7

その夜、バルキスの夢にバビロンがあらわれた。

白衣の白魔道士は、美しくするどいまなざしをしていた。

「小さな魔王をむかえにきた」

「あんたが、バビロン？　ほんとうに!?」

「縁なきことに手だしはしない主義だが、シグマの頼みとなればしかたない。あれは、おれの弟分だからな。おまえはその身内だ」

ほほえんだ目が、やさしかった。バルキスはほっとした。フップを、そっと寝床からだきあげる。

「フップをどうするつもりなんだ？」

「バルベロ山をどかして、その下に封印する」

「や、山をどかす？」

「バルベロは神山《しんざん》だからな。山自体が結界《けっかい》になるんだ。この封印なら、ちょっとやそっとじゃとけまい」

山をどかすなどと、バルキスには想像もできなかった。

「それでいいだろう、バルキス」

「……うん」

バルキスは、小さくうなずいた。フップをバビロンにあずける。

「この事態を、よく人間の力でのりきった。人間には、まだまだ可能性があるようだな」

バビロンのことばに、バルキスはふと思った。この大白魔道士もまた、フップとおなじような存在なのだろうと。

人間を見まもる「神の力」が、どこかにある。それは、ふとした縁で人間に力をかすが、すぐにどこかへ去ってゆく。「神の力」をどうつかうかは人間しだいで、有効につかえる者もいれば、破滅する者もいる。その決定は、人間自身がするのだ。

「フップはなんなんだろう、バビロン？　このまま封印していいのかな」

バルキスは、偉大なる白魔道士にたずねた。

「これが、なんなのか。どうして人間界にいるのかはわからない。だが、この世界にとってほんとうに必要ならば、どんなに封印してもまたでてくるさ」

神にもっとも近い魔法使いは、だまって見まもるだけなのだ。

バルキスは、フップを見た。猫のような寝顔。もしかしたら、人間をほろぼすために、どこからかつかわされたかもしれない存在。

「おやすみ、フップ……」

バルキスは、そのバラ色のほっぺに口づけをした。

部屋の中に、朝の光がさしこんでいた。

フップのすがたはなかった。

からっぽの寝床を、バルキスは長いあいだ見つめていた。

8

パトゥーリア国の各州へむけて、特使の一団が出発を開始した。

オルムランデへも、オストラムとヴァールを団長とした一行が旅立った。

シクパナの峠で、バルキスはオルムランデへむかう一行とわかれた。

「ほな、さきにいってるさかいにな。なるべくはよおいでや、バルキス」

「故郷のみんなは、おまはんに一番あいたいはずやで」

「ああ。ひと目バルベロ山を見たら、すぐいくよ。サヴェリにそうつたえといてくれ」

オルムランデへの街道を、特使の一団がゆく。夢と希望を故郷へはこぶために。

バルキスはサラサにまたがって、一行が見えなくなるまで峠に立っていた。海からふきあげてくる風がここちよい。

「よう」

声をかけられて、バルキスはふりかえった。黒馬にまたがった、青灰色の目の剣士がいた。

「ハトゥール！　出発するのか!?」

「ああ。フェルたちに武術を教えるのはおもしろかったが、それもひと段落したし。そろそろ旅したいと思ってな」

「風来坊だネ」

「放浪魔道士《トルヴァドーレ》だからね。おまえこそ、オルムランデにいくんじゃなかったのか？」

「ちょいと、バルベロへより道さ」

「えらく遠まわりなより道だな」

ハトゥールはわらった。

「よかったらいっしょにいかないか、ハトゥール」

「ああ、いいぜ。どうせ西へ東への根なし草だ」

ふたりは、ゆっくりと北へむかった。

空はよく晴れ、ふりそそぐ太陽の光に、森の緑が輝いていた。

「おまえは、睡眠香《バンジ》をつくれるそうだな、バルキス」

「ああ、おれの十八番《おはこ》さ。熊でもイチコロだぜ」

ハトゥールは、ニヤニヤしながらいった。

「睡眠香といやあ、思いだすぜ。むかし、ザンクトガレンの宿場町に薬師《イユンクス》の女がいて、そいつがつくる睡眠香が強烈だった。名前は……なんてったかわすれたが。こいつがまあ、グッとくるような色年増で……」

バルキスは目をまるくしてハトゥールを見た。それからふきだしてしまった。

「プッ……アハハハハ！」

「なにがおかしいんだよ？」

「イヤ……色年増ってとこがツボで」

しかし、ひとしきりわらったあと、バルキスはハタと思った。

「あれ？　……じゃ、シグマって……？」

兄弟《コンパーレ》よ
おまえのぬくもりが　陽射しのなかにのこっているよ
おまえの笑い声が　花のまわりをとびまわっている

おまえがどこにいようとも　どんなに遠くはなれようとも
わたしのかたわらで　おまえはいつもうたっている
故郷の歌を　我らの夢みた　光の国の歌を

聖歌《サエタ》をうたおう　兄弟よ
思いはけっしてとぎれない
人の手から手へ　心から心へ
受け止めてくれる手が　思いをはこんでゆく
おまえの歌は　受けつがれてゆく

夢を語る声　夢をうつす瞳

おまえを愛しているよ
おまえは　わたしの故郷の歌そのもの
おまえは　わたしの光の国そのもの

あとがき

今回、魔王たるフップの活躍がすくないなあと思っただろうか。

作品の上でなかなかうごこうとしないバルキスが、やっとうごいたと思ったら、なんだかずいぶんシブイ男になっていたのでおどろいた。もっとガキらしくフップといっしょになって、あばれてもよさそうなものなのに。バルキスは「人の力」というものにこだわりがあったようだ。

必要なのは「自分たちの力」。「人の力」を強めねばならない。「人の力」をきたえねばならない。

これは、わたしたちにもいえることだろう。物と情報があふれかえっている中で、いま「自分」というものが非常によわく、希薄になっている。「自分」に自信のない人間たちが、物にはまり、他人にたより、自分ひとりではなにもできない、自分の存在すら自分でささえられなくなっている。これはいったいどういうことだろう。

物にたよらねば、他人にたよらねば、自分というものを認識できないなんて、情けないことをいわないでほしい。

わたしたちの存在には意味がある。価値がある。そう自信を持とう。なにもなくても、たとえひとりぼっちでも、いくらでもすごせるように自分をきたえよう。自分の世界をしっかり持とう。「自分」が確かなものなら、世界はすぐにひらけるものだ。そこには確かな「友人」たちがたくさんいるだろう。

物や情報にたよりすぎてはいけない。それはフップの魔法とおなじく、ほんのおまけみたいなものであり、もしかしたらわたしたちを滅ぼしかねない諸刃の剣であることを、もっとよく理解しよう。

なによりも確かなもの。それは「自分」である。そうなろう、こどもたちよ。

さて。バルキスの夢も、ぶじ完成された。フップは封印されてしまったが、大白魔道士バビロンがいったように、いつかひょっこりとでてくるかもしれない。そのときは、またいっしょに冒険しよう。

香月日輪先生は二〇一四年一二月一九日、逝去されました。

本作品は、現在初刊本が入手しにくい状況であり、生前から復刊を希望しておられました香月先生のご意志を受けて、この度刊行させていただくことになりました。

香月日輪先生のご冥福を、謹んでお祈りいたします。

——編集部

この作品はポプラ社より刊行されました『エル・シオン①　魔王の封印』（1999年7月）、『エル・シオン②　戦士の誓い』（1999年11月）、『エル・シオン③　聖なる戦い』（2000年7月）を一冊にまとめました。

なお、本作品はフィクションであり実在の個人・団体などとは一切関係がありません。